ERIKA WINS

Enyém vagy

novum pro

© 2024 novum publishing

ISBN 978-3-99146-306-1
Lektor: Sósné Karácsonyi Mária
Borítóképek: Kseniia Lapteva,
Katarzyna Bialasiewicz | Dreamstime.com
Borító, tördelés & nyomda:
novum publishing

www.novumpublishing.hu

Végre hazaért. Az ő kis birodalmába. Nem volt kicsinek mondható: öt szoba, ami az évszakoknak megfelelően volt berendezve – persze az ízlésesség határain belül. A nappali éke a kandalló volt, amit az egyik lerombolandó házban látott meg. Kézműves cserép borította. Sajnos azt nem tudta kideríteni, hogy ki volt e remekműnek a készítője, de amint meglátta, abban a pillanatban bele is szeretett. Liláskék (de mintha fekete lenne) volt a színe, és életfa-motívum volt némelyikbe égetve. Egyszerűen ezt vétek lett volna a földdel eggyé tenni. Keresnie kellett egy szakembert, aki egyenként tudta leszedni a darabokat úgy, hogy ne legyen bajuk. Kapott egy fülest, hogy az utcában él egy öregebb szaki, aki ezt olyan szépséggel űzi, hogy sorban állnak a munkájáért. Mint kiderült, Brad bácsinak hívták. A vezetéknevét senki nem tudta. Mindenki csak úgy ismerte: „Az öreg Brad bácsi. Ő megcsinálja”.

Ahogy belépett a műhelyébe, megérezte azt a bizonyos illatot, amit nem lehet semmihez sem hasonlítani: öreg, dohos, szerszámolaj stb.

Nehezen, de elfogadta az ajánlatát. Három nap múlva meg is érkezett, és elkezdte a hosszú folyamatot, miközben nagyon érdekes és tanulságos kis történeteket mesélt. Ezen csak mosolygott, így visszagondolva is. Elkalandozott, pedig már alig várta, hogy kibújhasson a magassarkújából, kortyolhasson a Don Perignonjából, és a zuhany alá álljon.

Végre a vízsugarak alatt állt. A forró cseppek égették a bőrét, de ez nem érdekelte; csak el akarta felejteni ezt a napot. Pedig milyen jól indult!

Reggeli rutinja – kávé és cigi, egy kicsi edzés – után zuhany, majd kiválasztotta, milyen ruha legyen az, ami tükrözi a napi hangulatát: ma ő volt a dögös főnökasszony. Kék melltartót választott, hozzá illő alsót, fekete inget, amit mellnél nem gombolt be, ceruzaszoknya: ez teljesen kiadta az alakját. Mindehhez a legdögösebb magas sarkú csizmát vette fel. Meglátta magát a tükörben, és igen, ő is azt érezte, hogy vonzó.

Nagyon alap sminket használt: kis púder, szemceruza és szempillaspirál, egy pici szájfény, ami kiemelte a száját, de nem vette el a figyelmet a barna szeméről. Elindult a munkahelyére, ahol nagyon sok mindent átélt. Igaz, nem mindig volt jó. Nagyon sok mindenen átment, amíg idáig eljutott. Volt egy szitu, mikor mindenki egy céges össze jövetelen vett részt. Akkor ő még csak beosztott volt; mondhatjuk, ő volt a mindenes. Titkárnő, futár, dizájner. Ezen az összejövetelen történt az első olyan eset, amiről soha nem gondolta volna, hogy vele meg fog történi. Hallott már ilyet, de vele ez nem eshet meg!

Az akkori főnöke, Eric Silverton rá vetette a pillatását. Kérte, hogy menjen be az irodájába, és vigyen neki egy forró kávét két cukorral. Igaz, ezt mondania sem kellett volna, mivel már kívülről ismerte mindenki kávézási szokásait. Az irodába ment, és idegesség kerítette hatalmába. Ezt nem is értette, hiszen már két éve ott dolgozott. Mégis, ez most más volt. Elnyomta.

Az irodába lépve csak hunyorgott. Nem a megszokott világítás fogadta, hanem félhomály. A főnök az asztal sarkán ült, és nyájasan mosolygott.

– Ó, köszönöm, Isa, nagyon rendes tőled, hogy ilyenkor is a rendelkezésemre állsz.

– Ez csak természetes – mondta mosolyogva, de igazából dúlt-fúlt, hogy megint kimarad mindenből. – Miben segíthetek?

Állt a főnökkel szemben, és nem ijesztette meg, ahogy az végigmustrálta őt. Farmernadrág, piros magassarkú, és fekete, V kivágású pulóver volt rajta. Szerette a sportosan elegáns dolgokat.

– Meg szeretném kérdezni, hogy szerinted is a nők a gyengéim? – Ezt félrehajtott fejjel és ferde mosollyal kérdezte.

– Ez természetes, mivel férfi vagy.

Meglepett arckifejezése nem leplezte, mit is gondol. Ez tényleg azt hiszi, hogy ez egy eget rengető probléma lenne?

– Azt hiszem, rosszul fejeztem ki magam – állt fel az asztaltól, és közelebb lépett hozzá. – Úgy értettem, hogy a nőkkel – főleg a csinos nőkkel – kivételt teszek?

Még közelebb lépett.

– Erre nem tudom, mi lenne a megfelelő válasz.

Ott állt megdöbbenve, hogy most mire is utal ezzel? Még közelebb lépett hozzá Eric, és már olyan közel volt, hogy érezte a parfümje illatát.

– Azt hiszem, hogy most hallottam a nevem, és mennék megnézni, kinek is hiányzom, ha nem haragszol – mondta Isa, de csak hazudta az egészet, mert a félelemtől és az idegességtől már remegett a lába is. Hátrébb lépett, megfordult, hogy elinduljon az ajtó felé, ami két lépésre volt tőle. Ezt nem kellett volna: hátat fordítani neki. Abban a pillanatban egy erős kéz megragadta hátulról, és visszahúzta. Most már értette a kérdést.

Nem, ez vele nem történhet meg! Ám már a kéz, ami szorította, elkezdett a melle felé haladni, és suttogást hallott:

– Az enyém vagy! Az első naptól kezdve erre vágyom, most végre teljesül a vágyam – és csak tapogatta, fogdosta.

Isa hirtelen lefagyott. Nem, ez nem ő, csak álmodik. Azután észhez tért. Már tudta, mit fog tenni. Hagyta, hogy egy kicsit alábbhagyjon a szorítás, és cselekedett. Hátranyúlt, és erősen kezébe vette azt a bizonyos ékkövet, s a következő pillanatban összezárta az ujjait. Egy nagy kiáltás tört fel Eric torkából. Még lazább lett a szorítás, így a tanultak alapján leütötte az erős férfi kezét a mellkasáról. Egy csavarással hátra is törte. Leterítette hímsoviniszta főnökét.

– Lehet, hogy a nők a gyengéid, de nem mindig az van, amit te akarsz – vágta hozzá, és úgy, szétborzolt hajjal, megtépázva kiment a szobából. Nem jutott messzire, mert három lépés után feladták a lábai és összerogyott. Mindenki rá figyelt. Rohantak hozzá, hogy mi történt, de ő egyelőre azt sem tudta, melyik bolygón van. A barátnője, Barb hangját hallotta meg, ahogy szólítgatta.

– Isa, Isa, mi bajod? Hívjátok a mentőt! – kiabálta Barbara.

– Ne! Ne! Semmi baj, csak pihennem kell. Ennyi az egész.

Ebben a pillanatban megjelent a főnöke, és mint a vonyító kutya, kiabált:

– Te büdös, rohadt ribanc, összetörted a golyóimat!

Mindenki elhallgatott. Isa csak annyit mondott mosolyogva:

– Alsó madárfogásnak hívják.

– Ezért tönkreteszlek! Az életeddel játszottál most! Mi bajod lett volna egy kis hancúrtól?

– Csak annyi, hogy én nem akartam – mondta.

Eric nem vette észre, hogy megjelent a tulajdonos is ezen az össze jövetelen, s most előlépett a félhomályból. Carlos Turner szemei tüzet tudtak volna lövellni, Eric Silverton pedig menteni akarta a menthetőt:

– Csak egy kis szakmai vita, semmi más.

Eric nagyon sármos volt, igazi úriembernek tűnt. A vonzó megjelenését erősítette sportos eleganciája. A kissé őszülő, fekete, rövidre vágott haja, barna szeme; szép, íves szája, markáns álla... egyszerűen mindenki tekintetét vonzotta az a tökéletes összhang.

– Eric! Akkor ezt a jelenetet vegyem úgy, mintha csak egy apróságon vitatkoztatok volna? A hölgy megtépázva a földön ül, és reszket. Te összegörnyedve, ordítozva rohansz ki az irodádból, hogy ezt még megbánja. Mit is értettem én itt félre – vagy épp a többiek? Meg tudod ezt magyarázni valamivel? Hallgatlak.

Eric nagyokat pislogva nézett körbe, hogy valaki a pártjára állhatna, de tudta mindenki, milyen is ő valójában. Ezért inkább csak nézték, ahogyan állt ott görnyedten, a golyóit fogva.

– Halljam! Mi a magyarázatod?

– Hidd el, ő volt, aki kikezdett velem! Nem gondolod, hogy bárkivel is ilyet tennék, hisz' ismersz már több mint tíz éve.

– Lehetséges, hogy nem jól ismertelek. Nem is kell megmagyaráznod. Minden magáért beszél. Öt perced van, hogy eltűnj az épületből. A többit majd holnap, személyesen nálam.

– Ezt még megbánod, te kis... – de nem folytatta.

Isa a szemét nem vette le róla; várta, hogy szapulja, de nem így történt. Carlos odament hozzá és felsegítette, mert még mindig a padlón ült. Fel sem tűnt neki. A tulajdonos mondta Barbarának, hogy menjenek, és szedjék rendbe Isabellát.

Ezt az egészet már rég el kellett volna felejtenie, de az ilyen rosszabb napokon mindig előtörtek az emlékek.

Még mindig a zuhany alatt állt. Gyorsan megmosakodott, átöltözött az otthoni hosszú szoknyájába és az elnyúlt, csónaknyakú pulóverébe. Igen, ki kellett volna már dobnia, de ha egyszer olyan kényelmes volt...

Beizzította a kandallót. Nagyon szeretett előtte iszogatni, olvasgatni, gondolkodni, de most csak nézte a tüzet, ahogy ropta a láng a táncot. A foteljában ült, a kedvenc csészéjéből itta a Dom Perignonját. Üres tekintettel nézett ki a fejéből. Megszólalt a telefonja, és ő úgy megijedt, hogy kiborította a fehér márványpadlóra a bort. Ekkor örült, hogy nincs szőnyeg.

Nem tudta, hol jár, csak nézett, ám a telefon még mindig csengett.

– Jó-jó, megyek már, veszem már.

Nem tudta, miért, de mindig ezt mondta – mintha hallaná a másik fél.

„Carlos Turner" – ez volt kiírva a kijelzőre. A szíve hirtelen elkezdett nagyon hevesen zakatolni. *(Ezt nem lehet, csitulj!)*

– Szia, Carlos, ne haragudj, épp zuhanyoztam. Miben tudok segíteni?

– Szia, Isabella! Nem is tudom, csak hallani akartam a hangod.

Szinte látta maga előtt, ahogy mosolyog.

– Persze, persze, az Adonis pont az ő kisfőnökének a hangjára kíváncsi, ha-ha-ha. Jó vicc, Carlos. Na de tényleg, mondd mi a baj? – A szíve, az csak zakatolt: jó is lenne, ha az elhangzottak tényleg igazak lennének.

– Miből gondolod, hogy ez nem így van, ahogy mondom? Na jó, nem húzom tovább. Az előbb kaptam a hírt, hogy Olaszországba kell utaznom, és arra...

– Hű, ez nagyon jó hír! Akkor alakul az ottani menedzsmenttel a tárgyalás. A kedvesed is megy veled? Vigyáznom kéne addig arra a kis cukiságra, Snoopyra?

– Nem hagytad, hogy befejezzem, Isa. Nem, nem kell vigyáznod rá, mivel most te jössz velem.

Azt hitte, nem jól hall… hogy ő? Nem, ez nem lehet igaz.

– Én? Ezt nem értem.

– Nem is kell, csak készülj, holnap utazunk. Csini ruhát hozz, valakinek el kell bűvölnie az Olympic szállítmányozási cég embereit – nevetett, mert látta maga előtt, ahogy Isabella eltátotta a száját. – Jó éjt, Isabella. Holnap kilenc órakor érted megy a kocsi.

Isa csak állt a telefonnal a kezében, és nem hitte el, amit az előbb hallott. Ő a főnökével egy légtérben, olyan sokáig? Nem, ez nem lehet. Nem bízott abban, hogy ki fogja bírni, mivel az ominózus incidens óta neki ez az ember lett a mindene. Tudta, hogy ezt nem szabad, de mégis. Mindig ugratták egymást, viccelődtek, nagyon jóban lettek, de soha nem tartózkodtak egy helyiségben 10-20 percnél többet. Ezt mindenkinek a tudtára adta, aki próbálkozott nála: ő olyanokkal, akiknek barátnőjük, sőt feleségük van, soha nem kezd semmit. Ő bizony nem lesz harmadik. Carlost is csak messziről istenítette, na meg a képzeletében játszadozott el a gondolattal, milyen is lehet az érintése, csókja. Holnap pedig vele utazik! *(Na, most már szedd össze magad, Isabella! Össze kell szedned magad, el kell intézned, hogy valaki vigyázzon, vagyis csak ránézzen a lakásodra, hogy minden rendben van-e. Mi baj is lehet?)*

Hívta Barbarát.

– Szia, Barb! Nem zavarok?

– Persze, hogy nem. Szia, Isa, nagyon ijedt a hangod, vagyis inkább túlfűtött. Na, mesélj, végre rászántad magad, hogy elmenj randizni azzal a jóképű férfival a raktárból?

– Nem. Barb, hagyjál már ezzel, légyszíves! Nem vagy te kerítő!

– Pedig olyan jól összeillenétek…

– Barb, mondhatnám?

– Igen. Olyan kis izé vagy…

– Barb!

– Jó, mondd!

– Most hívott Carlos. Azt hittem, hogy utasításokat ad majd, kinek mi a dolga – tudod, utazik majd Olaszországba.

– Ne untass már, térj a lényegre!

– Jó. Adott is utasítást, miszerint készüljek, mert holnap én utazom vele.

A másik oldalon hallgatás, majd egy hatalmas „yes!" hallatszott.

– Barbara? Ez most mi volt? Aggódom! Én nem vagyok olyan, aki el tudja magát adni idegenek előtt, és ezt te is tudod.

– Igen, tudom. Itt az ideje ennek is, hogy megtanuld végre. Nem lesz semmi baj. Okos vagy, csinos, sőt mondhatjuk, hogy szép is.

– Köszi, ez most jólesett – jegyezte meg kis gúnnyal a hangjában.

Barbara csak nevetett.

– Jaj, neked semmi sem tetszik, Isabella!

– Légyszi, ne. Inkább jó leszek, és elkezdek pakolni. – Hangosan felnevetett.

– Na, ezt már szeretem. Jó kislány. Jó utat. Hidd el, minden rendben lesz!

– Úgy legyen. Csókoltatlak. Majd jelentkezem.

Letették a telefont, és ő még mindig ott állt kb. 10 percig a maradék borral a kezében, aztán megrázta magát. Hisz' ő nem lehet gyáva! Elkezdett pakolni. Félóra múlva a fotelben ült és somolygott: végre elkészült. Itta a finom nedűt, és elkalandozott.

Öt éve került abba bizonyos helyzetbe, amiből kivágta magát, de másként is alakulhatott volna. És igen, nyomot hagyott még így is benne: Eric megfenyegette, hogy ahol tud, keresztbe tesz neki. „Ezt vele egy ribanc nem csinálhatja."

Nagyon félt, de nem mutatta senkinek. Az incidens után Carlos több figyelemmel kísérte a céget, és persze az ő munkáját is. Fél év múlva már a kamionosokkal egyeztetett a címekről és az áruról, mit és hova, merre kell szállítaniuk. Egyre többet találkoztak az „Adonis" főnökkel, akinek teljesen mindegy volt, ki mit dolgozott: ugyanolyan emberként bánt mindenkivel. A kinevezésének tiszteletére rendeztek egy kisebb összejövetelt bent az irodában. Az „Adonis" is ott volt, vagyis ott maradt velük. Kicsit pezsgőztek, hidegtálat rendeltek, amelyen helyet kapott kaszinótojás, tormás krémmel töltött sonkatekercs, körözöttel töltött sajtszeletek, fasírtgolyók, valamint koktélparadicsom és uborka, fogpiszkálókra felszúrva; nagyon ínycsiklandó volt.

Itt történt az, amire persze melyik nő ne vágyna, hogy a főnök (aki odafigyelt rá az Erickel történtek óta) bizalmasan beszélgetett vele egy félreeső sarokban. Nagyon közel álltak, és érezték egymás illatát. A férfi a vállára tette a kezét, de ő semmire sem emlékezett ebből, csak arra, hogy égette a ruháján keresztül a bőrét az érintése. És az az izgató, csókos szája! Már kicsit becsípett. Eszébe jutott, milyen lenne megcsókolni. Észre sem vette, hogy ezt nem csak gondolja, hanem meg is tette. Forró, izgató volt, ahogy az ajkuk egymáséhoz ért. Arra vágyott, hogy beljebb hatoljon a szájába, érezni akarta a forróságot. Meg akarta ízlelni minden zegzugát. Hosszú, forró csókot váltottak. Mire feleszmélt, már nem látta Carlost sehol sem. Lehet, hogy álmodta? Azóta sem beszélték meg, mi is volt ez köztük. Úgy tettek, mintha mi sem történt volna. Ott ült a fotelban, és még mindig bizsergett mindene, ahogy a csókra gondolt. Erőszakkal lecsukta a szemét.

Arra riadt, hogy világos van. Biztosan álmodta.

Kávézott, elfogyasztott reggelire egy pirítóst vajasan, mert így szerette. Alig tudta ezt is megenni. Ideges volt... de miért is? Hisz' ez egy álom volt.

(Most az edzést kihagyom.)

Egyből zuhanyozni ment. Mikor kijött, törölközővel a testén ment a hálószobába és meglátta az elkészített bőröndöt. Mégis igaz! Remegett, de édes remegéssel.

(Vele?! Nem csinálhatok semmilyen hülyeséget, hiszen barátnője van, de nem is ez a lényeg, hanem hogy a főnököm, és milliomos. Nekem viszont a házamon és a kocsin kívül nincs nagy vagyonom. Ó, egek, már megint túlkombináltam egy ártatlan utazást!)

Hangosan felnevetett.

Alap sminket rakott fel: szemceruza (fekete, mert ezt szerette), szempillaspirál... na persze, az alapozó! Kezdhette elölről. Végre kész lett a smink. Piros blúzt, fekete kosztümnadrágot, piros, magas sarkú szandálcipőt vett fel, a zakóját lazán a vállára vetette, és útra kész volt. Ebben a pillanatban érkezett meg a Range Rower. Már nyitotta is az ajtót, és vidáman integetett, hogy indul.

Hosszú utazás volt, s bár nagyon szerette ezt a szandálját, már igazán le akarta venni. Útközben elolvasta az utasításokat, amelyeket Carlos írt neki. Nem volt hosszú, inkább lényegre törő. A szállodában fognak találkozni.

– Kék Páva? – nevetett egy nagyot. – Ugyan mit takarhat?

Szerinte nevetséges név volt egy szállodának. Na, erre kíváncsi lesz!

Carlos még mindig az irodájában volt, onnan hívta Isabellát. Amint letették a telefont, csak azt vette észre, hogy a szája fülig ér. Töltött egy whiskyt, és leült az asztala mellé, amely vörös fenyőből készült. Ez volt az éke az irodájának. Nem volt rajta semmi díszítés, csak egyszerűen szép volt; már a színe vonzotta a tekintetet. Az irodája nem volt giccsesen berendezve, mert nem szerette a felhajtást és a magamutogatást, mennyire jól megy neki. Ezért a baráti társasága sokat élcelődött ezen: „Megérkezett a mi kis Robin Hoodunk", és ez minden egyes összejövetelen elhangzott. Először még jót nevetett rajta, hogy így hívják, de mára már egy kissé unalmassá vált, sőt sértővé. Azért, mert van pénze, nem kell magából kifordulnia. Ő még mindig ugyanaz a Carlos, aki tudja, milyen egyik nap enni, a másik nap csak gondolni rá. Azután bekerült ehhez a céghez, mint lótifuti, és figyelt. Mindent meg akart tanulni, így szép lassan előrelépkedett. Egy nap felfigyelt rá az igazgató, hogy az ő elképzelései alapján rakják össze a címeket és a szállítmányt. Nagyon tetszett neki, hogy senkinek sem mondta el – „Ez az én ötletem" –, hanem ment, és csinálta tovább a dolgát. Azután előléptették, ő lett a fő-fő ember. Mint kiderült, az igazgató volt egyben a tulaja is a cégnek. Sajnálatos módon súlyos betegségben elhunyt. Nagyon sokat szenvedett. Hagyott végrendeletet, és mindent Carlos örökölt. Úgy fogalmazott a végrendeletben, hogy ő a fogadott fia a cégén kívül. Mivel nem volt senkije, így rátestálta az egész cég felügyeletét. Ekkortól változott meg az élete. Nem volt már éhezés és nélkülözés. Ezt ő sosem felejti el. Ezért nem is értette, hogy egyesek ilyenkor hogyan tudnak annyira megváltozni. Az egyetlen, amit az irodában kicserélt, az íróasztal volt. Ezüst berakásos diófa asztal, de neki nem ez volt a stílusa. Akkor döntött úgy, hogy szétnéz, hátha talál valami magához illőt.

Belépett a boltba, és meglátta a vörösfenyő asztalt. Egyszerű, négy fiókos, szekrényes, és közepén egy hosszú polc volt. Ez kellett neki. És most, ahogy ott ült a whiskyvel a kezében, csak mosolygott: végre rávette, vagyis utasította. Az óta a csók óta, amit a kinevezése napján váltottak, csak Isabella járt az eszében. Soha nem mutatta, de ez a csók! Az a puha száj, és az íze! Forró és zamatos! Ha erre gondolt, a libidója elkezdett mocorogni. Pedig nem volt köztük semmi más. De mégis, az Eric-féle incidens után még jobban felfigyelt arra az egyszerűen csinos, szexi nőre aki a lóti-futi szerepét játszotta ebben a körforgásban. Ami azon az összejövetelen, történt... Soha nem gondolta volna hogy ez itt is előfordulhat. Erőszakkal elvenni a szexet? Ki tesz ilyet? Pedig Ericben százszázalékosan megbízott, sőt mint barátra gondolt rá, de visszaélt a barátságával és a hatalmával. Ha azzal a lánnyal megpróbálta, akkor esetleg mást is zaklatott? Ilyen vak volt, és bízott benne. Igen, ilyen vak volt sajnos. Nagy erőfeszítésébe került, hogy ott a helyszínen ne keljen ki magából és ne juttassa intenzívre az állítólagos barátot. Miután megnyugodtak a kedélyek és Eric elviharzott, jó lett a hangulat. Minden jól ment, még Isabella is el tudta magát engedni.

Másnap Eric megjelent nála, és úgy csinált, mintha mi sem történt volna.

– Hé, Carlos, jó volt a tegnapi buli. Ezt megcsinálhatnánk többször is. Mit szólsz? – Kaján vigyorral a száján várta a választ.

– Jó volt a buli? Te tudod, mit akartál tenni, vagy hogy mit okoztál annak a lánynak? Gondolkodsz néha, vagy azt hiszed, mivel te vagy a főnök, mindent szabad? – nézett kérdőn Ericre, aki csak vigyorgott, pedig ő nagyon mérges volt.

– Jaj, hagyd már! Isa is akarta, csak noszogatni kellett. De arra nem számítottam, amit csinált; legközelebb okosabb leszek! – kortyolt egyet az italából, és nevetett egy nagyot. Na, ezt nem kellett volna. Elgurult az a bizonyos gyógyszer, és Carlos pillanatokon belül ott termett mellette, majd egy jól irányzott ütéssel behúzott neki. Az orrát találta el. Eric orrából ömlött a vér. Carlos kiabált:

– Legközelebb? Legközelebb?! Nem, nincs legközelebb! A mai naptól te nem dolgozol a cégnél! Megértetted?

Eric a meglepetéstől és a fájdalomtól meg sem tudott szólalni. Csak ült a fotelben, a kezét az orrára szorította, és bámulta Carlost.

– Most kirúgsz? Egy kis ribanc miatt? Talán te akartad felpróbálni? Csak szólnod kellett volna, és félreállok. Van más is, aki érdekel?! Nem teheted meg, hogy kirúgsz; én vagyok az, aki mindent irányít! Ezt hogy képzeled? – kérdezte orrhangon, ami így utólag nagyon vicces volt.

– Ez nem is kérdés! Már rég ki kellett volna penderítenem a cégtől! Azt hiszed, nem tudom, hogy mennyi pénzzel rövidítetted meg a céget és engem? De úgy voltam ezzel, hogy a cég nem fog tönkremenni. Ám ahogy tegnap viselkedtél, az felfoghatatlan a számomra. Ez megbocsájthatatlan! Ne is ragozzuk tovább. Ki vagy rúgva, azonnali hatállyal, és most tudod, merre van a kijárat. Nem kell köszönnöd sem! – Elfordult; ha most nem indul el, nem biztos, hogy nem veri pépé azt a negédes fejét.

Eric felállt.

– Még annyit mondok, remélem, megéri a kurva, hogy a barátodat lapátra teszed miatta! De ezt még megbánja, azt most leszögezem!

Carlos megfordult, a szeme szikrákat szórt, a keze ökölbe szortítva, a szemöldöke összehúzva. Lépett egyre előre, de Eric már az ajtónál volt. Tudta, ez a pillantás végzetes.

Nehezen higgadt le. Ivott egy whiskyt, és erőltette magát, hogy átnézze az asztalon lévő iratokat. Itt kezdődött a vonzalom, de csak messziről, ám most egy szállodában lesznek két hétig. Igaz, Isabella nem tudja, hogy 14 napra mennek. Felnevetett. Mennyit fog vele pörölni, ha ez kitudódik! Megint nevetett.

Az ajtó nyílt, belépett a barátnője – vagyis mindenki így tudta. Elég volt, hogy ő tisztában van vele, miszerint csak lakótársak, mert Lilynek nem volt hol laknia. Befogadta. Sajnos rossz dolgokon ment keresztül – ő is tudta, milyen az, ezért segített neki. Igaz, egyszer lefeküdtek, de másnap megbeszélték, hogy ez nem nekik való. Mármint nem a szex, hanem az egymással való együttlét. Ez már nyolc éve történt, s azóta annyira öszszeszoktak, hogy mindenki azt hitte, ők egy pár. Carlosnak ez nagyon bejött: így nem rángatták bele mindenféle randizásba.

– Szia. Minden rendben? Itt ülsz pohárral a kezedben és fülig érő vigyorral. Csak elmegy végre már veled?

Carlos ránézett. Csillogó, barna szemei is vigyorogtak. Felállt. Odament Lilyhez, felkapta az ölébe és forgott vele, közben nevetve kiabálta:

– Igen, igen, igen.

Letette Lilyt, és hozzátette:

– Igaz, nem volt más választása.

A lány oldalra hajtotta kissé a fejét, és mosolygott.

– Tudtam én, hogy megoldod, de el ne rontsd! Isa nem olyan lány, akit át lehet verni. Nehogy egyből nekiess, inkább csak puhítgasd. Látom, hogy te is bejössz neki. Légyszíves, ne ronts egyből ajtóstól házba! Jó?

– Ígérem, okos leszek. Annyira jó, hogy mellettem vagy! – mondta szeretetteljes hangon. – Mindent köszönök. A feleslegesnek tűnő játszmákat, amiket átéltél a baráti társaságban, de legfőképpen azt, hogy ennyire megértő vagy. – Odament hozzá, és arcon puszilta.

Lily is mosolygott.

– Hidd el, nehéz néha azt a társaságot elviselni, de élvezem is, amikor azt hiszik, milyen okosakat mondanak. Én meg nevetek belül a sok hülyeségen. Továbbá, azt hiszem, ennyivel tartozom neked. Az egyedüli ember voltál, aki felkarolt, és nem kért érte semmit az égvilágon. Alig várom már azt, amikor elmondod végre Isának, mennyire odavagy érte! Ott akarok lenni, majd elbújok a szekrényben, hogy ne lássatok – nevetett nagyot Lily, s Carlos is felkacagott.

– Tudod, drága barátném, azt kívánom neked, hogy a legeslegjobb dolgok történjenek veled, amíg világ a világ.

Átölelték egymást, de ez az ölelés csak baráti, sőt testvéri ölelés volt. Igen, ez az: a legjobb mostohatestvérek. Ezek voltak ők – és összeesküvők. Ez tetszett neki, ezért még jobban, teli szájjal vigyorgott.

Másnaptól kezdődik. *Holnaptól két hét vele.* Elköszönt az ő kis húgától. Bement a szobájába, de nem nagyon tudott mit kezdeni magával, csak járkált le-föl idegesen.

(Na, szedd össze magad, irány a zuhany, és alvás. Holnap a szexiség vár rád.)

Elment zuhanyozni, de épphogy langyos vízben. Észhez kell térnie. Hosszú zuhany után vacogva lefeküdt. A takaró melegsége álomba ringatta.

Reggel ébresztő nélkül kelt. Gyorsan lezuhanyozott, megborotválkozott. Állt a szekrény előtt, és töprengett, mit is vegyen fel. Nem értette magát: ez soha nem okozott neki gondot. De most csak állt ott már tíz perce, és nézte a sok ruhadarabot. Végül egy halványpiros ing mellett döntött, hozzá fekete nadrágot és zakót választott. A nyakkendőt nem szerette, így nem is kötött. A fekete Armani cipőjét szerette a legjobban, így megint csak azt választotta. Felöltözve megnézte magát a tükörben, és elgondolkodott, mit is csinál. Ő nem ilyen, aki páváskodik a tükör előtt – nevetett magán.

Átment a dolgozószobájába. A kedvenc helye volt az egész lakásban. Hogy miért? Ezt ő sem tudta megmondani, de legtöbbször itt lehetett megtalálni. Lily nyitott be az ajtón.

– Jó reggelt, Carlos. Azt a, de jól nézel ki! – mosolygott közben. – Ha most nem szeret beléd akkor soha.

– Jó reggelt, drága barátnőm! – Széles mosoly jelent meg a száján. – Köszönöm, édes, te is csinos vagy, mint mindig, és hagyd már... Erre vágyom öt éve. Szerinted pont most fog megtörténni?

– Ezt nem tudhatod, drága társam.

Erre a kijelentésre mindketten elnevették magukat.

– Milyen negédesek lettünk hirtelen, pedig nincs is itt senki rajtunk kívül. Na, mindegy is. Csak el akartam köszönni, még mielőtt elindulsz. Jó utat és sok szerencsét kívánok. Arra kérlek, ne játssz Isával! Csak magadat add, és a többi majd kialakul.

Millió puszi. Hozd össze azt a melót! – dobott egy puszit Carlos felé, és már ki is viharzott, meg sem várva a választ.

Befutott a kocsi. Indulás, és legyen úgy, ahogy Lily mondta: munka és szerelem legyen kipipálva.

Megérkezett a szállodához, és majdnem eltátotta a száját a meglepetéstől. A Kék Páva hű volt a nevéhez. A bejárat úgy nézett ki, mint a páva széttárt farktollai. Ugyanabban a színben is pompázott. Türkiz, kék, barna és fekete. Egyszerűen nem tudta levenni a szemét róla. Észre sem vette, hogy ott áll Carlos, és rá vár.

(Eszméletlen ez a nő. Egyszerűen szép.)

Össze sem tudták volna hozni, ha megbeszélik előre, hogyan is öltözzenek fel. Isa legalább öt percig – vagy lehetett tíz is – bámulta a bejáratott. Arra lett figyelmes, hogy valaki megérinti a vállát.

– Ó, Carlos! Megijedtem. Hát ez… ez… Én meg nevettem a nevén, és azt gondoltam, milyen nevetséges név egy szállodának, de most! Eláll az ember szava a látványtól. Tényleg, mint egy páva!

– Szia, Isabella! Nos, hogyan döntesz? Itt kint szeretnél maradni, vagy belülről is megnézzük? – tudakolta mosolyogva. Isa meglepett arccal és mérgesen nézte, de hirtelen eljutott az agyáig, miért is mondja ezt Carlos. Elnevette magát.

– Hát, nem is tudom. Azt hiszem, bemennék. De arra kérlek, lökj oldalba, ha nagyon folyna a nyálam a csodálkozástól, amint meglátom a szálloda belsejét. Jó?

Carlos nevetett. Belekarolt Isába, és elindultak. A szálloda belül még csodálatosabb volt. A falak hófehérek, kis kék beütéssel, színátmenettel, a mennyezet pedig kék, mintha az eget nézték volna. A hallban a fotelek ugyanezt adták vissza, csak a színük halvány barnából ment sötét barnába, a padló pedig fekete márvány volt, de abban is visszaköszönt a kék, sárgásbarna, fehér szín. Tényleg csak ámult. A pult is halvány- és sötétbarna átmenettel volt kialakítva, rózsamotívumok belefaragva, ennek ellenére egyáltalán nem volt giccses, még véletlenül sem. Vonzotta a tekintetet.

– Jó napot, Turner úr! Rég járt nálunk. A hölgyben kit tisztelhetek?

– Jó napot, Juan! Igen, már nagyon rég volt. A hölgyet, amint kibámészkodta magát – itt huncut mosoly jelent meg az arcán –, be is mutatnám.

– Ó, elnézést, de csak ámulok. Jó napot. Isabella Adams vagyok.

– Jó napot, Miss Adams. Ezek szerint ön még nem járt nálunk.

– Nem, Juan, még nem jártam ebben a csodálatos szállodában.

– Köszöntjük a szép szavakat. Remélem, az itt tartózkodása alatt ezt a színvonalat tudjuk tartani. Uram, a szokásos lakosztályát tartottuk fenn az ön számára és Miss Adamsnek.

– Köszönöm, Juan. Meg is néznénk.

– Máris jön a londiner, és felkíséri önöket. Érezzék jól magukat.

– Várj! Micsoda? Egy lakosztályt mondott? Nem külön szobánk van?

Ijedt hangja megrémisztette Carlost.

– Igen, egy lakosztály. Mi a baj ezzel? – ült ki szemtelen mosoly az arcára.

– Nem is tudom, csak az, hogy... – Nem mondta tovább, mert nem találta a szavakat, amelyekkel kifejezhette volna érzéseit.

(Ez nem jó! Hogy fogom így titokban tartani az iránta érzett érzelmeimet?)

– Ne izgulj már, Isabella! Gyere, és foglaljuk el végre. Utána megbeszélünk mindent – húzta maga után Isát, és közben belül nevetett egy nagyot, mivel tudta, hogy a lakosztályt ketté lehet választani.

Isa lába hirtelen felmondta a szolgálatot. Nem akart megmozdulni. Bele sem akart gondolni, hogy együtt kell laknia ezzel a szépfiúval, aki a szívében a legfontosabb helyett kapta. Végül nehezen, de beszállt a liftbe. A legfelső emeletre mentek. A szobaszámuk az 1111-es volt.

(Ez most biztosan vicc. Az élet tréfálkozik velem, az tuti.)

A londiner bekísérte őket. Carlos busás borravalót adott neki és kért még valamit, de azt ő már nem hallotta. A látvány, ami fogadta, egyszerűen káprázatos volt. Az első, amit meglátott, az a gyönyörű kilátás volt: mintha a föld és az ég egyesült volna a szobában. A helyiségben körkörösen volt elrendezve a hófehér bőrkanapé és – fotel az ovális üvegasztal körül. Az asztalon sárga rózsából kötött csokor állt egy hófehér vázában, amelyen ezüstös, nonfiguratív díszítés kapott helyet. A fürdő olyan márvánnyal volt kirakva, mint amit a hallban látott. A berendezés hófehér volt, ezüst beütéssel. Hatalmas kád, és mellé volt készítve jégben egy üveg Charmant pezsgő. Szédült a látványtól. Milyen lehet akkor a háló?

Kinyitotta a kétszárnyú ajtót. Hófehér bár, franciaágy beépített hangszóróval. Az ágynemű ezüstszürke, fehér nonfiguratív mintával. Az éjjeliszekrényen ezüst színű lámpa.

Carlos hangja rántotta vissza a valóságba.

– Isabella! Mennünk kell!

– Nem is frissítjük fel magunkat?

Úgy érezte, ráférne. Nem a hosszú út, hanem a gondolat miatt, ami keringett az agyában.

Együtt kell aludniuk?!

Emiatt.

– Nem, erre nincs idő, nem szeretnék elkésni. Gyere, vár a kocsi.

– Te milyen gonosz vagy, Adonis! Ha azt mondják, hogy rossz a szagom, rád fogom, hogy a te bűnöd!

Úgy tett, mint aki nagyon haragszik. Keresztbe tette a kezét a melle előtt, és összehúzta a szemöldökét. Carlos nagyot nevetett ezen a kislányos viselkedésen.

„Most kéne a karomba kapni és vinni a hálóba, és csak csókolni, csókolni" – ez a gondolat járt a fejében.

(Nem tehetem. Majd ha kéri, pedig most annyira aranyos volt, szeretetteljes.)

– Na, ne duzzogj, légy szíves! Ígérem, ha ezt modják, magamra vállalom, hogy a cégig futva kellett menned, mert itt hagytalak – mondta nevetve.

– Na jó, így már veszem is a táskám és mehetünk. Megmondom, mennyire gonosz a főnököm. Futásra kényszerít – nevette el ő is magát. Vette a táskáját és a zakóját, indult az ajtó felé.

Carlos csak nézte. Ez a látvány! Ahogy lépked, a feszes feneke megmozdul. Ez a nadrág pedig még ki is emeli. Ezt hogyan fogja kibírni?

Isa hátranézett a válla fellett.

– Na, Mister Adonis, jössz, vagy csak bámulod a fenekem?

– Én nem is azt bámultam! Na jó, igen – mosolygott. – De itt volt előttem, nem hagyhattam ki!

– Persze! Ha itt lennél mellettem, nem kéne a hátsómat nézned. Gyere, mert várnak ránk. Nem hallottad? Most mondta a nagyfőnök, hogy nem akar elkésni – mosolygott.

– Jövök már, de légyszíves, ne riszáld a hátsód. Teljesen elvonja a figyelmét az embernek. – tette hozzá szemtelen vigyorral a száján. Isa odafordult, kinyújtotta a nyelvét és megriszálta a hátsóját.

– Így ne csináljak? Ó, bocsika, mégis megtettem. Tudod, engem nem lehet szabályozni, mert nem tartom be. – Megint kinyújtotta a nyelvét.

Carlos csak állt, és hangosan hahotázott. Odament hozzá, a karját nyújtotta. Közelebb hajolt, és a fülébe súgta:

– Még egy ilyen riszálás, és megmutatom, mit tennék vele!

Isabellát édes borzongás járta át. Nem akart belegondolni, ezt hogy is értette Carlos. Nyelt egy nagyot, és elindultak. A liftben látta, milyen vörös lett az arca. Igaz, az alapozó segített, de azért lehetett látni a pirospozsgás arcát. A recepción leadták a kulcsot,a kocsi már kint várta őket.

Ez egy hosszú nap lesz – gondolta, és igaza is lett. Nehéz volt a tárgyalópartnereket meggyőzni, de végül is sikerült. A szállodához érve érezte, hogy most jólesne neki egy pohár bor. Most jutott eszébe, hogy enni sem volt idejük; valószínűleg azért szédült enyhén. A szobájukba érve belehuppant az egyik fotelbe, és vette is le a szandálját.

– Jaj, ez milyen jó!

Felrakta a lábát a fotel karfájára és le-fel lóbálta, közben hajlítgatta a lábujjait. Carlos az ajtófélfának dőlve nézte a jelenetet. Somolygott magában és konstatálta, hogy ez az a nő, aki kell neki. Meg kell szereznie mindenképp. Ő is odament a fotelhoz, és leült az asztalra. A kezébe vette Isabella lábát, és finoman elkezdte masszírozni. Isa hirtelen lefagyott, és meg sem tudott szólalni.

Ez mennyire jólesik, és hogy égeti a lábát a férfi bőre, ahogy hozzáér! Mennyire jó lenne máshol is érezni a testén, vagy az arcán az érintését.

Carlos több percig masszírozta a talpát és lábfejét. Amikor abbahagyta, Isa ráemelte a tekintetét a férfira és csak ennyit tudott mondani:

– Köszönöm, ez jólesett.

Carlos, mintha mi sem történt volna, felállt, és elindult az háló felé. Elkezdte kigombolni az ingét. Hátrafordult, és azzal a szexi pillantásával kísérve annyit mondott:

– Igazán nincs mit – s mosolyogva levette az ingét.

Isabella csak kapkodta a levegőt. Az a felsőtest! Nem is tudta, hogy Carlos gyúr. Csak egy kicsit meg érinthetné!

Nem, Isa, szedd össze magad! Fordulj el! Ne bámuld már! – mondta magának, s csak remélte, hogy mindezt nem mondta ki hangosan.

Carlos élvezte azt a pillantást, amellyel a lány ránézett. *Igen, ezt kell csinálnia. Elhúzni a mézesmadzagot, így az övé lehet. De mi van, ha nem? Á, ezek a kusza gondolatok kinyírják az embert.*

Beállt a zuhany alá, de nem érzékelte, meddig volt alatta; végre kikapcsolt. Csak hagyta, hadd folyjon rá a langyos, hűs víz. Isa csak ült a fotelban, és el volt ájulva.

Ez most mi is volt? Igaz, nagyon jólesett, ahogyan a zsibbadt lábát masszírozta. Hogy mennyire jó érzés volt! Á, *ne kombinálj, Isabella* – állította le magát –, *csak egy jóleső kis gesztus volt. Szedd már össze magad, és tölts valamit végre.*

– Így igaz! – kiáltott fel, de ezt már hangosan. Gyorsan körbenézett, hogy Carlos ott van-e, mert hogy is magyarázza el neki, mi volt ez?! De nem volt senki rajta kívül a szobában, így saját magán nevetve töltött egy whiskyt. Azt hallotta, nagyon finom, tehát itt volt az ideje, hogy megkóstolja. Belekortyolt. Égette a torkát a „tüzesvíz”. Tényleg jó. Miért is nem kóstolta meg eddig? Visszaült a fotelba felhúzott lábakkal. Kortyolgatta a whiskyjét. Végre csak élvezte, ahogy a finom nedű átjárja.

Carlos jelent meg a szobában.

– Ez nem ér! Egyedül iszogatsz? – kérdezte kicsit durcás képpel.

– Nem gondoltam, hogy te is erre vágysz – reagált Isa tettetett meglepetéssel az arcán.

A férfi töltött magának egy pohárral, és úgy törölközőben lehuppant a fotelba. Isa kissé zavarban érezte magát, de megpróbálta nem mutatni.

– A mai napon nagyon jól összedolgoztunk. Nem hittem volna, hogy egy nap elég lesz a meggyőzésükre, így van egy kis pihenőidőnk. Holnap elmehetnénk szétnézni a városban. Úgysem jártam még Olaszország ezen vidékein. Remélem, hoztál magadnak kényelmesebb cipőt és lazább öltözetet.

Persze, hogy rakott be, de ezt ugye nem gondolja komolyan? Miért is menne? Pihen itt a szállodában, és két nap múlva már otthon is lesz.

– Mindig van nálam kényelmes ruházat.

– Az jó. Akkor holnapra kitalálok valami jó kis programot.

– Dehogy találsz! Pihenek holnap!

– Persze, persze. Pihenni fogsz, de majd csak a program után – somolygott az orra alatt.

– Na jó, ha nem hiszed, meglátod holnap. Most pedig megyek és lezuhanyozom – azzal letette az üres poharát és elindult a fürdő felé. Már mikor levetkőzött, jött rá, hogy a ruháját kint hagyta. Mindegy, kimegy ő is törölközővel a testén. Élvezete a forró vizet, ahogy égette a bőrét. Kb. 10-15 percet állt alatta. Megtörölközött, és észrevett egy köntöst felakasztva. Mégis jobb, mint a törölköző. Kiment, de Carlos már nem volt sehol. Egy üzenet várta:

„Drága Isabella! A hallban várlak. ☺ Ui.: Csinos legyél! ☺"

Csinos? Ez szép – duzzogott magában, de már azon gondolkodott, mit vegyen fel. Átnézte a csomagját. Végül egy fehér-kék, átlapolt ruhánál döntött. A hallba érve kiszállt a liftből és most is a szemet gyönyörködtető látvány fogadta.

Carlos ugyanezt gondolta, ahogy meglátta Isát.

Az a fehér-kék ruha, a kék magassarkú cipő, kék velúr táska őrjítő hatást keltett benne. Az alakja is pompás volt, de amikor az arcát meglátta, szavakat nem talált. A vállára leomló, fekete, hullámos haja gyönyörű volt. A megszokott, most éppen narancsos-piros rúzs kiemelte azt a szépségesen telt ajkát. Felkapná, és már vinné is vissza a szobába, ahol csak csókolná, csókolná, puszilná… mindenhol.

– Carlos! Carlos! Jól vagy? Már öt perce szólongatlak!

– Ne haragudj, Isabella – kicsit mondta megszégyenülve –, csak belemerültem a gondolataimba.

– Na, szép, mondhatom! Itt áll előtted a világra szóló Isabella Adams, és te máshol jársz! – mondta, mintha nagyon megsértődött volna, ám közben azért pajkosan mosolygott.

– Tényleg ne haragudjon, Miss Adams. Mit is képzeltem magamról?

A nő bólintott egyet, hogy megbocsájt, Carlos pedig meghajolt előtte. Karon fogta, s már mentek is az étterem felé. Odasúgta neki:

– Nagyon csinos vagy! – de nem várta meg a reakciót. – Te is annyira éhes vagy, mint én? Meg tudnék enni egy elefántot is! – vigyorgott, mikor ránézett.

– Most, hogy emlékeztettél rá, rettenetesen éhes vagyok!

Nevetgélve mentek be az étterembe. A főpincér már sietett is eléjük.

– Mister Carlos! Üdvözlöm újra nálunk! A szokásos asztalt készítettük elő önnek.

– Üdvözlöm, Mario! Szuper, de most két terítéket szeretnék kérni – nézett a mellette álló, csodás nőre.

– Természetesen, uram! A hölgy nevét esetleg megkérdezhetném? Ezek a Miss vagy Mrs. megszólítások olyan személytelenek.

– Természetesen, Mario. A hölgy neve Isabella.

– Ó, de csodás név! Köszönöm – azzal az asztalukhoz vezette őket. Az asztal, amihez odakísérte őket Mario, a kertre nézett. Káprázatos látványt nyújtott az olajfák, gyönyörű bokrok, rózsák sokasága.

Kaptak egy itallapot, ahol az árak nem voltak feltüntetve. Carlos megkérdezte, választhat-e helyette. Isa igent mondott. A férfi választott: vörösbort kért, Dom Perignon-t. Miközben kihozták, ők nézegették az étlapot. Isabella úgy döntött, ebben is rábízza magát a férfira, aki homárt rendelt. A nő csak ámult.

Homárt?! Azt sem tudja, mi is az. Hogyan kell enni a homárt? Most mérges volt magára: miért nem választott inkább ő? „Isa, Isa. Na, most vagy pácban."

Carlos csak nézte, és látta, hogy nagyon gondolkodik. Az arca szinte hófehér volt.

– Isabella! Ne aggódj, majd mutatom, hogyan csináld.

Isabella hangosan felnevetett:

– Te kis mocsok, direkt csináltad?

– Én? Nem csinálnék ilyet – s megint csak nevetett.

Isa morcos arcot vágott, kinyújtotta a nyelvét. Hangos nevetés tört ki belőle. Mindenki őket nézte. Felállt, körbenézett.

– Elnézést, hölgyeim és uraim, de ez a nő annyira bájos, amikor morcos, hogy legszívesebben megcsókolnám.

Tapsot kapott, majd visszaült a helyére. Isabella tátott szájjal nézett rá. A levegő nem akart ki-be járni benne.

„Ez most mi volt? Ja, ez az igazság!"

Beleivott a borba. Ugye nem jól hallotta, amit mondott? De miért is van felháborodva, mikor öt éve erre vár? „Na, csitulj, és élvezd a társaságot."

Fecsegtek, csacsogtak mindenféléről, közben megérkezett az a bizonyos szörnyeteg. Ínycsiklandó illata volt. Vörösen figyelt a tálon. Carlos megmutatta, hogyan és mivel kell enni és kibontani a páncéljából. Miután megették, kiültek a bárba. Halk zene szólt. Whiskyt iszogattak. A zenészek rákezdtek, romantikus világítás gyúlt ki hirtelen, s megváltozott hangulat. Modern és retro számok is voltak a repertoárjukban. Az iszogatás bátorít, és Isa imádott táncolni, felkérte hát a férfit. Mikor a táncparkettre léptek, lassú szám szólt. Ha Isa jól emlékezett, akkor Madonna, de lehet, hogy Rick Astley. Azt tudta, hogy lassú.

Carlos lágyan átölelte az egyik kezével a derekát, a másikkal pedig megfogta a kezét. Égette a derekát a férfi tenyere. Bizsergett. Táncoltak. Nem mert a férfira nézni, de Carlos felemelte az állát és kényszerítette. Mindkét kezét rátette a derekára, a nő pedig a nyaka köré kulcsolta a kezét. Egymás pillantásába mélyedtek, s csak nézték egymást.

Egy kívülálló szemében annyi látszott, hogy perzsel körülöttük a levegő. A zene alábbhagyott, de ők még mindig táncoltak. Egyszer csak egy csörgést hallottak. Erre riadtak fel. Szétnéztek és látták, hogy már csak ők ketten vannak a parketten. Zavartan összenéztek. Kéz a kézben az asztalok közt a bárpulthoz mentek, és kértek még egy whiskyt.

Isa már érezte, hogy kezd a fejébe szállni. Most annyira elszívott volna egy cigit!

– Carlos, tudom, te nem cigizel, de bennem már ugrálnak odalent, hogy küldjek már le egy slukkot – nézett rá kérdőn.

– Rendben, Isabella. Menjünk a kertbe. Ott van a dohányzórészleg, és vihetjük az italokat is.

– Ó, köszönöm, Adonisom! Imádni való vagy – nyomott egy puszit az arcára. A férfi bőrét égette ajka.

– Na, gyere, te kis cigisem, menjünk.

Kimentek a rózsalugasos teraszra. Isabella elővette a dobozt, kihúzott egy szálat és meggyújtotta.

– Ó, ez milyen jó!

– Ezt már másodszor hallom a mai nap folyamán – ült le mosolyogva Carlos a padra.

Isa ránézett azzal a tekintetével, amitől ő most a legszívesebben a magáévá tette volna mindenki előtt. Beindult a libidója. Az arca vörösödött – igaz, ezt csak ő érezte. A lány ivott az italából, eloltotta a cigit, és leült mellé a padra. Úgy ültek ott egymás mellett, miközben a combjuk összeért, mint egy szerelmes pár.

Kértek még egy kört. Iszogattak, beszélgettek, nevetgéltek. Egymás szavába vágtak. Isa Carlos vállára hajtotta a fejét, úgy nézték az eget és a csillagokat. Már éjfél is elmúlt, amikor visszavonulót fújtak. A liftben szorosan egymás mellett álltak. A szobába érve Isa elment zuhanyozni, majd törölközőben lépett ki, mivel semmi más nem volt bent. Carlos whiskyvel a kezében nézett ki az ablakon.

– Töltenél nekem is, ha megkérlek?

– Persze – nyúlt a pohárért, és töltött neki is. Amikor hátrafordult, akkor vette észre, hogy csak egy törölköző van a lányon. Majdnem elájult a látványtól. Átnyújtotta a poharat, és a kezük összeért. Milyen csodás érzés volt! Isa odaállt mellé. Együtt nézték a város fényeit.

– Carlos, kérdezhetek valamit?

– Igen.

– Mondd, mindenkinek ezt az előkellő kiszolgálást nyújtod, mint most nekem?

– Vagyis most arra vagy kíváncsi, hogy mennyi nőt hoztam már ide? – mosolygott az orra alatt.

– Öhm... dehogyis – nézett rá kipirult arccal, pedig teljesen jogos volt a feltevése.

– Na jó, tudod mit, Adonis? Vedd úgy, hogy nem is kérdeztem semmit sem! – Durcásan hátrafordult, és kinyújtotta a nyelvét a férfira.

– Azt hiszem, ha ezt még egyszer megcsinálod, büntit kapsz – mondta kissé sejtelmesen, morcos arccal.

– Ja, persze, mert te majd megbüntetsz! Ha-ha-ha – és újra ki nyújtotta a nyelvét.

Carlos odalépett hozzá, magához húzta, és forró csókot kezdeményezett. Finoman belenyomta a nyelvét az ajkai közé, és körkörös mozdulatokkal ízlelgette a lány forró száját. Isa hirtelen lefagyott, de erre a pillanatra várt már réges-régen: megízlelni a férfi forró ajkát. Szenvedélyes csókba kezdtek. Carlos keze a lány arcáról lassan, finoman lecsúszott a csupasz vállára. Érezni akarta az ujjain bőre finomságát. Lassan, nagyon lassan végigsimított a hátán és a gerincén. Ebben a pillanatban Isa megrándult.

– Úristen!

Ez olyan volt, mintha megrázta volna az áram, de nem rossz értelemben. „Felszabadította az évekkel ezelőtt elnyomott erogén zónát!” – Ez a gondolat futott át az agyán.

A férfi is észrevette, és nagyon tetszett neki. A csókolózás heves, szenvedélyes volt. Isa elejtette a poharát, erre eszméltek ebből az öntudatlan szenvedélyből. Nem mert a férfi szemébe nézni, mert szégyellte, hogy ennyire élvezte a csókot.

– A fene vigye el! Ezt meg csináltam! – hajolt le, és elkezdte felszedni a pohár maradványait. De nem vette észre, hogy amikor lehajolt és legguggolt, kivillant feszes feneke és combja.

– Semmi baj, Isabella, de el ne vágd az ujjad! És csak folytasd, amit csinálsz!

Féloldalra billentette a fejét, és élvezte a nő combjainak látványát. Egyszerűen tökéletes volt. Izzott a tekintete. „Azt hiszem, most viszem a szobába... mit szobába! Itt, a fotelben ízlelem meg a combok végén található édes alagút ízét!"

Ilyen és más gondolatokkal a fejében kissé ittasan inkább kényszerítette magát, hogy másra koncentráljon.

– Jaj, Isa, drága, hagyd! Hívom a portát, és máris küldenek valakit, aki ezt megoldja nekünk.

Már tárcsázott is.

– Szép estét, Juan! Ne haragudjon, de eltört egy pohár és az ital is a földön landolt – mosolygott. – Küldene fel hozzánk valakit, aki ezt a helyzetet helyre teszi?

– Szép estét, Turner úr! Persze, természetesen. Máris intézkedem.

– Köszönöm, Juan, és elnézést a kellemetlenségért.

– Nincs semmi baj, uram! Ahogy, tudunk, segítünk – ezzel letették a kagylót.

Isa csak állt, és nem kapott levegőt. *Isa, drága!* Ezt jól hallotta? És az a csók! Az, ahogyan simogatta őt! Á, az isteni volt. Annyira, hogy nedves lett tőle, de nem szégyellte, hanem még akarta. Többet és többet! Na, elég, vissza kéne térnie a valósághoz...

– Nem is haragszol?

– Miért is haragudnék? A poharak már csak ilyenek. Leesnek és eltörnek – mosolygott szélesen.

Isa is elmosolyodott, s végre oldódott a feszültség. Kopogtak.

– Igen?

– A szobaasszony vagyok, uram.

– Máris nyitom.

Kinyitotta az ajtót, és egy csinos nő állt ott.

– Elnézést, hogy ilyen későn hívtuk.

– Semmi baj, uram – ezzel belépet a szobába és már tette is a dolgát, amit nagyon profin végzett.

Isa lesütött szemmel állt. Nem tudta, mit is csináljon, így csak állt bután az ablaknál. Victoria, mert így hívták a lányt, pár pillanat alatt felszedte a maradványokat és indult is.

– Nagyon szépen köszönöm. – Csak ennyit tudott mondani.

– Igazán nincs mit, Miss – nyitotta mosolyogva az ajtót. – További szép estét önöknek – és már nem is volt a szobában.

Carlos felnevetett, Isa durcásan ránézett.

– Most min is nevetsz? – Karba tette a kezét a melle előtt.

– Annyira édes voltál, nem tudva, hogy ezt a szitut hogyan is kezeld! – és csak nevetett.

– Nem nevet, együtt érez, tudod – de ő is elmosolyodott.

– Azt hiszem, ideje lesz lefeküdni. Holnap hosszú napunk lesz.

Odalépett a lányhoz. Isa se köpni, se nyelni nem tudott. Carlos meg fogta az arcát és nyomott egy puszit a homlokára, orrára, szájára.

– Jó éjt, Isabella drága! A te szobád – kinyitott egy ajtót – itt van.

A lány csak állt, és nem tudta, megkönnyebbüljön vagy fel legyen háborodva.

– Már a ruháidat is átvittem. Ne állj már úgy ott, mint egy szobor! Úriember vagyok; csak akkor viszlek az ágyamba, ha te is úgy érzed, hogy itt az idő – kacsintott egyet, és bement a hálójába.

Isabella csak állt ott, hogy meddig, azt nem tudta. Mikor észhez tért végre, bement a szobájába. „Úriember?! És tényleg. Kihasználhatta volna a helyzetet, de nem tette. Vajon miért is nem?" Ő nagyon akarta! Á, már nem is tudta, mi van. Az érzései úgy összekuszálódtak, hogy ember legyen a talpán, aki kibogozza. Nem bajlódott azzal, hogy hálóruhát keressen: úgy, törölközőben feküdt le. Azt hitte, el sem fog tudni aludni, ám pillanatok alatt az álmok tengerére szállt.

Carlos már tíz perce ott állt az ajtófélfának dőlve, és nézte őt. Alvás közben a törölköző lebomlott róla. Meztelenül aludt. „Ó azok a telt keblek!" Legszívesebben rájuk hajolt volna, és játszadozni kezdett volna velük!

– Istenem! – Egy sóhaj hagyta el a száját. Isabella mocorogni kezdett. Kinyitotta a szemét és meglátta a férfit.

– Jó reggelt! – köszönt oda neki. Fel sem tűnt neki hogy meztelen.

– Jó reggelt, Isabella! – mosolygott sejtelmesen.

– Most mi ez a mosoly?

Ekkor nézett magára.

– Upsz! Hol a törölközőm?

Egyből maga elé kapta a takarót.

– Ne szégyenlősködj, nincs miért – mondta –, gyönyörű volt a látvány!

Nagy vigyorral ki ment a hallba. Isa csak kapkodta a levegőt, de azért valahol tetszett neki a férfi reakciója. Magára tekerte a takarót, és elment a fürdőszobába rendbe szedni magát. Zuhanyzás közben visszagondolt a tegnap esti csókra. „Mennyire finom és szenvedélyes volt!"

Carlos szakította félbe a gondolatmenetét.

– Isabella, drága! Jól vagy? Már félórája bent vagy! Nincs bajod, ugye?

– Félórája? – Elnevette magát. – Nem. Nincs baj. Megyek már!

Még mindig a takaró volt köré tekerve, mert a ruháját bent hagyta a szobában.

– Végre már! Azt hittem, hogy elvittek az ufók! Gyere reggelizni, már felhozták.

Pirospozsgásan ült le az asztalhoz, ahol tojásrántotta, szalámi, vaj, pirítós, eperlekvár, koktélparadicsom, kaliforniai paprika, mozzarella, cheddar sajt, Pannónia sajt, uborkarózsák voltak elhelyezve a tálcán nagyon gusztusosan. Nem is tudta, miből vegyen. Legszívesebben mindent rakott volna a tányérjára. Végül a tojásrántottánál maradt, kis koktélparadicsommal és az uborkarózsával. Pirítóst evett hozzá. Miután megreggeliztek, Carlos sürgette, hogy menniük kellene már. Elindult a szobájába, hátrafordult, és kinyújtotta rá a nyelvét.

– Azt hiszem, ezt tegnap meg beszéltük, de játsszál csak a tűzzel, nekem ez nagyon imponál! – és megfenyegette az ujjával a lányt.

Isa csak mosolygott, és bement felöltözni. Rövid farmer shortot választott, fekete, V kivágású pólót, és sportcipőt. Mikor kijött a szobából, Carlos már az ajtónál várta.

– Végre, kisasszony! Mehetünk?

– Milyen „végre", uram!? Igen, mehetünk – azzal kilépett az ajtón. A lifthez érve Carlos átfogta a derekát hátulról, és a fülébe súgta:

– Észvesztően néz ki, hölgyem! – nyomott puszit az arcára. Isabella ráemelte a tekintetét, és szégyenlősen mondta:

– Köszönöm, uram!

Mindketten mosolyogtak. A szállodából kilépve azt várta, hogy ott lesz a kocsi és azzal mennek tovább. Meglepődött, amikor a férfi kézen fogta és elindultak. Csak kapkodta a fejét, annyi látnivaló volt. A házak, amelyeket virágok borítottak. Az utca. Még jó, hogy nem magassarkúban jött, mert a macskakövön kitörete volna a bokáját. Így volt, amikor Carlosnak kellett megfognia, el ne essen. De nem tehetett róla: ő csak nézelődött. Volt, ahol a kis asztalka mellett kint ültek idősebb emberek. Sakkoztak. Rendkívül közvetlenek voltak: akikkel találkoztak, mindenki köszönt: „Buongiorno". Először csak nézett értetlenkedve, aztán „Adonis" felvilágosította, hogy illik visszaköszönni, ha már üdvözölték. Kicsit szégyellte magát, mert nem tudta, mit jelent, de utána visszaköszönt mindenkinek, és nagyon élvezte, hogy ezt is megtanulta. Büszke volt nagyon magára. Neki honnan kellett volna tudnia, mit is jelent? Durrogott egy sort magában, aztán élvezte a sétát.

Elértek egy parkhoz, ami tele volt olajfákkal. Ámult és bámult, ez milyen csodás látványt nyújt. Olyan volt, mint egy kisgyerek: csodálkozva nézett körbe. A park közepén volt egy szökőkút, amely egy lányt ábrázolt a kezében egy kancsóval, amiből a szökőkútba folyt a víz. Odarohant és látta, hogy tele van dobálva aprópénzzel.

– De szép! Szerinted is az?

A férfi azt felelte volna szíve szerint, hogy „te vagy a szép", de félt, hogy a tegnap esti csók után elriasztaná a lányt. Így csak ezt válaszolta:

– Igen, szerintem is az.

Csakhogy ő nem is a szökőkutat nézte, hanem Isát. Észrevette ezt ő is, de nem mondta neki.

– Ugyan miért van teledobálva pénzzel? De honnan is tudnád, nem itt élsz...

– Ez övön aluli volt, csak megjegyezném. Igenis tudom – vágta rá Carlos, és durcáskodott egy ideig.

– Jó, jó bocsánat. Mivel tudnálak kiengesztelni?

Odament hozzá, és megfogta a kezét.

– Egyelőre ez is megteszi – nézett le a kezükre. – A többit még kitalálom a mai nap folyamán. Visszatérve a kérdésedre; az emberek azt tartják, ha beledobnak egy érmét és kívánnak valamit, az teljesül.

– Ez komoly? Ki kell próbálnom! A fenébe, nem hoztam pénzt! Mert siettettél!

Szomorú arcot vágott. Carlos benyúlt a zsebébe, odaadott neki egy érmét.

– Nehogy emiatt szomorkodj. – Szeretetteljes pillantása megbabonázta a lányt.

– Köszönöm, a szállodában visszaadom.

Elindult a kút felé.

– Mindenképpen. Ettől fogok tönkremenni! – nevette el magát.

Mennyire cuki! Isa kiöltötte a nyelvét.

– Azt hiszem, lesz, amit meg kell bocsátanom. Húzom a strigulákat.

Megint kapott egy nyelvöltést.

A kút mellett Isabella a gondolataiba mélyedt.

„Ha azt kívánom, vagyis nem... Ó, ez milyen nehéz döntés! Megvan mindene már most. Ami hiányzik az életéből, az a boldogság és a szerelem! Viszont az egyikkel jár a másik, ő így gondolja. Meg is van! Boldogságot kérek." Ezzel a lendülettel megpuszilta az érmét és már dobta is a kútba.

– Na, mit kívántál?

– Titok! Ne tudtad, hogy nem lehet elmondani, mert nem teljesül?

– De tudtam, csak kíváncsi vagyok.

– Ne legyél! Tudod, mindig azt mondták, mikor kicsi voltam: „Ha valaki kíváncsi, hamar megöregszik". Hogy néznél ki, ha hamar megöregednél?

– Na, ebben van valami igazság! – nevettek önfeledten.

Kéz a kézben sétálgattak, nevetgéltek. Meséltek erről-arról. Észre sem vették, hogy elment az idő.

– Adonis! Nagyon éhes vagyok.

– Nem is csodálom. Reggel ettünk, és már délután három óra.

– Akkor menjünk légyszíves enni, mert felfalnék egy mamutot.

– Miért pont azt? – nevetett. – Kicsit szőrös...

– Hát, nem is tudom – nevetett ő is.

– Na, gyere, menjünk, keressünk valami éttermet, még mielőtt találnál egy mamutot – hahotázott. – Igaz, azt nehéz lenne találni.

– Ne! Inkább egy pizzázót! Azt hallottam, az olasz pizzához nincs fogható.

– Felőlem azt is lehet, és így van. Majd most meg is tapasztalod.

Úgy rémlett neki, hogy a ligettel szembeni utcácskában van egy családias kisvendéglő, ahol nagyon finom pizzát csinál Marco Abelta, aki a tulajdonos is egyben. Még az édesapja hagyta rá a tésztakészítés minden csínját-bínját. Nem volt nehéz megtalálni. Az ajtó előtt csodaszép leander állt. A virágai mélyvörösen hívogatták az arra járó embereket. Belépve a vendéglőbe meghitten szólt a zene. Az asztalokon hófehér terítő a közepén narancsszínű, négyszögletes terítő volt. Azon margarétacsokor, amely az asztalok dísze volt. Már ott is termett mellettük a pincér.

– Buongiorno! Pooso aiutarla?

– No parlo italiano.

– Elnézést, uram! – váltott át a pincér. – Segíthetek önöknek?

– Ó, igen, nagyon éhesek vagyunk, és a hölgy egy nagyon finom pizzát kíván.

– A legjobb helyen járnak. Foglaljanak helyet. Máris hozom az étlapot.

Az ablaknál lévő asztalhoz vezette őket, és már el is viharzott. De alig ültek le, ott is volt, és letette eléjük az étlapot. Isabella felnézett és megkérdezte, mit mondott a pincérnek Carlos.

– Hogy nem beszélünk olaszul.

– De ezt nem értem, te beszélsz.

– Ez igaz, de te nem, és úgy gondoltam, nem lenne illő, ha úgy társalognék, hogy te nem érted.

Ez nagyon jólesett Isának, de nem mondott semmit, inkább átnézte az étlapot. Isa tenger gyümölcsei pizzát választott, Carlos pedig húsimádót. A pincér észrevette, hogy ők már választottak. Felvette a rendelésüket.

– Valamit estleg nem fogyasztanának addig, amíg elkészül a pizzájuk?

– igen. Drága Isabella, mit innál?

– Dom Perignont szeretnék kérni.

– Köszönöm, és az úr?

– Én is ugyanazt kérem, mint ez a gyönyörű nő! – kacsintott egyet.

– Köszönöm, és pár pillanat múlva hozom is az italokat – s elviharzott.

Mire beszélgetésbe kezdtek volna, addigra már ott is volt az asztalukon a két ital.

– Köszönjük!

A pincér meghajolt, és máris a másik asztalnál ülő párnál termett.

– Ilyen kiszolgálás még a luxuséttermekben sincs – csodálkozott Isabella.

– Erről híresek. Mindenkit úgy kezelnek, mintha a pápa lenne, és ez nem vicc. Hogy tetszik a vendéglő?

– Nagyon meghitt. Olyan hely, ahol otthon érzed magad. Már csak a kedvenc fotelem hiányzik, és kész is az idilli kép – nevetett. Belekortyolt az italába.

– Már hogy hiányzott!

– A kép, vagy a bor, amit iszol?

– Az íze, de olyan, mintha ez finomabb lenne, mint amit otthon szoktam inni.

– Semmi sem kizárt – kortyolt bele ő is.

– Most már tudom miért szereted. Ez isteni finom.

Most Isa kacsintott Carlosra.

– Végre valaki elismeri az ízlésem! – és kihúzta magát. Ahogy ezt megtette, a mellei még jobban kidomborodtak. Carlos nem tudta levenni róluk a pillantását. Még jó, hogy megérkezett a pizzájuk.

Isabella alig várta már, hogy megkóstolja, és kell is ennie valamit, mert a bor (pedig nem ivott belőle sokat) már a fejébe szállt. A látvány, ahogy ránézett, az volt a tökély. Kis polipok, kagyló, garnélarák, még a sajtból ki-ki villanva! „Ezt vétek megenni! De éhes vagyok, még jó, hogy megeszem!" – nevetett magában. Levágott egy kis darabot, és ahogy a szájába vette, élvezte az ízelegyet, egy nagyot sóhajtott:

– Ez mennyei!

Gyorsan körbenézett, de senki nem foglalkozott vele. Megették a pizzát, ittak még egy pohár bort. Fizettek és elindultak. Tettek még egy sétát a ligetben kézen fogva. Aki látta őket, azt hitte róluk, szerelmesek. Későn értek vissza a szállodába. Felmentek a szobájukba. Carlost hívták telefonon, így ő elvonult a fürdőszobába és lezuhanyozott.

Isa, mivel egyedül volt, csupaszon ment ki a hallba. Töltött egy pohár whiskyt magának. Úgy gondolta, visszamegy a szobájába és lefekszik. Ebben a pillanatban meghallotta, hogy a szobájuk ajtaja kinyílik. Összerezzent csupasz mivolta végett. De már nem volt hova menni: Carlos állt az ajtóban.

– Azt a! Ez aztán a fogadtatás!

Isa csak állt sápadtan, de viszonozta a férfi pillantását.

– Ö, izé... Azt hittem, el fog húzódni a beszélgetésed, így vettem a bátorságot és kijöttem így, ahogy vagyok egy italért. De már megyek is – ezzel elindult a szoba felé. Carlos hirtelen ott termett előtte.

– Hova ilyen sietve? Nekem tetszett a fogadtatás. A látvány mesés!

– Köszönöm – pirult Isabella –, de most felöltöznék, ha nem bánnád.

– De, bánom. viszont persze, öltözz csak. Amúgy is meg akartalak hívni még egy italra a bárba. Mit szólsz?

– Jó, legyen.

– De még mindig csupasz vagy.

– Ha estleg odébb lépnél, akkor magamra vennék valamit.

– Úgy lehet, hogy könnyebb lenne.

Odalépett hozzá. Megfogta a poharát, letette az ajtó melletti kis szekrényre. Kezébe vette az arcát, és nagyon lassan lehajolt hozzá. Szájon puszilta.

– Na, menj. Itt várlak – és leült a fotelba.

Isa zavarba jött. Alig látott bemenni a szobába. „Mi is volt ez megint? Nem tudom, de akkor is jólesett." Leült az ágya szélére. Csak ült, és ült. „Szedd össze magad, és élvezd az életet, bármit hozzon!" Nehezen, de felöltözött. Egy vörös, fodros szoknyamellett döntött, fehér bodyval. A body háromnegyedes ujjú, csónaknyakú volt, a hátán egy könnycsepp alakú kivágással. Elővette a vörös cipőjét, azt vette fel hozzá. Kifestette magát, ahogy szokta.

Amikor Carlos meglátta, elállt a szava.

– Isabella! Istenem! De szép látvány vagy! – Vágyakozón nézett rá.

– Köszönöm. Na, hol van az az ital?

Nagyon ráfért, az egyszer biztos. Lementek a bárba és meghallották a régi zeneszámokat: pont retro parti volt. Odaléptek a pulthoz és kértek egy whiskyt, aztán kiléptek a parkettre. Táncoltak, jól érezték magukat. Carlos nem is emlékezett, mikor engedte el így magát utoljára. Nagyon jó érzés volt. Latin szám szólalt meg. Isabella csukott szemmel élvezte a zenét és táncolt. Carlos átölelte a derekát. Érezte, ahogy megfeszül kissé, de a szemét zárva tartva élvezte tovább a táncot és a zenét. Riszált, vonaglott, ahogy a szám kérte. Az alsótestük együtt mozgott. Mindketten kapkodták a levegőt, mikor a jó muzsika véget ért.

– Azt hiszem, kell egy kis friss levegő. Te hogy érzed, Adonis?

– Pontosan így.

Kimentek a teraszra. Isa hátrafordult.

– Nem haragszol, ha most rágyújtok? Ma még nem is cigiztem.

– Nem dehogy, viszont most én is kérnék egyet. Úgy érzem, most kell.

Nem mondta ki, hogy a libidója úgy feszül, majd' szétrobban.

– De te, te nem is cigizel. Vagy mégis?

– Mennyi mindent nem tudsz rólam, drágám!

„Ezt most kimondta? Igen, ki. Milyen hülye is az ember!"

Várakozott, hogy mit szól a lány, de Isa átsiklott rajta. Azon volt, hogy legyűrje a vágyat, amit a férfi iránt érzett. „Most kell! Nem, nem, menj, pihenj!" Így csitítgatta magát.

Rágyújtottak, de nem álltak egymás mellé. Isa a rózsabokrokat fürkészte, Carlos pedig a fa asztalt nézte. Elszívták a cigit. Isa mély levegőt vett.

– Adonis, egy újabb tánc kifog rajtad?

– Mit is gondolsz? Alig várom már! – nevetett. Nyújtotta Isabella felé a kezét. Magához húzta, és a karjaiba zárta.

– Azt ugye tudod, hogy innen nincs visszaút?

A lány vágyakozva ránézett. Nem is akart mást.

– Úgy nézek ki, mint aki meg szeretne hátrálni? Éljünk, amíg lehet.

Lehajolt a lányhoz, puszit nyomott az arcára.

– Ha szeretnéd, akkor mást is megpuszilnék – mondta vágyódó hangon és pillantással.

– Arra az elhatározásra jutottam, uram, hogy nem szeretném kihagyni a lehetőséget. Igen, nagyon szeretném! – ejtette ki a szavakat vágyakozó hangon. Magára sem ismert. Soha nem volt ennyire bátor és őszinte. Carlos is meglepődött, de nem hagyta, hogy hirtelen meggondolja magát a lány. Felkapta, és forgott vele. Miután letette, kezébe fogta az arcát és már csókolta is. Követelőzően, forrón, szenvedélyesen. Élvezték egymást. Ez a „hű, basszus" érzés volt. Senkivel nem érezte még egyikük sem ezt. Isa annyira a csók hatása alá került, hogy szárazon ment el. Carlosnak sem kellett sok.

– Isabella, megőrjítesz!

– Én sem mondhattam volna másként, Carlos.

– Ilyen csak a mesékben van! Te hogy gondolod?

– Hogy gondolom? Nem tudok gondolkodni, csak arra tudok koncentrálni, mikor teszel a magadévá.

Kimondta végre. Milyen régóta vár erre a pillanatra! Pedig ő nem ilyen, de ez a férfi teljesen elveszi az eszét.

– De jó ezt hallani! Mióta megláttalak az első napodon, vágyom rád, és ezt mondod nekem? Most vinnélek fel a szobánkba, de még táncoljunk, ha estleg meggondolod magad, édes Isabella!

Bementek a helyiségbe. Megszólalt mindenki kedvence, Enrique Iglesias Bailando című száma. Isa mennyire szerette! Ezt nagyon sokat hallgatta otthon is. Már táncolt is. Azt nem tudta, hogy jól csinálja-e, de egyszerűen nem lehetett erre nem táncolni. Carlos is odalépett hozzá. Együtt mozogtak. Minden ritmust együtt éltek át. Nem is vették észre, mekkora közönségük lett, csak élvezték a zenét és egymás közelségét. Mikor vége lett a számnak, arra lettek figyelmesek, hogy mindenki tapsolt körülöttük. Szégyenlősen meghajtották a fejüket. Nem tudták, ilyenkor mit kell tenni.

Odamentek a bárhoz, és kértek még egy italt. Lassan megiszogatták. Elindultak a lifthez kéz a kézben. Mind a ketten tudták, mi fog történni, mégis féltek kicsit a másik reakciójától. A liftben Carlos a lány háta mögé állt, úgy ölelte át. Ez nagyon jólesett Isabellának. Élvezte, ahogy a férfi karja átöleli, és teljesen hozzásimul. Kézen fogva mentek a szobába. Isa nagyon zavarban volt. Carloson ezt nem lehetett észrevenni, pedig nagyon is izgatott volt. Nem tudta, mit is rejt ez az éjszaka.

Beléptek az ajtón, és nem tudtak a vágyaikon tovább uralkodni. Megszűnt minden körülöttük. Csak ők voltak, és a vágy a másik iránt. Szenvedélyes csók csattant el köztük. Élvezték egymás ízét. Feltérképezték a másik ajkát, száját. Harapdálták finoman, nyelvük hegyével a másik ajkát ízlelték. Közben simogatták egymást. Carlos keze lassan csúszott le a melle felé. Ahogy hozzáért, abban a pillanatban Isa egy nagy levegőt vett: az egyik legérzékenyebb pontja a melle volt. Carlos ezt észrevette és a bodyn keresztül simogatta, izgatta a lány bimbóját. Isa vonaglott a keze alatt.

– Istenem, még egy ilyen nő, mint te, nincs a világon!

– De, biztosan van, hidd el nekem.

Tovább simogatta a mellét, közben csókolta a nyakát, fülét, ahol csak érte. Isa nagy nyögésekkel élvezte ezt az odaadást, amellyel a férfi fordult felé. Hirtelen Carlos abbahagyott mindent.

– Mit szólnál, ha megfürdetnélek?

Isa csak nézett nagy szemekkel a férfira. „Ez nem igaz, belelát a fejembe!”

– Azt hiszem, nagyon örülnék ennek.

Szenvedélyesen néztek egymásra. Elindultak a fürdő felé. Carlos kisegítette a cipőjéből, levette a szoknyáját, a bodyját. Megnyitotta a zuhanyban a vizet, beállította, hogy ne legyen se meleg, se hideg. Közben ő is levetkőzött. Kicsit szégyellte magát, mert volt, aki azt mondta, hogy kicsi a hímtagja, és ő el is hitte ezt a butaságot.

A lány most látta először teljes valójában az ő Adonisát. Nem hiába adta neki ezt a nevet: tökéletes volt úgy, ahogy van, és akkor még az ágaskodó férfiasságáról ne is beszéljünk. Carlos megnézte a vizet.

– Gyere, Isa, drága! Pont jó a víz! – somolygott az orra alatt.

Isa belépett a zuhanyzóba. A meleg víz simogatta a testét. Carlos tusfürdőt nyomott a kezébe.

– Megfordulnál?

Engedelmesen megfordult. Érezte a férfi lágy simogatását a hátán. A gerinc tájékán kissé elidőzve, közben a feneke felé haladva a másik kezével. Csak élvezte, ahogy az ő Adonisa megérinti. Csodálatos extázist váltott ki belőle. Nem érzett még ilyet.

Carlos szép lassan mosta a hátát és a fenekét. A lány annyira benedvesedett, hogy az ujjai erőlködés nélkül behatoltak. Ki-be mozgatta, a melleit simogatva élvezte, ahogy vonaglik az érintésétől. Megfordította, így szemben álltak. Isa nagyon mélyen lélegzett.

– Úristen!

Ez más volt, mint amit eddig érzett. Szemben voltak egymással. Carlos a hímtagját Isabella csiklójához érintette. Finoman elkezdett mozogni, közben az egyik kezével a lány melleit simogatta. A bimbó környékén kicsit erősebben, amitől Isabella felsikkantott. Carlos érezte, hogy Isabella nagyon élvezi az érintését. A falhoz nyomta háttal. Felemelte az egyik lábát, és finoman behatolt az ujjával. Kutatva mozgatta, lassú mozdulatokkal juttatta el a csúcsra. A lány csak lihegett, és nem kapott levegőt.

„Ilyen van? Ez az érzés, ez most mi is lenne? Ez az a bizonyos csúcs?”

Nem tudta hova tenni: ilyet még nem élt át. Miután elélvezett, Carlos tartotta a kezében és lemosta róla a tusfürdőt.

– Gyere! – kérte.

– Kell egy kis pihenő – mosolygott, de tele volt szenvedéllyel ez a mosoly.

Kézen fogva mentek ki a fürdőből.

– Kérsz valamit inni?

– Légyszíves valami erőset – válaszolta, de nem nézett rá. Nem tudta, lehet-e. Hogyan viselkedjen?

Carlos átadta a whiskyt, aztán leült vele szemben az asztalra. Arra figyelt, hogy a fenéklenyomata ne maradjon az üvegfelületen: maga alá tett egy párnát.

– Baj van? Úgy látom, zavar valami.

– Nincs baj. Vagyis nem tudom. Lehet ezt nekünk? Ott van Lily neked, és most kicsit elvesztem.

Carlos felemelte a fejét az állánál fogva. Annyira elmondta volna neki, hogy Lily örömtáncot fog járni, ha ezt megtudja, de még nem mondhatta.

– Ne érezd magad zavarban vagy rosszul. Nem lesz semmi baj. – Rámosolygott. – De ha úgy érzed, akkor el is mehetünk aludni.

Remélte, hogy nem ez lesz a válasz. Isa hirtelen ennyit mondott:

– De én akarom!

Ezt kimondta hangosan? Már mindegy. Tényleg érezni akarta a férfi testét magán.

Az csak mosolygott.

– Mit szólnál egy cigihez?

– Ez kétértelmű kijelentés volt.

Isa meglepett arccal nézett, de Carlos már hozta is a köntösöket. „Á, erre a cigire gondolt. A perverz fantáziám másra” – nevetett magán.

– Mi olyan vicces?

– Semmi, semmi. Butaság. Menjünk.

Elindult az erkély felé. A látvány, ami fogadta őket meseszép volt. A városka kivilágított utcái; a házak; a macskakő, ahogy visszatükrözte a fényeket. Carlos a háta mögé állt, és hátulról átölelte. Ő nekidőlt, és így gyönyörködtek szótlanul. Még mindig élvezték egymás közelségét, pedig a cigit már rég elszívták. Isa érezte, hogy Carlos megpuszilta a tarkóját. Puszit kapott a nyakára, ami nagyon izgató volt.

– Gyere, menjünk be. Nem olyan jó így kint.

Megfordult, és szájon csókolta a férfit. Szenvedélyes csókmaratonba kezdtek. Isa köntöse közben kinyílt. A kéz, ami annyira finoman érintette, felfedezésre indult. Kutatta, kereste azokat a pontokat, amiktől a lánynak még jobb lesz. Végigsimogatta az oldalát (mintha egy pávatollal tenné, olyan érzés volt) érzékien, finoman. A csípő tájékán járt, mikor felszisszent. Lassan menetelt lefelé, de a combja és a vaginája hajlatában elidőzött kicsit.

– Úristen! – ezt hallotta.

„És még hol van az este vége?"

Isa nehezen hátralépett, megfogta a kezét és bementek a szobába. Carlos kibújtatta a köntösből, és leültette a fotelba. Megcsókolta. A szájával kezdte el feltérképezni ezt a csodás testet. A nyakától indult. Csókokkal halmozta el. Lassan haladt a mellei felé. Körbepuszilgatta a melleit; a vágyak felkorbácsolása volt a célja.

„Mikor veszi már az ajkai közé a bimbókat? Nem bírom!"

Sok puszi után megérintette az ajkával a bimbót. Ívbe hajlott a lány. Ezt nagyon élvezte. Elkezdte a nyelvével körkörösen nyalogatni. Isabella vonaglott a szája alatt. Bekapta a bimbót, és elkezdte finoman szopni. Érezte, hogy ez is nagyon tetszik Isának. Egy kicsit megharapta, ekkor már hang is elhagyta a lány száját.

– Azt a...

A keze közben játszadozott a másik mellével. Ez az összhang csodálatos érzést váltott ki belőle. A szája a hasánál vándorolt. Ott is talált erogén zónákat. Az egyik keze a mellével játszott, a másik térképezte a hasa alját. A szája elérte a comb hajlatát, puszik sorozatát nyomta. Kinyújtotta a nyelvét, végighúzta a hajlaton. Isa már hangosan nyöszörgött. Elért a gyönyör kapujához. Carlos megnyalta a nedves punciját. Isa felsikított. A férfi a csiklót kezdte el finoman nyalni, szopni. Ujját lassan benyomta a forró alagútba. Finoman mozgatta ki-be, közben szopta a csiklót. A lány teljes extázisba került és nagyot kiáltott. Carlos érezte, ahogy a lány elment, kapkodva a levegőt.

Felállította a fotelből, és vitte a szobába. Lefektette az ágyra. Csókolóztak, simogatták egymást. Mindketten feltérképezték a másik testét. Carlos fölé kerekedett és széthúzta a lábát. Nagyon lassan behatolt, nehogy fájdalmat okozzon a szeretett nőnek. Ami addig történt, sem volt semmi, de most végre érezte magában Carlos szerszámát. Finom döfésekkel egyre közelebb vitte őt a csúcshoz: szeretkeztek! Szeretkezés közben a férfi egyik keze a lány mellével játszott. Aztán lehajolt, és szopni kezdte a mellét. Kihúzta a hímtagját, oldalra fordította a lányt, és megint beléhatolt. Felemelte az egyik lábát, és elkezdte kicsit keményebben dugni. Isa még nem érzett ekkora gyönyört. Közben elkalandoztak Carlos kezei. Az egyik a mellét gyömöszölte, a bimbót simogatta, a másik a csiklójával játszott. „Istenem, végre megvan" – ez a gondolat futott végig Isa agyán. Nagyokat nyögött, simogatta a férfit. Megint pózt váltottak: Carlos hátulról kezdte el dugni, de nem erősen. Ezt a pózt nem sokáig bírta, így átfordította a lányt. Lefeküdt mellé.

– Gyere, lovagolj kicsit, drága!

Isa engedelmeskedett, de nem ült rá egyből: a csiklójával lovagolt. Ezt nagyon szerette és élvezte. Carlosnak is nagyon tetszett. Ő a melleit szopogatta felváltva. Harapdálta, nyaldosta. Azt érezte, ő most már kész, ekkor ráült. Felülve lovagolt tovább, így a férfi hozzáfért a csiklójához. Ezt ki is használta, és elkezdett vele játszani. Isa már úgy érezte, a csúcsok csúcsán jár.

– Nem bírom, úgy érzem, Carlos.

A férfi megfogta a fenekét és ő elkezdett gyorsabban mozogni. A lány kiabált, zihált. Együtt értek a csúcsra. Carlos a fenekére engedte a spermáját. Isabella lehanyatlott az ágyra, Carlos pedig megtörölgette. Már nem tudott semmit sem mondani: a gyönyörök mély álomba ringatták. Csak nézte azt az érzékeny testet. Megkapta végre, az övé. „De mi lesz, ha...? Ne gondolkodj, élvezd, Carlos."

Arcon puszilta Isát.

– Álmodj, kedves. Ígérem, a következőt még szebbé teszem – ezzel kifordult és a bárhoz ment. Töltött magának egy gint. Most vágyott a füstös ízre. Leült a fotelbe az ablakkal szemben. Iszogatta a gint és kavarogtak a gondolatai.

Már az oltárnál álltak. Isabella gyönyörű volt. Ahogy meglátta, elállt a lélegzete. Kék, farmer hatású ruha volt rajta, ami elöl combközépig ért, hátul pedig hosszú uszályban végződött. Az anyag alatt gyönyörű fehér (mintha fodros lenne) tüllel volt kialakítva, a felsőrészen pedig hímzett, fehér rózsák díszelegtek. A haja, az a gyönyörű haj pedig félig felfogva, egy-egy tincs loknisan hullott le a vállára. Apró rózsákkal volt teletűzdelve. Az ajkán vörös rúzs. Nem a vadító, az a meggypiros, hanem rózsás piros. A szemén a szokásosnál kicsit több smink volt látható. Tusvonal fekete, kék és fehér együttes színkeveréke volt a szemhéján finoman eldolgozva. A szempillája szép ívesen fekete szempillaspirállal meghúzva, és fekete szemceruzával kihúzva a szeme. Ez a látvány!

– Istenem – nevetett fel. Ezt nem a nők szokták így, hogy ennyire előre gondolkodnak? Megint nevetett, de ez a nevetés inkább az óhaját akarta kifejezni. Sóhajtott egyet. Felhörpintette az italát és bement a szobájába. Úgy érezte, Isa is ezt szeretné. Nehezen, de elaludt. Nem azért, mert nem volt teljesen kielégülve, hanem mindig egy-egy jelenet jelent meg előtte, és ő megint mindent átélt.

Reggel, mikor Isabella felkelt, boldog és egyben szomorú is volt. „Álmodtam volna? De egy álom nem ilyen intenzív. Azt hiszem. Nincs itt… akkor lehet, hogy ő nem is élvezte? Mindegy is! Az este fantasztikus volt. És mintha azt hallotta volna, hogy Carlos azt mondta: a következőt még szebbé teszi! Ennél szebbé?!" – Á – felnevetett –, olyan már csak a mesékben (igaz, a felnőtt-változatban), a filmekben, vagy a nagy szerelmeskönyvekben van. Megérezte magán a férfi illatát. Beállt a zuhany alá, de nem akarta megnyitni a csapot. Hosszan veszekedett magával, de végül lezuhanyozott. Egy rövid szoknyát, hálós pólót választott. Alávette a sárga háromszög bikinifelsőjét. Kiment, s már ott találta Carlost, aki éppen a fiatal fiúnak adott borravalót, amiért szépen megterített. A szája most is nyitva maradt: pazar elrendezésben a rengeteg szalámi, felvágott, sajtok, paradicsom, paprika, uborka, zabpelyhek, kávé, tea, kakaó.

– Szép jó reggelt, kedvesem! Hogy aludtál? – kérdezte ezt annyira ragyogó arccal és mosollyal hogy Isa csak nézte és azt érezte: ez a férfi tényleg kedveli őt, és nem csak az ágyában akarja tudni. Vagy már megint túlgondolja? De azért ő is mosolyogva válaszolt:

– Szépet neked is, Adonis! Mint az a bizonyos bunda. Nagyon jól.

– Ennek nagyon örülök. Leülünk reggelizni?

– Persze.

Leültek az asztalhoz. Isa farkaséhes volt. „Gáz lenne, ha mindent megennék? Ó, igen!" – válaszolt is. Elmosolyodott. Carlos csak nézte ezt a jelenetet. „Nagyon cuki, ahogy magában megbeszéli a dolgokat. Na, jó, ne ájulj már el minden egyes mozdulatától.

A tányérjára szedett rántottát, szalámit, grill kolbászt, paradicsomrózsát, uborkát, paprikát, elvett egy pirítóst, és csak miután leült, nézett rá a tányérjára.

– Azt hiszem, kicsit túltoltam – nevetett, s Isabella is csak nevetni tudott. Ahogy látta, hogy a férfi mi mindent rakott a tányérjára, úgy vélte, az ő gondolatmenete nem is volt olyan gáz. Ő is rántottát vett magának, sonkát pirítóssal. Paradicsomrózsát és uborkát is szedett. Megreggeliztek. Isa ivott még egy kávét, amit megspékelt egy füstölő rúddal. Nem volt nagy dohányos, de ez rutin volt. Megmosta megint a fogát, és kérdőn állt Carlos elé.

– Ma hová megyünk?

– Azt találtam ki, hogy... meglepetés.

– Most tényleg... én nem szeretem a meglepiket!

– Ezt szeretni fogod. Kényelmes cipőt húzz!

Ezután kiment a fürdőbe, s rövidnadrágot és ingpólót vett fel. A hallba lépve Isa csak nézte. „Vele volt éjszaka. Ez hihetetlen!"

Kilépve a szállodából egy kocsi várakozott rájuk. A sofőr már várta őket, és amint megpillantotta, hogy ott vannak, már nyitotta is Isa előtt az ajtót. A lány beszállt és igencsak meglepődött a kocsin, hogy ennyire kényelmes belül. Hátradőlt, lábát maga alá húzta, és már otthonosan is érezte magát.

Mikor Carlos meglátta, azonnal megpuszilta az arcát.

– Ezt miért is?

– Miért?

– Ez kérdés volt? Egy tünemény vagy, ahogy elfoglaltad a kocsit.

– Köszönöm – mondta elpirulva.

A kocsi elindult a rejtélyes helyre.

– Tudod, szeretek úgy élni, hogy élvezzem a helyzeteket és az emberek hülyeségét.

– Igen, ezt észrevettem. Ha mindenkit komolyan veszek és nem viszek bele egy kis körítést, akkor olyan unalmas lesz minden. Azt én nem! Az nem én vagyok. Sokszor volt, hogy azt csináltam, amit a környezettem megkövetelt, de egy jó ideje tudom élvezni az élet apró örömeit.

„Ezt miért is mondtam?" – gondolkodott Isabella.

Carlos itta a szavait.

– Teljesen jó felé haladsz. De ezt miért közölted velem? Ha kérdezhetem.

– Ó, azt nem tudom. De úgy gondoltam, hogy ezt el kell mondanom.

Pedig ez nem volt teljesen így: valóban élvezte az életet, az elé tárt lehetőségeket, és nem mondott nemet igazán semmire sem. Volt egy különös esete Barbbal. Elment egy kiállításra, ahol nagyon meghökkent azon, amit ott látott, viszont izgatta is. Csak kevés ember tudta, hogy ez a bemutató létezik. Ők köztük voltak. Beléptek, vagyis lementek, mert egy alagsorban volt a kiállítás. Beléptek a vasajtón, és egy Pazar, nagyon nagy szobába léptek, ami az épület teljes alagsora volt. Itt volt látható az élőszobor-kiállítás. Azt gondolta, hogy ez nem egy nagy dolog, de mikor meglátta, miről is van szó, hát se köpni, se nyelni nem tudott. Igen, élőszobor-kiállítás volt, ahol a szex minden teréről volt egy pár, vagy éppen hármaspár, vagy csak egy illető. Tényleg csak kapkodta a levegőt. Úgy nevelték, hogy a monogámia a legfontosabb a család után. Itt viszont kétpercenként mozdultak a szobrok, hogy bemutassák az adott pózt, szexjátékot.

– Barb, ez komoly? Hova hoztál?

– Jaj, Isa, életem, ne legyél már ilyen kis… prűd. Nem láttál még péniszt vagy puncit?

– Dehogynem.

– Viszont ennyi pózt még én sem láttam. Sőt van, amit kimondottan ki is próbálnék.

– Barb, légyszíves! Azt sem tudom, hova nézzek! Nézz rám, pirulok. Te meg jössz ezzel a hülyeséggel! Menjünk haza!

– Dehogy megyünk! Ezt a prűdséget ki kell űznöm belőled! Ja, és a megnyitó végeztével partira megyünk!

Választ nem várva eltűnt, és az egyik hármas szobornál bámészkodott. Ő nézelődött körbe irulva-pirulva. Pont egy olyan élőszobor-párnál álldogált, sajnálva magát, ahol a csajszi szopta a srácot, a srác pedig egy vibrit dugott a csaj puncijába. Hirtelen ott termett egy srác. Hogy honnan, azt nem tudta. Tuti, hogy ufók hozták!

– Látom, a legjobb alkotás mellett lecövekeltél.

Isa hirtelen felkapta a fejét, de olyan lendülettel, hogy hanyatt akart esni. Persze a srác elkapta.

– Jól vagy?

Zavarában csak ennyit tudott mondani:

– Aha.

– Azt a, de bőbeszédű lány vagy! – nevetett.

– Ó nem, nem. Vagyis köszönöm, hogy elkaptál. És nem tudom, hogy ezt alkotásnak lehet-e nevezni. Ki az a perverz, aki kitalálta? És van, aki ezt élvezi? Nem hinném!

Ebben a pillanatban meghallotta Barbara hangját:

– Cole! De jó! Azt hittem, nem is fogok veled találkozni! Nagyon jó a kiállítás! Csak jót mondhatok. Ó, látom, megismerkedtél a barátnőmmel. Akkor be is mutatlak titeket egymásnak. Isabella Adams, a prűd legkedvesebb barátnőm – Isa csak vörösödött –, ő itt pedig az alkotója ennek a kiállításnak, Cole Peterson!

Cole mosolyogva hozzátette:

– Az a perverz, aki ezt mind kitalálta.

Kissé durcásan, viszont somolyogva hozzáfűzte:

– Perverz? Ezt ki is mondta neked? – de egyből Isabellára nézett.

– Ö, nem úgy gondoltam! – hebegett.

De Cole nem volt meglepve.

– Semmi baj. Kaptam már cifrábbat is. – Felnevetett. – De tudod, Isabella, addig ne ítélj, amíg ki nem próbálod!

Ebben bizony volt igazság. De ő nem! Ilyet nem fog kipróbálni!

– Barbara! Amúgy annyira örülök, hogy el tudtál jönni, viszont azt nagyon sajnálom, hogy nem vállaltad az egyik élőszobor szerepét.

– Én is köszönöm a meghívást, de ismersz. Én nem tudtam volna magam visszafogni – kacsintott. Karon fogta Isát, és már húzta is magával.

– Mondtam, hogy ne állj bele senkibe, hanem élvezd a látványt.

– Milyen látványt?

Erre a kérdésre egy szúrós pillantást kapott a barátnőjétől.

– Jó! Megígérem, hogy nem csinálok semmi ilyet többé.

– Na végre! Engedd el magad! Gyere, nézzünk körbe – vonszolta is tovább. Láttak masztizó nőt, férfit. Hármas felállást, szimplát a 69-es pózzal. Volt olyan is, amikor a fiú körül 5 lány tevékenykedett. Az egyik lány szopta, a másik a száján ült, a harmadik simogatta, a másik két lány pedig nyalta egymást. „Milyen… hogy is hívják ezt? Nem jut az eszembe! De miért is izgulok? Én ezt nem akarom – vagy mégis?" Kíváncsian nézte a szobrot. Barbara is észrevette, és önmagában ujjongott, de ezt megpróbálta leplezni. Sok szobrot megnéztek. Isa csodálkozott magában, hogy az emberek miért ennyire kíváncsiak erre, viszont azt vette észre magán, hogy bizsereg mindene, és felizgult. A kiállítás bezárt. Hivatalosak voltak a partira, amivel Cole szerette volna megköszönni hogy elmentek az extrém kiállítására. Ő maga sem gondolt volna ekkora tömegre, amely egymás után adta át a kilincset a következő látogatónak.

Egy üzemrészhez értek. Isa elszörnyedt: „Milyen hely ez?"

Beléptek egy vasajtón, és a látvány, ami fogadta, egyszerűen fenomenális volt. A belső térben félkörívben voltak elhelyezve az asztalok, amelyek bíborszínű asztalterítőkkel voltak letakarva. Teljesen a földig értek. A közepén mindegyiknek margarétacsokor. Az összkép nagyon szép volt. A padlón puha szőnyegszerűség volt leterítve. Nem tudta eldönteni, hogy szőnyeg, vagy mi is az valójában. Ahogy lépkedett rajta, a cipője sarka belesülylyedt. A falakon művészi aktrajzok voltak. Minden részletre figyelt, aki készítette. Igaz, neki ez sok volt már, de inkább meg sem szólalt, mert nem akarta magát megint hülye helyzetbe hozni. Ami furcsa volt az eddigieken kívül, a sok kanapé és szófa. „Ugyan azok mire valók?" De elsiklott felette. Volt egy emelvény, ahol mikrofonok kaptak helyet. Kíváncsi volt, miért kell ennyi.

Cole hangja hozta vissza az elmélkedésből.

– Mindenkit szeretettel köszöntök! Örülök, hogy ennyien megtiszteltek azzal, hogy időt szántak a kiállítás megtekintésére és erre a kis összejövetelre. Akik ismernek, tudják, hogy az én „kicsi" agyam furcsa dolgokat hoz ki belőlem, és addig csinálom, amíg azt meg nem valósítom.

Taps és nevetés fogadta az addigi felszólalását.

– Köszönöm. Na de ne jártassam a szám, inkább kezdődjék a játék. Foglaljatok helyet, legyetek szívesek. Mindjárt felszolgálják a vacsorát. Utána pedig jön egy banda, remélem tetszeni fog a játékuk.

Tapsorkán, ujjongás közepette ült az asztalhoz. Mindenki követte a példáját. Kis kártyák jelezték, ki hova üljön. Isabella és Barbara Cole két oldalán kapott helyett.

– Nem lehetne hogy cseréljünk, Cole?

– Jaj, ne hülyéskedj! Nem lesz semmi bajod!

– Nem arról van szó, hogy félek – de, igenis arról volt –, hanem ő... ő megvéd.

– Én is megvédelek – mosolygott rá. Isa már nem válaszolt, mert a srác rárabolt a homárra. Ő csak nézte, mit is kellene enni. Még nem kóstolt homárt, azt sem tudta, eszik-e vagy isszák, úgyhogy csak a saláta részét eszegette. Iszogattak, beszélgettek. Miután befejezték a vacsorát, megszólalt a banda zenéje. Kicsit rockos, de dallamos dalokat játszottak. Egyszer csak nagy taps ütötte meg a fülét. Épp az asztaltársával fecsegett. Nem hitt a szemének: csupasz nőket, férfiakat látott. „Ezek a... a... szobrok! Mit csinálnak itt?"

– Barb! Megmondanád, hogy mi ez? És haza akarok menni!

– Isa, ez egy swinger-előadás lesz. A pózokat, amelyeket ott
a kiállításon láttál, befejezik, és ha van valakinek kedve, az be-
szállhat hozzájuk.

– Ó, ne, légyszi!

– Meg kell nézned legalább egy kicsit! Engedd el magad. Any-
nyira nem akarsz befogadó lenni, és úgy gondoltam, ez az egész
kicsit elindítja a fantáziád! – nézett rá félve és kérdőn Barb. Tud-
ta, hogy a barátságuk a tét.

– Jó, miattad! De ne is közelíts, mert haragszom rád!

– Rendben, nekem már ez is elég! – Megpuszilta az arcát. –
Hidd el, jó lesz!

– Na, menj már, és hagyj főni a levemben! – mondta mérgesen.

Nem volt olyan ember a teremben, aki ne az előadást nézte vol-
na, csak egy, ő pedig az asztalnál dúlt-fúlt. Cole oda is ment hozzá.
De mielőtt megszólalhatott volna, Isa már mondta is a magáét.

A férfi csak hallgatta, és nézte, ahogy magyarázz neki. A lány
mindent mondott neki, hogy milyen szemét és így-úgy. Mosoly-
gott néha; volt, amikor elképedt azon, amit a fejéhez vágott, de
élvezte, ahogy reagált. Szerette megmutatni, hogy azért min-
denki perverz. Van, aki eltitkolja; van, aki bevallja. Ja, és a *per-
verzió* kifejezést csakis jó értelemben használhatja bárki. A dur-
va dolgokat ő sem kedveli, csak az extrémebbeket.

Isa befejezte, és teljesen kiszáradt a szája. Ivott egy korty bort.

– Úgy látom, kifogytál a szavakból. Barbara azt mondta, hogy
ki kell húzni ebből a gödörből, ahol vagy, mert sosem fogod tud-
ni magad elengedni. Ezért nem mondott neked ő sem és én sem
semmit. Ó ne már! Ne nézz így rám, inkább gyere, táncoljunk –
nyújtotta felé a kezét.

A lány észre sem vette, mennyien táncolnak. Fel sem tűnt
neki, annyira eldurrant az agya. Azt sem vette észre, hogy már
a harmadik pohár bor van előtte.

– Na jó, táncolhatunk, de azért még haragszom!

Cole rábólintott, s már vitte is a táncparkettre. A zenekar
egy lassú számot kezdett el játszani. „Na, még ez is!”

A férfi átkarolta a derekát. Átadták magukat a ritmusnak.
„Mennyire jól nyomja!” Már rég táncolt ennyire jó táncossal.

Igazán élvezte. Beengedte ő is a testébe az érzést. Nem tudja, mennyit táncoltak, de teljesen kifulladt. Visszamentek az asztalhoz. Barb is megjelent.

– Gyere, légyszi! Mutatnom kell valamit! – húzta maga után. A sarok felé vették az irányt.

– Barb, azért annyira nem haragszom, hogy a falnak menj, én pedig végignézzem!

A barátnője csak húzta. Hirtelen a fal elmozdult, és egy elszeparált rész tárult eléjük, ahol bár volt középen kialakítva, nádfedeles körpulttal. Bent félhomály uralkodott, és megnyugtató zene szólt.

– Azt a! Ez nagyon jól néz ki! Ha egyszer addig eljutok, szeretnék egy ilyet a szobámba.

Ezt hangosan kimondta. Már megint. Leültek és iszogattak. Ilyenkor forrt köztük a levegő, viszont egyikük sem akarta ezt bevallani. Latin szám szólt. Egyből mentek táncolni. Cole is csatlakozott hozzájuk. Itt csak hárman voltak. Simogatták, puszilgatták egymást. Felhevülten mentek vissza a pulthoz. A srác töltött, de most gin tonicot kértek. Nagyon élvezte, ahogy felszabadult. Cole felsőtestén már nem volt semmi, és Barbbal csókolózott. Arra gondolt, ő is akarja. Oda is ment hozzájuk. Cole háta mögé állt, felvette a ritmust. Neki sem kellet több: már fordult is, és a csípőjénél megfogta. Lehajolt, és megcsókolta. Ettől kezdve már minden jött. Kiállt közülük, ők ketten pedig félve, de megcsókolták egymást. Élvezték, ahogy a másikhoz értek. Megint a srác volt köztük. Csókolóztak, feltérképezték a testét. Ugyanazt csinálta Cole is. Már egyiken sem volt felsőrész, sem melltartó. Szopogatták egymás mellét. Simogatták, puszilgatták. Kifulladva és minden szégyen nélkül lehuppantak a székekre.

Beszélgettek kicsit, de megint megszólalt a zene, és már mentek is. Cole csak nézte őket – már csak bugyi volt rajtuk. Ó ez a látvány! Volt már ilyenben része, de megrendezett volt, ez meg spontán jött. Odament hozzájuk, levette róluk a bugyit. Már ő is egy szál semmiben volt. Tánc közben a csiklóhoz tette a péniszét, amit mind a két lány élvezett.

„Milyen jó is volt!"

Mindenre nem emlékezett, mert azért iszogattak, de azt tudta, hogy Barb és ő is kinyalta a másikat. Együtt szopták Cole-t. Lovagolt az egyikük, addig a másikat nyalta a srác. Hátulról is megcsinálta őket, a végén pedig a mellükre verte ki. Nagyon élvezte.

– Isabella, kedves! Föld hívja az űrközpontot! Merre jártál? Akkor ocsúdott fel.

– Ö... csak eszembe jutott valami – mosolygott szégyenlősen.

– Hogy mi juthatott az eszedbe, azt nem tudhatom, de mindjárt megérkezünk az úticélunkhoz – mondta kicsit megsértődve.

– Ne haragudj, Adonisom, kérlek – és megpuszilta az arcát.

– Na jó, azt hiszem, meg tudok bocsájtani, ha kapok egy csókot, és elfelejtem, hogy nem foglalkoztál velem.

– Hú. Ez kicsit zsarolásnak hangzik, de nem szeretném, ha haragudnál. – Odahajolt hozzá, és szájon puszilta. Carlos már fogta is az arcát. A nyelvével végigízlelte az ajkát, amely az érintésre már nyílt is ki. Szenvedélyes, viszont nagyon gyengéd csókot váltottak egymással. Annyira szenvedélyes volt, hogy Isa elélvezett a csók hatására. Carlos ezt észrevette, és csak ennyit mondott: – Csodálatos vagy!

Kinézett az ablakon, és meglátta a robusztus építményt: egy kastély előtt álltak meg.

– A casertai királyi palota – hallotta Carlostól. – Olaszul Reggia di Caserta. Na, menjünk és nézzük meg.

Sajnos renoválás folyt a kastélyon belül, így csak a parkba tudtak betérni. A park a vízeséstől a palotáig tartott. A palota mögötti részre mentek. Sétányokkal és zöld részekkel volt tele. Az egyik oldalán a régi erdő helyezkedett el, ami a palota építése és a kert kialakítása előtt is megvolt. A másik oldalán egy tágas rét, melyet fasorok szegélyeztek. Megnézték a Delfinek kútját, amely azért kapta a nevét, mert egy delfinfejű szörny a központi alakja. Isabella csak kapkodta a fejét, annyira szép volt. Odarohant, és közelebbről is megnézte.

Csodálkozó szemekkel, álmélkodva nézett körbe-körbe.

– Azt hiszem, hogy... hogy... igazából azt sem tudom, mit akarok mondani – nevetett fel. Carlos is odament hozzá. Megsimogatta a haját, hátát. Isa összerándult, ahogy a hátához ért.

Tudta, hogy így fog reagálni az előző este után, de most csak élvezte a pillanatot, ahogy átölelte hátulról. Csak a pillanatnak éltek. Mind a ketten ugyanazt gondolták: „Ez ne múljon el soha". Hogy meddig álltak ott, ők sem tudták. Ebből az érzésből egy gúnyos nevetés zökkentette ki őket.

– Ez aztán a meghittség! Sosem hittem volna, hogy pont ezen a helyen fogunk összetalálkozni. Carlos, öreg „barátom"! Csak megszerezted! Akkor is mondtam neked, hogy szólj, ha neked kell, de te inkább eltörted az orrom és kidobtál! Sőt kirúgtál! Most már tudom, hogyan tudok visszavágni. Hogy fog ennek a sztorinak Lily örülni! – nevetett fel gúnyosan.

– Eric! A francba! Nem végeztem igazán jó munkát, mert az orrodon semmi sem látszik – gúnyolódott Carlos. Isa összerezzent. A férfi odasúgta a lánynak:

– Nem lesz semmi baj – és rámosolygott.

– Te honnan tudod, hogy Lily minek is örülne?

(Ennek nagyon. Ó, ha tudná ez a pöcs!)

– Biztosan tetszene neki, ha megtudná, mit láttam a két szememmel. De mindennek van ára – vigyorgott kajánul. – Ha az a ribanc, aki most már melletted áll, velem is lefekszik, akkor befogom a szám – kacsintott Isabella felé.

– Mi más is lenne az ára? Egy kicsit lehetnél furfangosabb is. Még mindig az zavar, hogy porig alázott? Teljesen jogosan!

– Jogosan? – kiabálta.

– A testbeszéde azt sugallta, amit én is szerettem volna, vagyis akartam! De most már látom, a pénz, ami vonzza, nem pedig a jóképűség és a sárm!

– Hogy te mekkora egy pöcsfej vagy, Eric, még mindig – vágott közbe erre a mondatra Isa is. – Pénzem mindig volt, csak megjegyezném úgy félvállról. Nem is értem saját magam, miért nem a jóképűség és a sárm, ami vonz egy férfiban? Miért a kedvesség, az odafigyelés, a törődés, és az, hogy nőnek érezhetem magam! Miért is nem a szexbábuság, hogy amikor használod a nőt, teljesen mindegy, hogy ő akarja vagy nem, leveszed a polcról, amikor pedig végeztél, visszarakod. Igazad van, ez sokkal vonzóbb – nevetett gúnyosan.

– Látom, a nyelved még mindig ugyanolyan éles, mint volt. Teljesen tönkretettél! Egy ilyen helyen lapátolom a szart. Nem kaptam sehol sem melót, mert mindenhol azt mondták, hogy ez a hozzáállásom nem illik bele a magukról alkotott képükbe! – Már ordított. – Azt hiszed, ezt nem fogom „megköszönni"? Carlos, kösd fel a gatyád! Élvezd ki a pillanatot, mert végetek van!

– Tudod mit, Eric? – Megfogta Isa kezét, és megszorította. – Azt csinálsz, amit akarsz. Mi most megyünk. Főj csak a levedben! Egy ilyen ember, mint te, nem is érdemel mást, mint ahogy mondtad, „szart lapátoljon". Viszont ne becsüld le mások munkáját, mivel a kertészek valószínűleg szeretik, amit csinálnak. Sőt még azok is szeretik, akik a lóti-futi szerepben vannak. Gyere, Isabella, menjünk! Meg sem kellet volna hallgatnunk – fogta Isa kezét, és már indultak is a kastély felé. Eric megint megsemmisült.

– Ezt megbánjátok! – forrongott magában.

Isabellának remegett a lába, ahogy lépdeltek a kijárat felé. Carlos észrevette, és megszorította a kezét. – Ne aggódj, nem lesz semmi baj – mosolygott rá. A szeretet, amit sugallt a tekintete, átjárta a nő egész testét. Már nem is érezte a dühöt és a félelmet. Mit csinál ez a férfi vele? Hisz' most buktak le! Mégis élvezi a közelségét, az érintését. Sőt alig várja, hogy a karjaiban tartsa. A vére felpezsdült. Azt a! Maga a gondolat is felizgatta. Remélte, ezt a férfi nem vette észre.

Pedig nagyon is, és rendkívül büszke volt magára, hogy ilyen hatással van rá. Ki is húzta magát, úgy, hogy a lány ne vegye észre. A kocsihoz érve már járt is az agya, hogy is szervezkedjen. Isát besegítette a járműbe. Odament a sofőrhöz, aki nagy bólogatások közt mondogatta:

– Ó, igen, uram!

Most nem helyesbített, hogy „nem uram, hanem Carlos". Majd hozzászokik ő is, mint mindenki. Nem szerette a megkülönböztetést, de viszonylag új volt még a sofőr. Na de ne kalandozzunk el ebbe az irányba, más dolgok izgatták a fantáziáját.

Mosolyogva ült be a kocsiba.

„Vajon mibe sántikál?" – Isa ezen gondolkodott. Carlos, ahogy beült a mellé, magához húzta. Egy csókot nyomott a szájára. Ő

a vállára hajtotta a fejét. Behunyt szemmel élvezte a pillana-
tot. Felnézett.

– Most hova megyünk, elárulod?

– Nem – mosolygott –, legyen meglepetés.

– Ó, te, milyen vagy! De komolyan! Kilyukad az oldalam a
kíváncsiságtól!

Rányújtotta a nyelvét.

– Ezzel kezdődött minden. Tudod, hogy megbüntetlek, ha ezt
csinálod! – nevetett. – Olyan vagy, mint egy durcás kislány! –
és csak kacagott. Isa megint ráöltötte a nyelvét, majd ő is elne-
vette magát. Közben nem is vette észre, hogy megállt az autó.

– Azt hiszem, megérkeztünk – szólalt meg Carlos.

Isa zavartan nézett körbe. Kinyílt az ajtó. Észre sem vette,
hogy a férfi már nincs mellette; nyújtotta a kezét a lány felé. Ki-
segítette, de még mindig úgy állt, hogy az ne lásson semmit se.
Isabella kiszállt, leskelődni szeretett volna, de hátulról valaki
bekötötte a szemét.

– Ez most komoly? Adonis, én nem szeretem a meglepiket!
Ezt te is tudod – nyúlt a szemkötője felé. Abban a pillanatban
megfogta valaki a kezét.

– Ne aggódj! Nem fog fájni, ígérem, és remélem, ez a megle-
petés nagyon fog neked tetszeni.

– Na, persze – durrogott, de engedte, hogy a férfi irányítsa.
Neki nagyon sok időnek tűnt, amíg odaértek valahova.

– Megérkeztünk. Most leveszem a szemkötődet, de ne akadj
ki, kérlek!

„Ne akadjon ki? Jézus, hova jöttek?”

Ahogy lekerült róla a szemkötő, alig látott, így kellett pár
perc, hogy a szeme hozzászokjon a fényhez. Carlost nem látta
sehol. Egy virágokkal, aranyesővel, leanderekkel, datolyaszilva-
fákkal, cseresznyefákkal, kivifákkal beültetett kertben állt. A
látvány lenyűgözte. Ez a sokszínűség! Nem is hitte volna, hogy
egy kert ennyire szép lehet. Téglából kirakott ösvény vezetett
a végébe. Elindult. A közepénél járhatott, mikor egy hidat vett
észre, ami egy kis tavacskán vezetett végig. Tavirózsákkal volt
tele. Átment rajta, és megpillantott egy pagodát. Rózsa futott

fel az oszlopain. Carlos már ott várta, egy kockás terítős asztalka mellett. Meg volt terítve. Szendvicsek pihentek az egyik tányéron, a másikon aprósütemény, szőlő, cseresznye, datolyaszilva. Egy üveg Charmant pezsgő, és sajtok.

– Carlos ez meseszép! Köszönöm!

– Nagyon szívesen! – mosolygott.

– Reméltem hogy kárpótolni tudlak azért az incidensért.

– De nem kellett volna. Nem a te hibád, hogy azzal a kreténnel összefutottunk. Azért ez mindent visz, tényleg.

Odament hozzá, és arcon puszilta a férfit.

– Üljünk le, és együnk.

Falatozgattak, nevetgéltek. Egymást etették szőlővel. Ezen elkezdtek nevetni, pedig izgatta a fantáziájukat. Halk zene szólt. Beleültek a hintaágyba, szorosan egymás mellé.

– Volna kedved fürödni egyet?

– Fürödni? Nem is hoztam fürdőruhát. Ez az egyik. A másik pedig az, lenne hol is? – mutatott körbe kicsit meglepődve. Nem is értette ezt a kérdést.

– Jó, az igaz, hogy nincs fürdőruhád, de szerintem ez nem akadály. Akkor még egyszer megkérdezem: volna kedved fürödni?

– Oké! Belemegyek a játékba. Igen, volna kedvem. Elég tikkasztó hőség van.

– Ezért kérdeztem meg. – Felállt, odament az egyik oszlophoz, és megnyomott egy rejtett gombot. Isa csak ült és figyelt. „Erre kíváncsi leszek. Sehol nem látok olyan területet, ahol lehetne egy medence" – mosolygott magában. De nagyon meglepődött, mert a kert végében megmozdult a pázsit. Tátott szájjal nézte, de észrevette és gyorsan becsukta. Na, megint sikerült kinevettetnie magát. De Carlos nem így érezte. Annyit látott a lányból, hogy meglepődve és csodálattal figyeli az eseményeket.

– Ez most hogy? Carlos! Ilyet én még nem láttam!

– Az nem baj. Igazság szerint annyira nem tudom, hogy lehet ezt megvalósítani, de imádom. Ha van kedvem, kinyitom, úszom egyet. Ha meguntam, akkor ki tudok feküdni a füves részre, amint bezárom.

A víz felszíne szép sima volt, mintha kifeszítették volna. És ahogy megnézte a hőfokot, kellemes hűvöséget érzett a kezén. Négy lépcsőfok vezetett a vízbe. A nagy medence mellett egy jakuzzi is volt, kétszemélyes.

– Akkor csobbanunk? – kérdezte Carlos, akin már nem volt ruha. Isa elszégyellte magát, ahogy meglátta a meztelen testét.

– Na, gyere már! Pont jó a víz – vigyorgott a férfi.

A lény csak állt, és nem tudta, mihez is kezdjen.

– Hello, Föld újra hívja Isabellát.

– Ó, jó, megyek már! „Miért érzem magam zavarban?” – ezen járt az agya, amíg levetkőzött. Fehérneműben állt a medence szélén.

– Ó, ne már! Kérlek, már láttalak meztelenül! Ugye nem így akarsz bejönni?

De, pedig így akart. Nehezen levetkőzött. Lassú léptekkel belement a vízbe. Carlos figyelte, ahogy lépked lefelé a lépcsőn. Olyan volt, mint egy Aphrodité-szobor, csak ő itt volt vele a medencében. A férfiassága egyből mozgolódni kezdett.

– Egyszerűen gyönyörű vagy!

Szégyenlősen nézett a férfira, és úgy válaszolt:

– Köszönöm, de túlzol.

– Igazad van… eszméletlenül jól nézel ki!

– Na jó, inkább hagyd már, mert elpirulok – mosolygott rá.

Úszott egy-két tempót. Valahonnan a medencébe került egy matrac és egy úszó asztal, amin ott volt a pohara, benne a kedvenc borával.

„Hogy kell erre a matracra felmászni?” Már egy ideje próbálkozott vele, de mindig a vízbe esett. Carlosnak már fájt a hasa a nevetéstől, ahogy látta ezt a szenvedést, amit ő nagyon élvezett. Ő már a másik matracon feküdt, de leszállt és segített Isának. Na, de ez nem volt olyan egyszerű, mivel a lány folyamatosan lecsúszott a matracról, ő pedig a nevetéstől nem tudta, mit csináljon.

– Na jó, hagyjuk egyelőre. Inkább iszom egy kortyot. Mit szólsz?

Carlos még mindig nevetve mondta:

– Azt hiszem, rám is rám férne. Nem is értem, miért nem megy ez neked – nevetett. Isa durcásan ránézett és kinyújtotta a nyelvét, és szembe fröcskölte a férfit.

– Még nem volt alkalmam matracon utazgatni, és nem ér kinevetni a másikat.

– Komolyan kinyújtottad a nyelved, és még le is fröcskölsz? Ezt megbánod, kislány! – indult felé. „Kislány? Ez nem semmi!" – de elindult a másik irányba. Fogócskába kezdtek. Ide-oda úszkáltak, és futottak, amennyire tudtak a vízben. Felhőtlenül játszottak. Ha néha elkapta Carlos, csókolóztak, de egy váratlan pillanatban Isabella mindig kitért előle. Ez a játék izgató volt. Mindketten élvezték nagyon.

– Kicsit pihennénk? – és a matracra nézett.

– Na, oda akarsz kifeküdni?

– Igen, valahogy meg kellene próbálnom oda felmászni.

– Jó, gyere. Kitaláltam valamit.

Odaúsztatta a matracot a lépcsőhöz. – Gyere, itt tuti fel tudsz mászni rá!

Úgy is volt.

– Hű, de jó érzés, ahogy a bőrömet melegíti a nap! – Lehunyta a szemét és élvezte a napsütést. Nem sokáig élvezhette, mert egy hatalmas vízmennyiség árasztotta el a testét. Úgy megijedt, hogy lefordult a matracról. Feljött a víz alól, és Carlost látta, ahogy dicsően állt a medence oldalát támasztva. Isának sem kellett több: fröccsdömpingbe kezdett. Csapkodott, rugdosta a vizet. Végzett, s úgy érezte, megtorolta az előbbit. De nem vette észre, hogy a férfi lemerült, és a lába felé úszik. Egyszer csak a puncijánál érezte, ahogy a nyelve ide-oda jár. Alig tudott megkapaszkodni, olyan jó érzés volt. Élvezte, ahogy a csiklóját bekapta és szopta.

Felbukkant a víz alól. Isabella még mindig csukott szemmel állt, a medence szélébe kapaszkodva. Megpuszilta az ajkát – már nyílt is a szája. Csókolóztak, simogatták egymást. A melleinél sokat időzött. Simogatta, lelocsolta vízzel és a bimbóját finoman elkezdte csavargatni, simogatni. Látta, mennyire élvezi, ezért tovább folytatta. Az egyik kezével a bimbókkal játszott, a másikkal a testén indult felfedező útra. A mellétől indult a hasa felé; finoman épp hogy hozzáért, elindult a csípője felé. Ennél a pontnál Isa az élvezés mellett egy nagyot rándult. A férfi keze haladt lefelé, az alhasa felé. Annál a résznél is egy nagyobbat vonaglott. A bimbók izgatása és ennek a pontnak a simogatása hatására elélvezett. Carlos megcsókolta.

– Csodás nő vagy!

Isa ránézett.

– Még nem éreztem ilyet – mondta szégyenlősen. – El is mentem – és lesütötte a szemét.

– Ne szégyelld. Ezt sajnos sokan vagy nem érzik, vagy nem merik bevallani.

– Én ezt nem tudhatom. De azt igen, hogy ezeket, amiket megtaláltál, még én sem ismertem, hogy vannak. Iszunk egy kortyot?

– Persze. Mit szólnál, ha kimennénk most már, és kint folytatnánk?

Isa csak bólintani tudott. „Ha ez ennyire jó volt, milyen lesz a következő?" Ez járt a fejében, amíg kifelé lépkedett a lépcsőn.

Carlos nézte, ahogy megy kifelé. „Bámulatos" – gondolta. Elindult utána. Isa egy törölközőt kötött magára, Carlos is utánozta. Meg volt terítve. Meglepődött.

– Ezt mikor csinálták? És ki? Megláttak? Carlos, ez mi?

– Ne aggódj, senki nem látott semmit, hidd el.

– Na persze – mondta mérgesen, és szikrákat szórt a szeme. „Nem hiszem el, hogy míg én csupaszkodtam és élveztem, addig itt kint emberek tevékenykedtek." Magára is mérges volt.

A férfi odament az oszlopokhoz és megnyomott egy másik gombot. Teljesen elszeparálta a medencét.

– Jó, ezt látom, de te velem voltál a medencében, a gomb meg itt van!

– Drágám!

Lement a medencéhez, leguggolt, valamit matatott, és Isa már nem is látta őt. Miután a falak eltűntek, visszament hozzá.

– Így most már nem haragszol? – nézett a nőre kisfiús mosollyal és pillantással.

– Azt a! Azt hiszem, ezt kicsit túltoltam. Hogy is mondjam –
nézte a földet, és kislányos zavarában a kezét tördelte –, nagyon
sajnálom, hogy így kiakadtam. De azt hiszem, hogy... de mégsem.

– Semmi baj. Szólhattam volna, de nem akartalak zavarni,
amikor annyira élvezted, amit csináltam veled. Amúgy most is
szexi vagy! – és megcsókolta.

– Üljünk le enni. Nehogy éhen maradjunk.

Egymással szembe ültek le. A tálcán volt kagyló, polip, rán-
tott halszelet, lazac, rizottó, hagymás burgonya, párolt rizs, ha-
sábburgonya. A másik tálon grillezett csirkemell, tarja, karaj,
párolt zöldségek sokasága.

– Ez a mennyország, tuti! Ennyi mindent egy helyen!

– Mit szeretnél enni?

– Ezt nem tudom eldönteni – ámult a tálcára. Végül is a lazac
és a sáfrányos rizottó mellett döntött. Carlos pedig a grillezett
tarjánál, hagymás burgonyánál, káposztasalátánál maradt. Meg-
ették, és utána koccintottak a pezsgővel, ami jégbe volt hűtve.

– Ez isteni volt. Nem beszélve a tálalásról. Már az szemet gyö-
nyörködtető, ahogy ránézel az ízléses díszítésre: paradicsomró-
zsák, mentalevél, és citromkarikák! Hupsz! Ezt most úgy mond-
tam, mintha te nem látnád – nevette el magát.

– Engem nem zavart, ahogy lelkesedtél.

– Tudod, mi lelkesítene még?

Kérdőn nézett rá.

Odahajolt hozzá, és megcsókolta. Közben megfogta a péniszét.

– Azt hiszem, még mindig nem igazán értem, mit szeret-
nél... – jelent meg kaján mosoly az arcán.

– Ó, te kis gonosz.

Megint lehajolt, de már nem a szájához. Óvatosan széthúz-
ta a törölközőt. Kivette a péniszét. Lassú mozdulatokkal le-föl
húzgálta a bőrt rajta. A nyelvével a golyókat izgatta. Carlos erre
nem számított, de nagyon élvezte. Isa a nyelvével lassan haladt
felfelé, míg el nem érte a fitymát. A nyelve hegyével izgatta, mi-
kor érezte, hogy még keményebb lett. A szájába vette, és elkezd-
te szopni. Nem erősen; a nyelvét ide-oda húzta, s ahol tudta, íz-
lelte. Kényeztetés közben a golyókat simogatta, a másik kezével

ugyanúgy mozgott, mint a szája. Még mielőtt Carlos elélvezett volna, felemelte a fejét és megcsókolta. Lebontotta róla a törölközőt. Leültette a matracra. Felemelte a lábát. Finom nyelvcsapásokkal elkezdte nyalni, néha a nyelvét bedugta a nyílásba, ki-be mozgatta, aztán megint a csiklót nyalogatta. Beszívta a csiklót, finoman elkezdte szopogatni. Az ujját a nyíláshoz tette, kívül simogatta körkörösen. Az egyik körkörös simításnál óvatosan behatolt. Elkezdte ujjal izgatni, a másik kezével a bimbót simogatta, nyomkodta. A csiklószívogatás, ujjazás és a bimbó simogatás hatására Isabella teste vonaglott, majd felemelkedett. Sikítozott, sóhajtott. Carlos keze ott hagyta a bimbókat és a feneke felé vette az irányt. A csiklóját nyalta és nyalta. Az ujját a puncijában hagyta, de már az ánuszát nyalta. A lány csak vonaglott és nyöszörgött, s volt, amikor felkiáltott.

A férfi visszatért a csiklóhoz, szopta és nyalta felváltva, az ujját ki-be mozgatta, így juttatta megint csak a hőn szeretett nőt a csúcsra. Isabella hangos nyögés és kiáltás közepette ért a csúcsra. Csak fújtatott és nyögött. Carlos odahajolt hozzá, és egy hatalmas csókot nyomot a szájára.

– Kérsz valamit inni?

Isa alig tudott megszólalni, de válaszolt.

– Igen kérek.

Carlos töltött egy gin tonicot. Isa felült, és elvette az italt. Meghúzta, s ő maga is csodálkozott. Úgy tűnt, szomjas volt. Carlos is ivott, majd megfogta a kezét. Felállította, és magához húzta. Forró, szenvedélyes csókot váltottak. Mindketten felajzottak voltak.

– Egy kis csobbanás?

– Mehetünk – kacsintott egyet Carlos.

A hűs víz simogatta a térdét, ahogy lejjebb lépet a medencébe. Még egy lépcsőfok, s a combja közepéig ért már. Még egy lépés, és a hűs víz hozzáért a puncijához. Ahogy hozzáért, megborzongott, s jóleső érzés töltötte el. A bimbóival üveget lehetett volna vágni, olyan peckesen álltak. Carlos észrevette, és már ott is állt előtte. A melle a szájában volt. Játszott a bimbókkal a nyelvével. Körkörösen nyalogatta, szopta, néha finoman hozzáérintette a fogát, és végighúzta. A kezével a másik mellével játszott. Ugyanazokat tette, mint a szájával. Amikor szopta a bimbót, akkor a kezével kicsit összenyomta és elkezdte morzsolgatni. Isabella nyögések és vonaglások közepette újra elélvezett.

– Carlos! Úristen! Mit művelsz velem? Én még... én még ennyiszer soha nem élveztem el!

– És még nincs itt a vége. – Lelocsolta a lányt, aki összerezzent, de egyből reagált: ő is visszalocsolt. Olyanok voltak, mint a gyerekek. Élvezték a játékot. Úszkáltak, bohóckodtak, egymásnak estek, csókolóztak. Felhőtlenül nevetgéltek.

– Kimegyünk?

– Persze. Megszomjaztam.

– Kérek én is – és kiült a medence szélére.

Odavitte az italát. Leült mellé, a medencébe lógatta a lábát. Isa a vállára hajtotta a fejét.

– Annyira jó itt! Így, ahogy most van – mondta Carlos.

Isa ránézett, és hálás volt.

A férfi hirtelen megcsiklandozta a lányt. Ő csak nevetett, úgy, hogy a pohár és az ital a medencében landolt. Eldőlt a fűben a nevetéstől. A férfi rávetette magát. Csókokkal halmozta el. A nyelvével végignyaldosta a testét. Az egyik lábát felemelte, a másikat felhúzta. Elkezdte a csiklóját simogatni két ujjával. Picit erősebben. Vonaglott, ahogyan az ujjak le-fel mozogtak a csiklóján. Ő közben a melleit simogatta. Ezzel a férfit nagyon izgatta. Ahogy izgatta ujjal a csiklóját, átváltott, és nyelvvel kényeztette tovább. Nyalta, szopta, harapdálta. Isabella már extázisban volt, ezt látva Carlos behatolt a puncijába. Elkezdett finoman mozogni. Együtt mozogtak, élvezték egymás testét. Isa egyik keze a mellén a bimbót izgatta, a másikkal a csiklóját izgatta, néha hozzáért a férfi péniszéhez.

– Ó ez mennyire izgató! Folytasd!

Eszében sem volt abbahagyni. Megfordultak hasra, úgy folytatták tovább. Isabella kissé felnyomta magát, hogy a férfi keze elérje a mellét. Nyomkodta, morzsolta a bimbót, miközben hátulról szeretkezett a nővel. Ő pedig nyögött folyamatosan, kiabált: élvezte. Felemelte a csípőjét. Kutyapózban folytatták. Így is izgatta a csiklóját. Annyira élvezte, hogy azt érezte, itt a vég, elélvez. De nem így volt. Carlos a hátára fektette, és elővett egy vibrátort. Isa olyan izgalomban volt, hogy fel sem fogta, mi az.

Bekapcsolta, és végighúzta az egész testén. Azt a vibráló érzést, ami végigszaladt rajta, nem is tudta leírni. A csiklójánál tovább tartotta Carlos, azzal izgatta. A lány dobálta magát a gyönyörtől. Azt érezte, valami hideg van a puncijában, és belül is érezte a bizsergető érzést. A gyönyört fokozva a férfi lehajolt, és el kezdte a csiklóját szopni. Isabella vonaglott, dobálta magát. A gyönyör kapujában megszűnt az a bizsergető érzés, és a hangot sem hallotta. Amit érzett, az teljesen más volt: Carlos. Teljesen behatolt. Együtt mozogtak. Isabella nyöszörgött, kiabált. Felemelte mindkét lábát, és úgy is szeretkeztek. De itt már nagyon a végén volt Isabella, ezért szólt Carlosnak:

– Nem bírom.

Abban a pillanatban gyorsabban kezdett mozogni a férfi. Együtt értek a csúcsra, hangos nyögések közepette. A lány mellén, hasán folyt a sperma. A férfi letörölte róla. Isa úgy, ahogy és ahol volt, elaludt. Azt nem tudta, meddig aludt, de a szobában ébredt fel és már este volt. Kiment a hallba, ahol Carlos az asztalnál ült. Épp a laptopját nézte. Isabella nem tudta, mit tegyen. Menjen oda hozzá és csókolja meg, vagy tegyen úgy, mintha mi sem történt volna? Így csak megállt az ajtófélfának dőlve.

Carlos észrevette, hogy valaki figyeli. Hátranézett.

– Azt a, de jól nézel ki! Jó reggelt, kedves! – Felállt, odament hozzá, és szájon csókolta.

– Szia – mosolygott rá Isabella.

– Épp az e-maileket nézegettem. Úgy tűnik, hogy sajnos holnap vagy holnapután mennünk kell haza. Valami gond van az egyik cégnél, akitől szállítunk.

– Basszus! Már ma indulnunk kellett volna – mérgelődött Isabella.

– Kedves, ha elmentünk volna, akkor ez a mai csodás nap nem történt volna meg. Vagy úgy érzed, hogy meg sem kellet volna, hogy történjen?

– Dehogy! – Odament Carloshoz, és szájon puszilta.

– Ez a két nap életem legszebb két napja volt.

Szorosan átölelték egymást, sose múljon el ez a pillanat.

– Nem vagy éhes? Mert akkor lemehetnénk az étterembe.

– Hát, nem is tudom. Átöltözöm, és lemehetünk.

– Rendben.

Mindketten elvonultak és átöltöztek. Egymást átölelve léptek ki ajtón. Az étteremhez érve örömmel fogadták őket. Az ablak mellett levő asztalt kapták megint. Átnézve az étlapot Isa garnélás spagettit rendelt, Carlos pedig tintahalkarikákat rizottóval. Aperitifnek pedig Isabella egy aperol spritzet, Carlos pedig egy whiskyt jéggel. Míg várakoztak, átbeszélték, milyen gondok vannak a szállítás körül. Megvacsoráztak, majd kicsit kimentek még a rózsák közé sétálni. Isa ásított egy nagyot, így úgy döntöttek, felmennek a szobájukba.

Ahogy felértek, Isabella belehuppant a fotelba, amelyikben az érkezésük napján ült. A lábait megszabadítva a magassarkútól már dobta is a karfára. Már megint ásított.

– Csak nem álmos vagy, kedves?

– Inkább fáradt. Nagyon eseménydús volt ez a mai nap – mosolygott szerelmesen.

– Eseménydús? Dehogyis! Még nincs is vége a napnak – vigyorgott kajánul.

„Ajaj! Mi lesz még itt!" – vigyorgott most már a nő is.

– Elmegyek lefürödni. Ne menj sehová, kedvesem!

– Hidd el, nem fogok, alig várom.

Ám mire kijött a fürdőből, addigra a lány a fotelban egy fura pózban mélyen aludt. Elmosolyodott. Odalépett hozzá, megpuszilta az arcát és egy takaróval betakarta. Leült a másik fotelba a whiskyvel, s csak a lányt bámulta. „Miért nem mondhatom el, hogy köztem és Lily közt semmi sincs a világon? Mert sajnos ez olyan hülye helyzet. Lefeküdtünk, így ez csak egy kifogásnak tűnne a szemében. Annyira már ismerem őt." Ezzel a gondolattal elaludt. Arra riadt, hogy valaki betakarta. Isabella volt.

Az éjszaka közepén arra ébredt, hogy mindene fájt. A feje oldalra billenve, az egyik lába a fotel karfáján, a másik lent lógott, ő meg féloldalasan feküdt a fotelban.

– Úristen! Hogy lehet egy ilyen pózban elaludni? – kérdezte magától. – Isa, te néha fura vagy – tette hozzá, ezt is magának címezve. Feltápászkodott, akkor vette észre, hogy Carlos is a fotelban alszik. A takarót, ami rajta volt, rátette a férfira. „Istenem! Milyen jó lenne, ha nem csak ez a két nap jutna nekünk. Na, de ne legyünk mohók!" – nyújtózkodott egyet.

– Au, ez kicsit fájt! – érezte az oldalát, amit a fotel elnyomott. Nem vette észre, hogy Carlos felriadt: nem volt hozzászokva, hogy vele valaki is törődjön. Nézte a jelenetet, és hallgatta, ahogy leszidja magét a lány. Mivel nem vette észre, hogy felkelt, így az ablak előtt ledobált mindent magáról. Indult a fürdőbe lezuhanyozni. Megnyitotta a vizet. Most csak meleg vízre vágyott.

Ebben a pillanatban megérezte a férfi kezét a hátán.

– Te? Azt hittem, alszol.

– Aludtam is, de valaki sokat szidalmazta a kedvesemet, így megtorlom, mert ő egy fantasztikus nő.

Megfordult, és egyből megcsókolta, azután nevetve így szólt:

– Azt, aki ilyet tett, meg kell büntetni! Nem is értem, hogy is gondolta ezt az egészet.

Már a zuhany alatt álltak. A férfi tusfürdőt nyomott a tenyerébe. Finom mozdulatokkal kezdte fürdetni a lányt. Isa minden egyes érintésénél nyögött, annyira jó érzés volt. Elidőzött a mellén. A tusfürdő hatására síkosabb lett mindene. A bimbókat simogatta, morzsolta. A két melle közt ide-oda húzogatta a tenyerét. Ez még izgatóbb volt. Közben néha erősebben megfogta a bimbókat. A lány vonaglott, nyöszörgött. Annyira felizgult, hogy alig várta, a férfi beléhatoljon. De ő még nem akart. Az egyik kezével a lába közé nyúlt.

– Úristen! Milyen nedves vagy! Ezt nagyon imádom!

Izgatni kezdte a csiklóját. Néha az ujját bedugta, aztán megint a csiklóval játszott. Elvette a másik kezét a melléről, s az ánuszát kezdte el simogatni vele. Nem hatolt be, csak simogatta. A kettő olyan hatással volt Isabellára, annyira élvezte, hogy el is élvezett. Carlos hozzányomta a péniszét a csiklójához, úgy izgatta tovább; mint mikor szeretkeznek, fel-le húzogatta a makkját a csiklón. Imádta, hogy a lány élvezi a játékot. Nyögött, sikított, úgy érezte, jön még egy gyönyör, de ebben a pillanatban Carlos felemelte az egyik lábát és behatolt a péniszével. Egy nagy sóhaj hagyta el a lány ajkát.

– Ó!

Carlos óvatosan kezdett mozogni, nehogy fájdalmat okozzon neki. Édes gyönyör járta át a testét. A kezével a mellét simogatta. Finoman lecsúsztatta a csiklójára a kezét. Izgatta saját magát. Carlos megfordította. Lehajolt, és felkínálta magát a férfinak. A keze a fenekét markolászta, a csiklójával játszadozott. Két ujja közé vette és morzsolni kezdte, a másikkal pedig az ánuszát simogatta. Isa felsikított. „Lehet ezt még fokozni?" – kérdezte magában, de már csak arra koncentrált, amit az ő Adonisa csinált vele. Carlos ujja már benne is volt. Ki-be mozgatta, néha megforgatta. Sikítás és nagy vonaglás volt a díja ennek az izgatásnak. Mielőtt megint a csúcsra vitte volna a lányt, behatolt a péniszével. Két kezével megfogta a csípőjét és irányította a mozgását. Élvezte a hangokat, amiket Isa kiadott magából. Ez a póz volt a lány kedvence – igaz, ezt ő nem tudta. Néha a lány megmozdította a fenekét. Körkörös mozdulatokat tett.

– Ha ezt így folytatod, nem fogom sokáig bírni! – szólalt meg Carlos.

Isa hátranézett, kajánul mosolygott. Nem hagyta abba, mert már ő is a csúcsok csúcsa felé tartott. Felkiáltottak – Ah! –, és egyszerre élveztek el. Carlos spermája a fenekén folyt le, az ő nedűje pedig a combján. Lefürdették egymást, meg is törölgették a másikat. A férfi átölelte és a fülébe búgta:

– Te kis gonosz teremtmény! – Szeretetteljes volt a hangja. – Nagyon imádtam, amit csináltál – puszilta meg a fejét.

– Nem is vagyok gonosz! Kikérem magamnak – durcáskodott a lány, de a szeme mindent elárult.

– Ami jó, azt nem lehet csak úgy abbahagyni!

Megfordult, átölelte a férfi nyakát, szájon csókolta.

– Nagyon szép volt ez a két nap. Köszönöm. Mindent.

Carlos kicsit szomorú lett, de nem mutatta. Széles mosollyal válaszolt:

– Nagyon szívesen.

Isa nem erre számított, így hirtelen megütötte a férfi vállát.

– Te kis szemét!

Carlos nevetett, de még mindig ölelte a lányt.

– Ne már! Ez fájt! Au! Én is nagyon köszönök mindent. Te egy fantasztikus nő vagy, és… – Nem mondta tovább. Azt akarta mondani, hogy „az enyém", de nem így olt, ezért inkább lehajolt és megcsókolta. Kimentek a fürdőből. Már nem volt érdemes lefeküdni, mert egy óra múlva kelhettek volna. Fel sem tűnt nekik, hogy elrepült az idő. Leültek az asztalhoz és beszélgettek, nevetgéltek. Eszükbe jutott Eric. Kibeszélték, hogy ő még mindig mekkora tapló. Isát kicsit zavarta, amit mondott neki, de Carlos biztosította, hogy nem lesz semmi baj, így elhessegette magától az aggodalmat. Mire megérkezett a kocsijuk, addigra már fel voltak öltözve és kijelentkeztek a szállodából.

– Örömünkre szolgált, Carlos, hogy nálunk töltötték ezt a kis időt – búcsúzott el tőlük Juan, a szálloda menedzsere.

– Köszönöm, megint minden tökéletes volt!

Kezet nyújtott.

– Miss Adams, remélem, ön is jól érezte magát.

– Igen, nagyon is.

A menedzser Carlosra nézett.

– Örültem a szerencsének. Jó utat kívánok!

– Köszönjük. Viszlát, Juan!

Kiléptek azon a csoda ajtón. Isa még visszanézett. „Ezt tuti nem felejtem el, amíg élek!"

Kicsit szomorúan gondolt erre, viszont boldog is volt. Megérkeztek az autók. Minden visszatér a régi kerékvágásba. Elszorult szívvel vette tudomásul.

– Isabella, kedves! Utazhatunk együtt is, ha úgy gondolod.

Ránézett. Alig tudott megszólalni.

– Igen, tudom, vagyis csak reméltem, hogy felajánlod nekem. De sajnos te is tudod, és én is, hogy a pletyka be is indulna abban a pillanatban, ahogy ez megtörténne. Nagyon jó lenne! Így is nagyon nagy bűnt követtünk el, de nagyon élveztem. Hidd el, hogy azt szeretném, ha ez el sem múlna, de vissza kell mennünk. Azt meg, hogyan fogok tudni Lily szemébe nézni, még nem tudom. Ő soha nem volt rossz hozzám, én pedig becsaptam. – Könnyes volt a szeme. – Viszont ha kihagytam volna, akkor biztosan bánnám, hogy a boldogságot, amit adtál, ha pillanatnyi is volt, nem éltem át. Nagyon köszönöm neked!

Carlos átölelte. Nem szólt semmit, pedig úgy elmondta volna, hogy Lily örömtáncot járt, mikor meghallotta, mennyire boldog ő, de nem lehetett. Viszont ezt valahogy meg kell oldania. Ennyit mondott, amíg szorosan ölelte a lányt:

– Hidd el, mindent jóváteszek! Megcsókolhatlak még?

Isabella ránézett.

– Igen még szép!

Lehajolt, és forrón megcsókolta. Mindketten azt érezték, bárcsak abban a pillanatban megállna az idő. Nem vették észre, hogy valaki figyelte őket, és már kattant is a gép. Eric gonosz vigyorral hátat fordított.

– Végre, megmutathatom mindenkinek, milyen is ez a kis lotyó! – Beszállt az autójába és elhajtott.

Isabella és Carlos elköszöntek. Beszálltak a külön kocsiba. Elindultak a hosszú útra hazafelé. Elhagyták a szálloda környékét, amikor elindultak Isa könnyei. Sírt és sírt. „Miért is sírok? Tiszta gyökér vagyok! Hát a legszebb dolog történt velem itt, ezen a csodás helyen? Csak boldogságot kaptam." Összeszedte magát és elkezdett nevetni. Elővette a telefonját és írt Barbarának.

„Szia ☺ ♥. Úton hazafelé! Nálam talizunk. Hűtött pia legyen!" – Vigyorgó fejet tett hozzá, és elküldte. Válasz nem jött. Hazaért, belépett a lakásba, és Barb sehol: „Ne aggódj, nincs semmi baj." De mégis hol lehet?

Küldött még egy üzenetet.

„Barb! Hol vagy? Baj van?" – de válasz erre sem jött. Elment zuhanyozni. A gyomra összeszorult. „Valami baj lehet. Alig várta, hogy elmeséljem mi történt, most meg nem reagál." Gondolkozott, kit is tudna megkérdezni róla. Átnézte a telefonját.

– Igen, Mark. – Már hívta is. Hosszan kicsengett a telefon.

– Mark! Ne haragudj, de tudsz valamit Barbaráról? Írtam neki üzenetet, hívtam, de semmire se reagált! Légyszíves, ha tudsz valamit, mondd el!

– Szia, Isa. Nos, ezt nem is tudom, hogy mondjam neked.

– Úristen! Barbara jól van?

– Hm... nincs. – Hosszasan hallgatott. – Mark, mondd már!

– Kórházban van, és nincs jól.

– Úristen! – kiáltott fel, s a szemében megjelentek a könnycseppek. – Ha nem mondod el azonnal, holnap nagyon megbánod!

– Jó, mondom, de nagyon sokat nem tudok. Csak annyit, hogy egy régi ismerősével találkozott. Nagyon izgatott volt. Este, mikorra ígérte, nem jött haza. Úgy gondoltam, hogy biztosan jól alakult az estéjük. De reggel itt volt a rendőrség, hogy az autójában találták meg félholtan. És úgy tűnik, más is volt. Nem tért még magához.

Isabella zokogásban tört ki.

– Hol fekszik?

– A Szent Terézben.

– Máris megyek.

Nem érdekelte, hogy néz ki; úgy melegítőben, smink nélkül rohant, és közben hívott egy taxit.

– A Szent Terézbe – mondta hűvösen. A gondolataiba mélyedt. „Tegnap történt, mikor én a legédesebb pillanatokat éltem át. Ha hazajöttem volna, ez nem történt volna meg, mert akkor együtt töltöttük volna az estét. Ezt soha nem bocsájtom meg magamnak!"

Elővette a telefonját, és megkereste Carlos számát. Kicsengett, majd a férfi így vette fel a telefont:

– Tudtam én, hogy nem tudsz nélkülem élni, kedves! – hahotázott.

– Hagyd ezt most. Míg mi hetyegtünk, Barbara kórházba került és nincs is magánál. Csak tudatni akartam veled. És ha bármi baja lesz, azt nem tudom megbocsájtani magamnak.

– Mi a franc! Ne hülyéskedj! Ilyennel nem szórakozik az ember!

– Ez komoly? Pont ezzel játszadoznék! De most tényleg!

– Jó, nem hinném, hogy pont vele hülyéskednél. Azonnal ülök a kocsiba és indulok! Ugye te nem vezetsz?

– Nem. Na jó, szia. – Kinyomta rá a telefont. Odaért a kórházhoz. A portán kérdezték tőle, kihez jött. Csak a nevét tudta kinyögni:

– Barbara Smith.

– A másodikon, a 212-es szobában van. A lifttel felmegy a másodikra, és a nagy csapóajtó után lesz a hölgy.

– Köszönöm – állt kisírt szemmel, nagyon dühösen. Csak magát hibáztatta. „Ha itthon lettem volna!" Felért az emeletre. Megtalálta a csapóajtót is. Az ajtó mellett ott ültek a nővérek.

– Miben segíthetünk?

– Jó napot, Barbara Smith-t keresem.

– Megkérdezhetem, hogy ki önnek Barbara?

– Igen. A legjobb barátnője vagyok.

– Ó, ön Isabella.

– Hm... igen? – nézett rá kérdőn.

– Ne aggódjon! Barbara már tájékoztatott, hogy jön.

– Elnézést, micsoda? Tájékoztatta? Ezt nem értem. Nekem azt az infót adták, hogy magához sem tért még!

– Jaj, az csak az a bizonyos Mark lehetett. Kombinál nagyon. Jöjjön, odavezetem. – Elindult a folyosón. „Akkor most mi van? Erre már nagyon kíváncsi vagyok." Odaértek a szobához és nagy vihogást hallott. Benyitott. Barbara az ágyon ült, és Isa semmi olyasmit nem vett észre rajta, amit Mark elmesélt a telefonba. Meglátta őt, és egyből a nyakába ugrott.

– Isa, de jó, hogy már itt vagy! Hiányoztál.

– Te is hiányoztál nekem. De mi történt? Mesélj.

– Egy nagy hülyeség. Elcsúsztam a fürdőkádban. Bevertem a fejem, és bent tartanak megfigyelésre.

– Agyonütöm! – mondta Isa nagyon mérgesen.

– Kit?

– Markot. Nem ezt a történetet adta elő. Már papot kerestem. Még Carlost is felhívtam és kiosztottam. Úristen!

– Micsoda? Ez idióta! Hazamegyek, és ígérem megarzénozom, hogy szenvedjen. Most otthon röhög a hülyeségén, tuti. Na, de csak menjek haza!

– Én csatlakozom. Kikötöm, és... na jó, ne is gondoljunk erre. Nem is értem, hogy tudsz egy fedél alatt élni ezzel a tahóval. Basszus!

– Szóval idejön Adonis? Akkor gyorsan sminkelj ki. Ott a sminktáskám.

Az ajtó nyílt, és Carlos állt ott, ő is az otthoni cuccában.

– Barb, te jól vagy! – lepődött meg, és csúnyán nézett Isabellára. – Ugye nem csak szórakoztál?

– Nem, én is ugyanúgy meglepődtem, mint te.

– Adonis! Ne is nézz rám, nem vagyok szalonképes, éÉs az én kedves lakótársam morbid tréfája volt, és mindketten az áldozatai lettetek. De megtorlom.

– Ez nem volt vicces egyáltalán. Nagyon megijedtünk, Barb.

– Tudom, de sajnos nem tudok ez ellen mit tenni. Ő ilyen. Viszont a legeslegjobb ember a világon.

– Ó, ennek én most hogy örülök! Most verném bucira a fejét, hogy jó legyen neki! – fakadt ki Isabella. Odament Barbarához, átölelte és szájon puszilta, ami Carlosnak feltűnt, de nem szólt semmit sem.

– Annak viszont örülök, hogy az égvilágon semmi bajod nincs.

Ránézett a férfira.

– Én tényleg azt hittem, óriási baj lehet. Elnézést azért, amit a telefonba mondtam – sütötte le a szemét.

– Nem esett túl jól, amit az estéről mondtál, de megértettem abban a helyzetben. Ne aggódj, nem fogsz lerázni pár hozzám dobált szóval – mosolygott. Odament Barbarához, puszit nyomott a homlokára. – Örülök, hogy jól vagy! – Megfordult, úgy, hogy véletlenül hozzáérjen Isa kezéhez. Egymásra néztek, már ki is zártak mindenkit maguk körül. Barbara csak ült az ágyon, bámulta őket. „Ajaj, itt van mit mesélni, úgy gondolom!"

– Kint megvárlak, hazaviszlek.

– Nem kell, fogok egy taxit.

– Nem kijelentésnek szántam, hanem felszólításnak. Fellebbezésnek helye nincs! Beszélgessetek, aztán gyere, a kocsinál várlak és hazaviszlek. Gyógyulj meg, Barb, és üsd agyon azt a gyagyás pasit, basszus. Nem volt vicces, tényleg. Puszi – és már kint is volt az ajtón kívül.

– Na, akkor mesélj csak, kisanyám! Úgy forr a levegő köztetek, mint mikor az Etna ki akar törni. Na, hogy is van ez?

Isa ránézett. Látta a szemében a vágyat, boldogságot, huncutságot.

– Ma akartam neked mindent elmesélni, de ez az idióta Mark közbeszólt. Vagyis nem ő, hanem te, mert nem válaszoltál az üzikre. Így felhívtam azt a tahót. És nekem mondhatod, hogy jó ember, de ilyesmivel nem szórakozunk, könyörgöm. Nagyon megijedtem, hogy elveszítelek. – Ránézett, és megsimogatta az arcát.

– Na jó, ezt még átbeszélem vele, és nem is ússza meg, hidd el. De mi volt ez az érintés, pillantás az arcára?

– Szeretlek, Barb!

– Én is szeretlek. Annyi a szerencséd, hogy kicsit fáj a fejem, így nem akadékoskodom. Puszi. Holnap nálad alszom. Készülj, Isa, drágám.

– Rendben. Pihenj – dobott egy puszit felé.

Isabella kilépett a szobaajtón.

„Most kell egy wisky, de nem egy pohárral, hanem egy üveggel! Ja, és egy ásó és egy nagy kert, hogy elássam jó mélyre!” – mérgelődött magában. Elővette a telefonját, és már írta is az üzenetet.

„Te idióta, nem normális állat! Ezzel nem viccelődünk! Hogy jutott ilyen az eszedbe egyáltalán? Ne kerülj a szemem elé, mert nem állok jót magamért! Sőt ne is válaszolj! Te... te... ó, hagyjuk is. Nem vagy normális!” Dühös emojifejekkel küldte el. Kilépett a kórházból és nézte, hol a taxija. Valahogy „felszívódott”, pedig nem is fizette ki.

„Ez különös.”

Elindult gyalog – még jó, hogy sportcipő volt rajta. Kicsit messze kellett gyalogolnia. Megállt mellette egy autó. „Na, még ez hiányzik mára, hogy kurvának nézzenek.” Odafordult a kocsihoz, mondani akarta a monológot: – Idefigyelj, apukám, én nem vagyok...”, amikor az ablak leereszkedett és Carlos mosolygott rá.

– Tudom, kedves, hogy nem vagy az. De gondoltam, most társaságra vágysz.

– Ó, az istenit! Már ki akartalak osztani, hogy menj te oda, ahonnan kijöttél! – Felnevetett. – Carlos! Lehet, hogy igazad van.

– Gyere, szállj be. Hazaviszlek.

Beszállt, és megkérdezte:

– Nem tudod, hova lett a taxi, ami rám várt?

– De, hívást kapott. Én pedig biztosítottam arról, hogy épségben hazaviszlek.

– De még ki sem fizettem! – ámult el, és nem tudta, ennek örüljön vagy sem.

– Én kifizettem.

– Ó, köszönöm. Mennyi volt?

– Azt hiszem, akkora összeg volt, hogy ki sem merem ejteni a számon – vigyorodott el, és az útra koncentrált.

– Hűha, ez nagyon lovagias tőled – mosolyodott el végre Isabella.

– Tudom, én vagyok a keresztes lovagok egyike – nevetett önfeledten. Isa is csatlakozott.

– Ó, ne haragudjon, Sir Lancelot! Ja, bocsánat, az már foglalt. Sir Carlos – kacagott. – Ez most nagyon kellett. Köszönöm, hogy nem hagytál egyedül.

– Soha.

Egymás szemét bámulták. A férfiében valami kérdésszerűség jelent meg. Isa rá is kérdezett.

– Azt hiszem, hogy a kérdésre, ami megjelent a szemedben, a válaszom az igen. Gyere, igyunk meg egy whiskyt – invitálta kicsit félve attól, hogy mit fog mondani.

„Tényleg ez lett volna az a bizonyos kérdés?"

– Ó, nagyon szívesen, kedves hölgyem. Várj, egy lovag legyen mindig az. Ki ne szállj! – Kipattant, sietve az ajtajához ment.

– Hölgyem – nyújtotta a kezét.

– Lovagom. Ez nagyon udvarias öntől. – Kiszállt, és mint a dívák, úgy lépkedett. Carlos kicsit meglepődött, de belement a játékba. A lakása ajtajánál meghajolt előtte, és kérte a kulcsot. Kinyitotta az ajtót, és meghajlás közepette betessékelte a lányt.

Isa belépett. Ott már nem bírta, önfeledt nevetésbe kezdett. Ez átragadt Carlosra is. Lehuppantak a kanapéra. Még mindig mosolyogtak. A férfi törte meg a csendet.

– Ennek a Marknak nincs valami baj a fejével? Ilyennel nem szoktunk szórakozni. Be tudnám verni az orrát. – Nagyon mérges volt, miközben ezt mondta.

– Nem tudom, de ez rendkívül morbid vicc volt. Nagyon megijedtem. Már olyanokon járt az agyam, hogyan bírom ki Barb nélkül – jelentek meg könnycseppek a szemében. – De, hála az égnek, jól van. Kérdeztem is tőle, hogyan tud egy ilyen emberrel egy légtérben élni. Azt válaszolta, hogy amúgy egy nagyon jó ember, csak a humora kicsit fura. – Félrehúzta a száját és megvonta a vállát.

– Ezzel él együtt? Komolyan? Milyen lehet a kapcsolatuk? Bele sem akarok gondolni.

– Jaj, ők nem egy pár, csak egy lakást bérelnek és jó barátok lettek. Mindkettőnek könnyebb így, mert ki tudják szűrni az olyanokat, akiket nem akarnak az életükbe. Megbeszélték, hogy mások előtt ők egy pár. Így békén hagyják őket a nemkívánatos személyek.

– Ja, értem, és ismerős helyzet.

„Itt kellene elmondanom, hogy én és Lily is ugyanezt játszszuk, de már megint a pillanat az, ami miatt nem tehetem.”

– Ismerős? Ezt hogy érted?

– Úgy, hogy én is ismerek ilyen párt.

– Á... biztosan okuk van erre, de nem igazán értem. Az életben kockáztatni kell. Nekem valamikor ezt mondták, és így igaz. Persze vannak olyan dolgok, amiket kihagyna az ember, de ha azok nincsenek és nem követsz el hibákat, akkor az élet nagyon unalmas lenne. És a hibákból tanulsz... Ezt is úgy mondták. Csak nem kellene többször ugyanazt a hibát elkövetni.

Carlos csak nézett rá kérdőn és kicsit meglepetten.

– Na jó – nevetett –, azt hiszem, hogy elég a bölcsességekből. Zavarba jött. A férfi megfogta a combját.

– Jó volt hallani a régi öregeket – kacsintott.

– Na, ez azért... nem is vagyok öreg. – Kinyújtotta a nyelvét.

– Tudod, hogy ezért mi jár, ugye?

– Nem, mert én öreg vagyok – durcáskodott, de közben a szemeiben lehetett látni, hogy alig várja már azt a bizonyos „büntetést", és megint kinyújtotta a nyelvét. Felállt.

– Akkor jöhet a whisky?

– Igen, de ha iszom, akkor itt kell aludnom.

– Tudom, de van elég hely, ahol le tudsz pihenni. – Odanyújtotta az italt.

– Nem tudom, mivel nem néztem széjjel. – Ő is rányújtotta a nyelvét.

– Nem az otthonodra vagyok kíváncsi.

– Nem? Ez fel sem tűnt, tényleg – vigyorgott. Leült a foteljába és felhúzta a lábát. – Fárasztó nap volt ez. Az utazás haza – elhúzta a száját –, Barb... Még mindig a hatása alatt vagyok.

– Elhiszem, kedves. Nekem is rossz volt hallani, azt hittem, hogy... hogy... – de inkább ki sem mondta. Miközben ezeket a szavakat kiejtette, a kandallót nézte.

– Mennyire csodás ez a kandalló!

– Ó, igen. Örülök, hogy meg tudtam menteni. A lakás éke lett. – Ő is csodálattal nézte.

– Tényleg emlékszem már. Mennyit harcoltál érte! – Mosoly jelent meg az arcán.

– Apropó, harc. Mit tervezel a hétvégére? – nézett rá kérdőn, és valami csintalanság jelent meg a szemében.

– Mert? Ezt nem értem.

– Elmagyarázom, miután válaszoltál.

– Jó, de ez nem ér – fintorgott. – Nem terveztem semmit sem. Most már elmondhatod, mi ez.

– Lily rendezni akar egy bálfélét, és feltétlenül ott szeretne látni – somolygott.

– Mi? – Meglepetten felállt. – Azt hiszem, ez nem igazán jó ötlet – járt idegesen fel-alá.

– Miért? Lily szeret veled beszélgetni.

– Nincs is ezzel semmi baj. Én is szeretem a társaságát, de nem tudom, hogy a szemébe tudnék-e úgy nézni, hogy ne szégyelljem el magam.

Carlos odalépett hozzá és átölelte. Annyira mondta volna, miért akarja Lily, hogy ő is ott legyen, de nem tette.

– Én úgy érzem, nem csináltunk semmi rosszat. Lily és köztem évek óta nincs semmi sem – próbálta menteni a helyzetet. Kérdő pillantást látott Isabella szemében.

– Nem akartam mondani ezt neked, mivel úgy éreztem, hülye kifogás lenne.

– Igen, úgy tűnik nekem is – nézett rá, s azt hitte, csak hazudik neki.

„Pedig ha tudná! De nem tudja."

– Ne haragudj, de nem tudok ott lenni azon az összejövetelen. Bárhogy is van köztetek, még nem. Sajnálom. – Lesütötte a szemét. Nem mert a férfira pillantani, mert ahogy a szemébe nézett és a kezeit a testén érezte, nem volt biztos benne, hogy vissza tudja magát fogni. Carlos is észrevette ezt, és imponált neki, de ha Isa nem akarja, nem szabad erőltetni. Álltak, és a kandallót nézték.

– Mi lenne, ha begyújtanék? Reszketsz.

– Nem is rossz ötlet – mosolyodott el végre.

Megint töltött maguknak. Ahogy a fa ropogását meghallotta, a nyugalom járta át az egész testét. Na jó, a két pohár whisky is hozzájárult. Most jutott eszébe, hogy nem is evett semmit egész nap.

– Ettél ma már valamit? Mert én még semmit sem. Össze dobok valamit.

Benézett a hűtőbe.

– Az igazság az, hogy hogy ez teljesen üres. Bassza meg! – mérgelődött.

Carlos odament hozzá. Felemelte a fejét.

– Nyugodj meg. Nem is voltál itthon, azért nincs a hűtőben semmi. Rendeljünk valamit.

– Jó.

Legszívesebben toporzékolt volna, és már folytak is a könnyei.

A férfi szorosan magához ölelte.

– Azt hittem, meghalt – zokogta. – Nem tudom, mihez kezdtem volna nélküle. – Csak sírt és sírt.

– Add ki magadból, kedves – és még szorosabban ölelte magához.

Isabella zokogott és zokogott. Talán volt egy félóra is, mire kissé lenyugodott. Addig ott álltak a konyha közepén.

– Ne haragudj – hüppögött –, de féltem, hogy elveszítem. Őrá mindig számíthattam. Egyszerűen nem tudom felfogni, hogyan képes valaki ilyen dologra.

– Ezt én sem tudom és értem, de Barbara jól van, hála az égnek, és bosszant még egy kicsit, vagyis nagyon-nagyon sokáig.

Erre Isabella elmosolyodott.

– Igen, néha idegesítő tud lenni, az tuti.

– Na, menj, szedd össze magad és menjünk el kajálni valamit.

– De ittunk, így nem vezethetsz.

– Ki mondta, hogy fogok? Na, menj! Nem kell kiöltöznöd, így is nagyon jó vagy – mosolygott a lányra.

– Köszönöm, hogy velem vagy most. – Szégyenlős mosolyt villantott, és elvonult a fürdőbe. Nagyjából tíz perc múlva megújult arccal a férfi előtt állt.

– Mehetünk – jelentette ki, és elindult az ajtó felé. Kint nem látott sem taxit, sem autót.

– Csak nem gyalog akarsz menni?

– De, szép az idő. Miért is ne?

– Hát jó, akkor hova szeretnél menni?

– Csak induljunk el valamerre. Tuti van a közelben egy étkezőhely.

– Persze, van. Már tudom is, hova megyünk – vigyorgott szélesen.

– Megtudhatom, hova?

– Nem. Legyen meglepi.

– De én sem szeretem a meglepetéseket, mint magácska, hölgyem. – Most Carlos nyújtotta ki rá a nyelvét.

– Uram, ez nem fair. Ez az én durcáskodásom. Lopós uraság! – Ő is rányújtotta a nyelvét.

A férfi elkezdte gyorsabban szedni a lábát. Isának sem kellett több; futásnak eredt. Úgy fogócskáztak, mint a gyerekek. Isabellának Olaszország jutott eszébe. „Milyen jó is volt!” De elhessegette a gondolatot. Élvezte a helyzetet. Carlos elkapta, felkapta, és jól megforgatta. Önfeledten nevettek. Letette Isát és ekkor megállt az idő körülöttük. Egymás szemébe néztek, csak a másikat látták. Dudálás szakította ki őket ebből az állapotból. Akkor vették észre, hogy az út közepén álltak. Sűrű bocsánatkérés közben felrohantak a járdára. Isabella szólalt meg először.

– Pár perc, és ott is vagyunk.

– Rendben – Carlos csak ennyit mondott, mert nem igazán találta a szavakat.

Sétáltak még egy saroknyit teljes csendben. Egyikük sem tudta, mit mondjon.

– Megérkeztünk – vigyorgott Isa.

Carlos széjjelnézett, de nem látott semmiféle étkezőt, csak egy hot-dogos standot.

– Nincs is itt semmi. – Kicsi csalódottság volt a hangjában.

– Nincs? Ezt Marco sértésnek fogja venni. Jó estét, Marco. Hogy s mint vagy?

– Jó estét, Isabella! A legkedvesebb törzsvásárlóm! Köszönöm kérdésed, nagyon jól vagyok. Megy a bolt, hála az égnek. És te hogy vagy? Válság van, vagy valami más? Mert ismerlek már: akkor veszed igénybe a szolgáltatásaimat, amikor nem vagy a legjobban.

– Nagyon örülök, hogy minden jó – mosolygott a férfira, aki a 30-40 év közötti, kigyúrt alak volt. A haja már most őszült, de ez adta meg a sármját. A szeme zöldes-kékes szürke, ha létezik ilyen egyáltalán.

– Hát, voltak problémák, de elhárultak. Ma érkeztem meg Olaszból, és nincs otthon semmi ehető. Úgy gondoltam, hátha itt talállak még. – Megint csak széles mosoly jelent meg az arcán.

– Még szép, hogy itt vagyok. Ilyenkor zajlik az élet. Ki nem hagynám, tudod – kacsintott Isabellára. Carlos kérdőn nézte ezt a jelenetet.

– Drága Isa, a szokásost kéred?

– Ó, igen. Annyira jó, hogy így ismersz – vetett rá hálás pillantást.

– És az úrnak mit adhatok?

– Ö... igazság szerint nem tudom – tanakodott. Már nagyon régen evett hot-dogot.

– Tudja mit? Akkor nem variálunk, azt kapja, amit ez a szép hölgy.

Meghajolt előtte, és egy kacsintással fűszerezte.

– Hát, nem is tudom...

– Jaj, ne félj, nem mérgező – ment oda hozzá a lány. Kicsit oldalba lökte. – Nem tennék olyat, ami neked fájna – és felnevetett, ahogy meglátta a bizonytalanságot a szemében.

Közben Marco készítette a finomságot. A kiflibe lilahagymát, uborkát, salátát, kukoricát is rakott a virsli mellé. Ketchup, majonéz és egy kevés chiliszósz következett a füstölt sajtra.

– Készen vannak a hot-dogok. – Átnyújtotta őket, és közben már a kólát is kirakta.

Carlos meglátta a remekművet és eltátotta a száját.

– Na, ezt az arckifejezést nem lehet megunni – mondta Marco, és már a következő vendégével foglalkozott. Még odakiabálta Isabellának:

– A vendégeim voltatok. Jó éjt! – A választ meg se várta.

– Köszönöm, Marco. Jó éjt! – kiabálta túl a tömeget, mert nagyon sokan lettek hirtelen, de ezt már nem hallotta a férfi.

– Azt a, ez fantasztikusan néz ki.

– Hátha még megkóstolod! Ide fogsz járni, amikor csak tudsz – kacsintott, és beleharapott a hot-dogba. Azok az ízek! Fantasztikus összhangban voltak. Carlos is ugyanezt érezte, és milyen igaza volt Isának: tényleg olyan, hogy ebből nem elég. Még csak az első harapásnál járt, de már a következőt várta. Ahogy ették, mindent összemaszatoltak. Nevettek egymáson, ahogy kinéztek. Jó kedvvel mentek vissza Isa lakására. Leültek a kandalló elé, és mindketten a gondolatukba mélyedtek. A lány a kedvenc foteljában ült. Carlos csak azt vette észre, hogy alszik.

„Olyan édes, ahogy durmol. Aludj, kedves, sok volt ez mára."

Elővette a telefonját.

„Szia. Sajnos nem sikerült behálózni, hogy ott legyen a partin. Úgy véli, ez még korai. Ha az ő szemszögéből nézzük, ak-

kor lehet benne valami. Nem?" Már küldte is az SMS-t. Pillana-
tokon belül jött a válasz.

„Szia. Lehet ebben valami, és úgy sajnálom. Pedig már el-
képzeltem, hogyan jelentjük be, hogy mi csak játszottunk. Ne
aggódj, lesz még lehetőségünk. Puszi, Lily."

Ahogy ezt olvasta, kicsit szomorú, mégis boldog volt. „Már
drámázott értem. Tényleg ő a legjobb barátom."

A szíve megtelt szeretettel. „Na jó, össze kell szednem ma-
gam! Rómát sem egy nap alatt hódították meg. Nem adom fel,
az enyém lesz, csak még kell egy kis idő."

Odament a lányhoz, a karjaiba vette. Bevitte a hálóba. Lefek-
tette, a cipőjétől megszabadította, és lefeküdt mellé. Isa, mint-
ha érezte volna ezt, szorosan hozzábújt. A szíve majd' kiugrott
a helyéről. Mély gondolatok közepette ő is elaludt.

Reggel, mikor felébredt, még mindig ölelte őt. Óvatosan
kiszállt az ágyból. Kiment a konyhába, reggelit akart készíte-
ni. Akkor jutott eszébe, hogy üres a hűtő. Felvette a cipőjét, és
már ki is surrant az ajtón. Emlékezett, hogy a közelben van egy
kis pékség, ahol finomabbnál finomabb dolgokat látott. „Vajon
nyitva van ilyen korán?" Nyitva találta. A rengeteg szendvics
látványától, amelyek a pultban sorakotak, elállt a lélegzette.
Kiválasztott két ciabattás és két rozsos bucis szendvicset. Már
rohant is vissza; ott akart lenni amikor a lány felébred. Megte-
rített a pultnál, és várta, hogy szíve hölgye felkeljen. Addig is
átnézte az e-mailjeit.

Nem sokat kellett várnia. Isabella kinyitotta a szemét. „Hogy
kerültem az ágyba?" Arra emlékezett, hogy a foteljában ül. Majd
mintha valaki átölelte volna… „Ugyan, már megint álmodtam."
Elhessegette a gondolatokat. Kikászálódott az ágyból. A nappa-
liba érve meghökkent.

– Carlos!

– Isabella, kedves. Nagyon meglepett az arcod. Azt hitted,
itt hagylak abban az állapotban?

– Hát, ö… azt gondoltam, hogy már nem vagy itt, igen.

– Dehogynem, és hoztam neked reggelit is. Ja, és főztem ká-
vét – vigyorgott szeretetteljesen.

– Ó pompás. Várj, Hoztál reggelit? Elmentél a szendvicsbárba? Nem is tudom, mit mondjak.

– A „köszönöm" elég lesz – mosolygott.

– Tényleg, de bunkó vagyok. Köszönöm – sütötte le a szemét szégyenlősen.

– Na, gyere, ülj már le, és szívesen. Nem tudtam, mit szeretnél enni, így többet, vagyis kétfélét hoztam. A ciabattásban van francia saláta, sonka, paprika és saláta, a rozsosban pedig szalámi, paradicsom, paprika, savanyú uborka, saláta és tükörtojás.

– Hű, ez mindkettő jól hangzik. Nem biztos, hogy tudok választani – bámulta a szendvicseket.

– Akkor legyen az, hogy mindkettőből kapsz egyet. Így jó lesz?

– Tökéletes – nyelt nagyot. – Már csorog a nyálam utánuk – mondta kicsit félve.

– Légyszíves, akkor fogj hozzá. Kár lenne, ha a nyálcsorgásod eláztatná ezeket a remekműveket – nevetett, miközben Isára nézett.

– Jól van, na – és beleharapott a ciabattába. – Ezek az ízek isteniek.

Jóízűen elfogyasztották a reggelit. Isa szólalt meg először.

– Kérdezhetek valamit? – nézett a férfira. Carlos épphogy lenyelte az utolsó falatot.

– Persze.

– Miért nem keltettél fel? – nézte, és nagyon komoly volt a tekintete.

– Azért, kedves, mert neked most nem szexre vagy orgiára volt szükséged, hanem egy megértő emberre. Ha ezt a helyzetet kihasználtam volna, a tükörbe nem tudnék nézni. Ne érts félre, minden vágyam az lett volna, hogy a karjaimba tartsalak, de annyira nagyon ki voltál borulva, és az este úgy volt tökéletes, ahogy volt. – Odament hozzá, s megpuszilta a homlokát.

Isabella áhítattal nézte őt.

– Igen, lehet valami abban, amit mondtál. Azt hiszem, ezt a mondatot elég sokszor szoktam elejteni – nevetett fel zavartan.

– Na, de szerintem lassan készülődni kellene. Jön a kőkemény munka. – Rácsapott a fenekére.

– Jó, megyek már, megyek.

– Elviszlek, délután pedig találkozunk a tárgyaláson.

– De jó ötlet ez? Hogy te viszel be?

– Még szép! Ha valakinek baja lenne vele, álljon elém. Mást is fuvaroztam már, és az nem volt olyan kellemes – emlékezett vissza. Csak csacsogott és csacsogott. Eszméletlen volt az a negyven perc, míg végre kitette őt. Még azt is megtudta, hogy kedvenc macskája hogy párosodott a szomszédja cicájával. Pfuj.

– Na, indulj a fürdőbe!

Végre elkészült. Úgy gondolta, a mai naphoz farmer, magassarkú cipő és egy ing teljesen megfelelő lesz, de azért váltócipőt is rak be, mert ki tudja, mennyit kell mennie, és valljuk be, egy magassarkú nem erre való. Carlos már toporgott. „Miért van az, hogy ilyen hosszan készülődnek a nők?"

Eközben oldalra pillantott, és meglátta.

– Azt a! – füttyentett. – Rajtad minden mesésen áll – kacsintott.

– Ne már, Carlos, de köszönöm. Na, induljunk – és kilépett az ajtón.

– Persze, már siessünk… Eddig te voltál a fürdőben ilyen sokáig, most meg induljunk – ment utána felháborodva.

– Ó, ne duzzogj már, Adonis, vár a munka – nézett hátra, és kacsintott.

– Na, várj csak! – ezzel beszálltak a kocsiba. Egész úton nem beszéltek. Az iroda előtt álltak meg közvetlenül, így tényleg mindenki látta, ahogy kiszáll az autóból. Persze mindenki kint volt, aki csak számított. És hogy még jobb legyen a helyzet, utánaszólt a férfi:

– Öröm volt, Isabella – majd puszit dobott és elhajtott.

„Na, ez kellett még, de tényleg. Úgy kiosztom, csak találkozzunk!" De azért belül nagyon jólesett neki. Ahogy elvonult a hadseregnek nevezhető embertömeg mellett, érezte a kérdőjeleket a hátán. Alig várta, hogy beérjen az irodájába. „Úristen! Ez az ember nem semmi! Ezt most miért csinálta? Na, mindegy is."

Elővette a laptopját és belekezdett a munkába. Azt sem vette észre, mennyi az idő, csak egy hangra lett figyelmes.

– Itt bent kell megtudnom, hogy neked viszonyod van a főnökkel? Na, szép dolog, de tényleg – mondta tetetett durcássággal a legkedvesebb barátnője.

– Barb! – lepődött meg. – Hagyd már, kérlek. Carlos csak behozott, de persze mindenki kint állt. Azért még hozzátette, mielőtt indult, hogy jó volt velem, és küldött egy puszit. Nem is értem, miért csinálta. Na, de hagyjuk is. Hogy vagy? Hogyhogy itt vagy? Nem pihenned kéne?

Még kérdezett volna, de Barbara közbevágott.

– Ennyi kérdést! Jól vagyok. Ne aggódj. Na jó, ha nekem azt mondják, amit neked Mark, tuti összeesem és nem tudom, mit csináltam volna. De ráküldtem a kedvesét, és meg fogja bánni az ízléstelen, morbid viccét. Ja, és kiadtam az útját is, így lakótársat kell találnom. Sürgősen – tette hozzá szomorúan. – Aki eljátssza, hogy velem van. Na jó, de térjünk rá ezekre az üzenetekre. Alig várom, hogy megmagyarázd – vigyorgott kajánul, mivel már sejtette, hogy barátnője végre lefeküdt a férfival. Isa alig észrevehetően elpirult.

– Ma nem. Sok a munka, de hétvégén átjöhetnél és elmesélek mindent – nézett a barátnőjére rejtélyesen.

– Ismerem ezt az arcod. Hétvégéig kilyukad az oldalam. Na, de tényleg! Csak kicsi alamizsnát dobj az epekedően kíváncsi barinődnek, légy szíves! – kérlelte már követelve.

– Nem, nem. Hétvégén, drága barátnőm. – Odament hozzá, átölelte és megpuszilta.

– Persze, addig meg találgassak. Ez szemétség, csak megjegyzem – de szeretettel nézett Isabellára. – Hát legyen. De pia és nasi kell! Most megyek, és pletykálkodom kicsit – kacsintott, és dobott egy puszit Isa felé.

– Légy jó! Vagyis hülyeséget beszélek... Ne légy jó! Jót ne halljak rólad, te kis ribanc – s nevetve kiviharzott. „Ez milyen kis szemét, de valahol igaza van, és még semmit sem mondtam neki. Rátapintott az igazságra. Mindegy, koncentrálj!" – bámulta erőlködve a monitort.

Valaki kopogott.

– Isabella, Várnak a tárgyalóban – szólt neki Viky, aki az ő régi helyét foglalta el a cégnél.

– Köszönöm, hogy szóltál. Észre sem vettem, mennyi az idő – nézte hálásan Vikiyt.

– És megkérdezném úgy mellékesen, ettél ma már valamit?

Megrázta a fejét.

– Hozatok neked valami könnyű ebédet. Egy salátát. Jó neked?

– Ó, tökéletes lesz.

– De tudod, hogy ez így nem lesz jó, mert tönkre vágod a gyomrod…

– Igen, tudom, mivel ezt mindig elmondod, „anyuci".

Nem gúnyból hívta így, hanem mert tényleg olyan volt néha, mint egy édesanya: gondoskodó, féltő, és ami a legnagyobb kincs volt benne, hogy mindenkit úgy fogadott el, ahogy volt, mindenkit elárasztott szeretettel.

– Most már rohanok.

Mielőtt kilépett az irodából és elsietett volna a lány mellett, odaszólt neki:

– Tényleg köszi, hogy ennyire odafigyelsz ránk, és igen, most már ennék is valamit. – Puszit dobott Viky felé, és már ott sem volt.

„Hogyan tud ilyen gyors lenni ebben a cipőben? Meg kell ezt kérdeznem tőle" – elmélkedett az asszisztens, de ekkor már az iroda másik részéről hallotta a nevét. Odakiáltott:

– Megyek – és ő is elrohant.

Este kilenc volt mire Isa az irodájába lépett. „Most már igazán ennék valamit" – gondolta.

Leült az asztalához, és ott volt előtte a garnélás saláta és egy üveg kóla is. Ja, és egy cetli. „Azt hiszem, ez rád fog férni. Jó étvágyat hozzá, Viky", és egy kacsintós emojit is kapott.

– Ó, az ég áldjon meg a gondoskodásodért. Imádlak, Viky! – Gyorsan körbenézett, hallja-e valaki, de már csak ő ült ott egyedül. Megette a salátát, ivott a kólából, aztán átvette a topánkáját. – Istenem, ez mennyire fantasztikus érzés! – mondta jó hangosan. Megnézte az óráját, ami már háromnegyed tízet mutatott.

– Azt hiszem, ideje lenne hazamenni és forró fürdőt venni. – Felvette a táskáját, cipőjét a kezébe fogta. Kifelé menet hívott egy taxit. Mire kiért az iroda elé, a taxi már ott állt és várta őt.

Szétnézett, mielőtt beszállt volna. Az utca másik oldalán, kalapban ott állt valaki egy újsággal a kezében. Talán férfi, de nő is lehetett. Ezt nem tudta megállapítani. „Érdekes emberek vannak. Én biztosan hazavinném az újságot, és kényelmesen leülve olvasnám el." Megvonta a vállát. „Na, de nem vagyunk egyformák."

Beült az autóba, és hazavitette magát. Otthon ledobált mindent. Rohanva ment a fürdőbe. Megengedte a vizet. Pár pillanat múlva már gőzölgött is.

– Au, ez túl forró! Azért ennyire meleg nem kell.

Engedett hozzá még hideget, és megállapította, hogy úgy már jó lesz. Beállt alá. Csak úgy száguldottak a gondolatai, ahogy a vízcseppek záporoztak rá. Olaszország, Carlos, Barb, Eric – aki úgy tűnik, hogy bekattant. El is engedte. Talán volt félóra is, mire kijött a zuhany alól. „Most jöhet a szokásos egyedüllét." Ez a gondolat elszomorította, így kiment egy törölközővel a testén, s szétnézett. „Minek nekem ekkora lakás? Hisz' egyedül vagyok. Ó, ne már, mi ez? Mit csinálsz, kislány? Milyen szenilis vagy!" – toppantott egyet. Megrázta magát és hangosan nevetett – mármár sokkosan. Töltött a bögréjébe a kedvenc borából. A foteljéhez ment és belehuppant, hogy reccsent egyet.

– Ne haragudj, kislány, de ez most kellett. – Megsimogatta a karfát. – Ez már tényleg a szenilitás első foka – nevetett szinte sírva. „Mi van velem? Ez röhejes. Voltam már pasival, egynapos kapcsolatom is volt. Akkor most miért akaszt ez ki?"

Bekapcsolta a tévét. Mi más ment volna benne, mint romantikus film? Pont akkor kapcsolta be, mikor forró, szenvedélyes csókot váltott a filmbeli pár.

– Na, ne már! De tényleg! Miért szívatsz még te is?

Elkapcsolt, de a másik adón, ahova jutott, is a szerelemről beszéltek. A harmadik adón a szexről. Mérgesen kikapcsolta a készüléket és a kanapéhoz vágta a távirányítót.

– Tudom már! Olvasok. Az mindig használ.

„Mit csinálok? Magamban beszélek? Öregszem, vagy már teljesen meghülyültem? Az utóbbi lehetséges."

Átment a másik szobába. Levett egy könyvet. Elolvasta a hátulján a bemutató szöveget. „A férfi érintése égette a bőrét, ahogy a melleihez ért. Ő hátrahanyatlott a gyönyörtől. – Ez nagyon jó, csináld még!" Eddig jutott, de ezektől a szavaktól eszébe jutott, ő mit érzett, mikor Carlos hozzáért. Lent, a lába között érezte a bizsergést. „Muszáj könnyítenem magamon, mert szétrobbanok." Bement a hálóba. Nem kellett neki pornót néznie, csak a férfira gondolnia, és a keze már el is indult felfedezőútra a testén. Eloldotta a törölközőt. Az egyik kezével a mellét simogatta, a másik a csiklójával játszott. Ahogy a gondolataiban visszatekintett, mit csinált vele a férfi a medencében, forró és nagyon nedves lett a puncija. Elöntötte a saját nedűje. Simogatta a melleit, összenyomta a bimbóját és elkezdte morzsolni. Nagyokat nyögött, a feneke le-fel mozgott, annyira élvezte. Elengedte a bal mellét, és a kezét a lábai közé tette. Nem kellett megnyálaznia, annyira nedves volt. Összezárta kicsit a lábát. Bedugta a középső ujját. Ki-be mozgatta, közben benyálazta jobb kezén az ujjait, és így játszott tovább a bimbójával. Már a gyönyör felé haladt, de úgy érezte, kicsit több kell, így elővette a fiókból a Barbtól kapott vibrátort. Bekapcsolta, és beállította a fokozatot. Visszafeküdt. Benyálazta az ujjait és a melleivel játszadozott, közben odaérintette a csiklójához a játékszert. A nyílásnál körkörösen mozgatta, tovább izgatta a melleit, bedugta az eszközt, és egy sóhaj hagyta el a száját. Ki-be mozgatta, a vibrálás még hozzátett a gyönyörhöz. A másik keze a csiklójával játszadozott. Le-fel mozgatta. Összenyomta a csiklóját, úgy morzsolgatta. Néha hozzáért az ánuszához is. Ez is nagyon izgatta. Egyre gyorsabb mozdulatokkal húzogatta a játékszert. A másik kezével simogatta magát: hol a csiklóját izgatta, hol a mellét. Nagyon hangosan nyögött. Elért a csúcsra, és lassított a mozdulatokon. Lassan abbahagyta. Kihúzta a játékát. Úgy, csupaszon ki ment és lemosta. Ahogy a víz alá tette és le-fel mozgatta a kezét, hogy mindenhol megtisztítsa, újra csak elöntötte a forróság. De elhessegette, vagyis elnyomta. Visszatette a helyére műfalloszt. Visszament a fürdőbe. Lezuhanyozott. A zuhany alatt megint magához nyúlt. A tusfürdő nagyon jó síkosító. A zuhanyt erősebb fokozatra állította, és odarakta a csikójához. A bal kezével kissé fentebb húzta a szeméremajkait, így jobban elérte a vízsugár a csiklóját. Ide-oda ringott, a keze vele együtt mozdult.

Mennyire más érzés, és egyben mennyei is! Pár perc múlva elélvezett. Nekidőlt a zuhany oldalának és vigyorgott. „Úgy tűnik, semmi sem elég" – mosolygott.

Újra lezuhanyozott. Még mindig csupaszon töltött magának egy pohár whiskyt. Elővette a cigarettáját, és rágyújtott. Beült a kanapéra és az estére gondolt. „Még nem csináltam kétszer egymás után. Úgy tűnik, hiányom van. Na, de hagyjuk!"

Iszogatott és bagózott. Bekapcsolta a tévét. Már vége lett a romantikus filmnek, valami autós magazin ment. Igazán már nem foglalkozott azzal, mi megy a tévében, csak bámulta. Kikapcsolta az agyát. Felnézett az órára; fél tizenkettő volt. Ki kapcsolta a tévét és bevonult a szobába. Elővette a laptopját. Megnézte az e-maileket. Volt, amelyik nagyon fontos volt, így válaszolt. Elveszett a munkában. Arra figyelt fel, hogy zajt hall kintről. „Biztos megint egy macska. Jó nagy zajt csinál. Holnap megnézem." Nem tartott attól, hogy meglátják, mivel az ablakain nem függöny volt, hanem fólia, amelyen át ő kilátott, de be senki. Még akkor sem, ha feltette a karácsonyi égőit, amiket annyira imádott. Így tovább dolgozott. Megnézte az időt. „Azt a, fél kettő! Le kéne már feküdni, hátha tudok aludni egy kicsit."

Nyújtózott. Eltette a laptoppot. Bebújt a takaró alá. Lekapcsolta a villanyt, de a kis lámpát égve hagyta: évek óta nem tudott lámpa nélkül aludni. Hogy mikor nyomta el az álom, azt nem tudta, de nagyon kótyagosan kelt fel. Fájt a feje. Gondolkodott, hogy miért fáj a feje, hisz' neki csak akkor szokott fájni, ha megjön vagy beteg lesz – viszont ritkán kapott el bármit. Eszébe jutott, hogy álmodott valami furcsaságot. Azt álmodta, hogy valaki bent járt a lakásában és őt figyelte órákon át. Igen, tuti, hogy ez az álom a ludas a fejfájásában. Elment lezuhanyozott. Folyamatosan az álom járt az agyában. Nagyon valósághű volt.

Nehezen ment a koncentrálás, bármit is csinált. Ott állt a gardróbja előtt, és nem tudta, mit vegyen fel. Ez nála két perc alatt eldőlt, de most nem tudta eldönteni egyáltalán. Sok-sok percbe telt, amíg kiválasztott egy fekete vászonnadrágot, sárga topot, hozzáillő zakót és sárga topánkát. Elkészítette a sminkjét. „Össze kéne már szedned magad, kislány!" Felvette a táskáját, elindult – igaz késéssel. Az ajtóból vissza kellett mennie, mivel a laptopja ottmaradt a szobában.

– A fene! Tényleg szedd össze magad! – szidta magát hangosan. Most inkább nem akart vezetni, majd taxizik. Nem érezte magát olyan állapotban. Kocsit hívott, s végre elindult dolgozni.

Amint beért, már várták a feladatok. A szállítással is voltak bajok: az egyik sofőr kint ragadt, így helyettesítőt kellett találnia, őt pedig nyugtatni és intézkedni, hogy minél előbb haza tudjon indulni. És ez csak egy hiba volt a sok közül. Egész nap telefonált, e-mailt írt, kérelmet. Vitatkozott és rendezkedett. Még jó, hogy ott volt Viky, aki figyelt rá, így nem maradt éhes és kávéja is folyamatosan volt. Este tíz volt, mikor nagyját el tudta intézni. Sajnos a kint rekedt sofőrt nem tudta hazajuttatni, csak másnap pakolják majd meg az autóját.

„Már megint késő van, és csodálkozol, hogy egyedül vagy? Felesleges."

Kikapcsolta a laptopját. Felvette a táskáját, a gépet, és elindult kifelé az épületből. Furcsa érzése támadt, de nem tudta megmondani, mi az. Kiért az épület elé.

– A fenébe! Nem hívtam taxit!

Ám meglepetésére ott állt egy autó a kapuban. Odament hozzá.

– Elnézést, esetleg szabad most a taxija? – kérdezte, de ez nagyon furcsán hangzott. El is mosolyodott rajta.

– Szép estét, hölgyem. Ha önt Isabella Adamsnek hívják, akkor igen – mosolygott rá a férfi.

Isa meglepődött, és ez kiült az arcára is.

– Igen, így hívnak, de ezt nem értem teljesen. Én nem hívtam taxit, mert elfelejtettem.

– Ezt sajnálom, hölgyem. Már ki is van fizetve.

– Akkor nem kell hazavinnie. Persze, mégis. Bocsánat, csak furcsa. Megkérdezhetem, ki fizette ki a fuvart?

– Persze. Carlos Turner.

– Ó köszönöm.

Ez meglepetés volt a számára. „Miért fizette ki a taxit? Nem értem, Lily mit fog hozzá szólni, hogy ilyeneket csinál, na de ne kombinálj, Isabella Adams!" – korholta magát. Elindult vele a taxi. Nem sok kellett, hogy elaludjon. Mikor a kocsi fékezett a háza előtt, akkor riadt fel. Kiszállva adott a sofőrnek borravalót, hiába tiltakozott. Úgy gondolta, ennyit megtehet; még a rádiót is lejjebb halkította, ahogy észrevette, hogy már majdnem alszik.

Elindult a háza felé, mikor hirtelen egy ütést érzett: valaki elütötte a járdán. Nagyot esett, és az illető még annyit sem mondott, hogy „bocs", csak elviharzott. A taxisofőr ugrott ki a kocsiból, és ő segítette fel.

– Jól van, hölgyem?

– Ö… azt hiszem – de a lába nem ezt mutatta.

– Úgy tűnik, kiment a bokája, hölgyem. Hívok mentőt, vagy beviszem a kórházba, ezt meg kéne nézetnie.

– Á, semmi szükség rá, higgye el. Beborogatom, és holnap már úgy fog működni, mint eddig.

– Ahogy gondolja, hölgyem. Azért az ajtóig elkísérem, ha nem bánja.

– Azt hiszem, kifejezetten nem bánnám, hm… megkérdezhetem a nevét?

– Persze, hölgyem. Robert vagyok.

– Köszönöm, Robert. Így nem személytelen a beszélgetés. Én Isabella vagyok – de közben rájött, hogy ezt a férfi már tudja.

Felnevetett.

– Bocsánat, de ezt ön már tudja. Automatikusan bemutatkozom – mondta.

– Semmi baj, kedves Isabella – mosolygott rá a sofőr. – Indulhatunk? – kérdezte a lánytól. Már mindenét felszedte a földről.

– Igen – válaszolt kissé fájdalmas hangon. Megpróbált ráállni a lábára, de nem ment. Így Robertre támaszkodva, fél lábon ugrált el az ajtóig. Nehezen találta meg a kulcsát.

– Ne vegye tolakodásnak, de bekísérném, ha nem bánja.

Nem bánta, sőt hálás volt érte. Nagyon is. Beugrált a nappaliig. Ott leült a kanapéra, és megpróbálta levenni a topánkáját. Nagyon nehezen ment. Annyira bedagadt a lába, hogy sem bokája, sem rüsztje nem volt.

– Azt a rohadt! – hallotta a sofőr hangját. – Ez nem néz ki valami jól.

– Higgye el, ez csak a látszat.

– Tényleg ne vigyem kórházba? Ezt meg kéne néznie.

– Nem, köszönöm, de mindent köszönök. Viszont tényleg nem lesz semmi baj.

Robert nem igazán akarta otthagyni ebben az állapotban, de nem erőltethette, amit a nő nem akart. Így jó éjt kívánt, és elment. Viszont annyit tehetett, hogy szólt Carlosnak, mi történt a lánnyal. Hívta is. Mindent elmondott, pontosan hogy s mint történt. Annyit hallott a vonal másik végéről:

– A rohadt kurva anyját! Köszönöm, Robert. Meghálálom – és letette a telefont. Lily ott állt mellette. – Mi a baj, drágám? Nagyon ijedt arcot vágsz.

– Most hívott Robert. – Lily kérdőn nézett rá. – Tudod, a taxisofőrünk.

– Igen?

– Hogy Isabellát hazafuvarozta, de egy futár, aki a járdán hajtott – széttárta a karját –, elütötte őt, és nagyot esett, a lába pedig hátratört. Nem tudott lábra állni, így neki kellett segítenie. Ugrálva ment be a házba. Ottmaradt egy kicsit, és látta, hogy a lába a duplájára dagadt. De a mi Isánk nem akart orvoshoz menni. Most ott van egyedül a házban.

– És még itt vagyunk? Induljunk azonnal!

– Ezt hogy érted? Te is jössz?

– Ez nem is lehet kérdés. Na, mozdulj már! Menjünk! – vette a táskáját, és topogott a bejárati ajtónál. – Mi lesz már? Jössz?

– Persze, csak most nem értem, Lily, drágám.

– Elmondom a kocsiban, csak mozogjunk már, kérlek!

Kirohant a kocsihoz. Lily már messziről megnyomta a kapunyitót, hogy mire odaérnek, ki tudjanak hajtani rajta. A portán Wilson volt szolgálatban, aki nem értette ezt a sietséget: eddig mindig megvárták, amíg ő nyitja a kaput. Carlos és Lily is intett neki, és már nem látta a kocsit.

– Azt hiszem, vészhelyzet van valahol. Így még nem láttam a főnököt vezetni – aggodalmaskodott a bódéjában, ezért megcsörgette a kocsi telefonját.

– Igen? – szólt bele egy férfihang.

– Elnézést, uram, hogy zavarok, Wilson vagyok a kapuból. Baj van, uram? Segíthetek valamiben?

– Wilson, nagyon kedves, köszönöm. Az egyik barátnőnket egy kisebb baleset érte, ezért sietünk így. Ezért bocsánatot is kell kérnem. És köszönöm, de még mi sem tudjuk, hogyan segíthetünk.

– Rendben, uram. Vigyázzanak magukra és a barátjukra is. Jó éjszakát, uram és hölgyem.

– Önnek is jó éjt, Wilson.

– Na, térjünk vissza arra, hogy most aggodalmat láttam a szemeidben – fordult Lily felé.

– Megmagyaráznád, drágám?

– Azt hiszem, igen, meg kell magyaráznom ezt.

– Én is így gondolom – válaszolt Carlos.

– Hol is kezdjem? Nekem bejönnek a férfiak, és... a nők is, és Isabella az első pillanattól kezdve nagyon tetszett nekem. Az igazság az, reménykedtem abban, hogy egyszer az enyém is lehet.

Ránézett a férfira, s remélte, hogy nem fog nagyon kiakadni.

– Hú, ezt nem is sejtettem. Csak mondom, drágám, hogy megküzdök érte, és nem adom nagyon könnyen fel – nézett rá, és mosolygott.

– Nem is kell. Ha jól sejtem, akkor ő is szereti nőket is meg a férfiakat is. Csak el volt nyomva.

– Úgy gondolod? – tette fel a kérdést.

– Meg sem lepődsz, hogy milyen beállítottságú vagyok?

– Drágám, azért, mert te ezt nem mondtad, elég sok helyen megfordulunk már, és igen, láttam, hogyan néztél egy-két nőre, akivel találkoztunk vagy épp megismerkedtünk. Viszont ha jó a feltevésed, akkor... – Itt inkább abbahagyta azt, amit mondani akart.

– Hagyjuk, drágám. Isa legyen jól, aztán meglátjuk, mi lesz. Így megfelel neked?

– Teljesen. Tudd, hogy imádlak. – Hálásan nézett a mellette ülő nőre.

Közben megérkeztek Isabella házához. Az ajtó még mindig nyitva volt, így csak besétáltak. Amikor a nappaliba léptek, látták, hogy még mindig a kanapén ül.

– Szép estét! – hallotta a köszönést. Felkapta a fejét.

– Carlos! Te mit keresel itt? – Akkor vette észre, hogy Lily is ott áll a férfi mellett.

– Lily? Hűha!

– Szervusz, Isabella – köszönt kicsit félve.

– Szia, Lily. Bocsáss meg, csak meglepődtem. Akkor így kérdezem: mit kerestek itt?

Carlos válaszolt:

– Hallottuk, mi történt, és úgy gondoltuk, hogy elkel a segítség. Ja, nem szeretném, ha ellenkeznél. Mutasd a lábad! – kérte ellenkezést nem tűrő hangon.

– Tényleg boldogulok, higgyétek el, csak összeszedem magam – de azért felemelte a lábát a férfinak.

– Ez csúnyán néz ki. Orvoshoz mikor akarsz menni? Ezt meg kell vizsgáltatni.

– Nem megyek orvoshoz, és kész. Csak be kell borogatni, utána jó lesz.

– Na persze! – vágott közbe Lily. – Ezt meg kell vizsgálnia orvosnak, Carlos. Vidd el a kórházba, én addig összeütök valami vacsorát. – Ránézett Isára. – Ne ellenkezz, kislány, ellenem nem nyersz. – Odament hozzá, megpuszilta a fejét, majd a konyhában termett.

A lány nézte a jelenetet, és nem igazán fogta fel, hogy most mi történik. Carlos odalépett hozzá és az ölébe kapta.

– Na, fogd a táskád, kedves, és induljunk!

Isabella elpirult.

– De tényleg jobb lesz...

– Igen, ha az orvos megnézi, utána jobb lesz.

A férfi érezte, hogy Isabella kezének érintése égeti a nyakán a bőrt. „Vajon ő is ugyanezt érzi? Na, elég legyen! Most kihasználható helyzetben van. Eszedbe se jusson!” – dorgálta meg magát, miközben beültette a lányt a kocsiba. Elszáguldottak. Az utca túloldalán ott állt a futár a ház oldalának dőlve.

– Ez bejött – vigyorgott, és továbbment.

Mivel Lily tudta, hogy Isanak nem volt ideje bevásárolni, és dolgozott egész nap, így össze kapkodta a hűtőből amit csak tudott. Bedobálta egy papírtáskába. Ahogy Carlos és Isa elmentek elővette a táskát.

– Gyere nézzük meg miket dobáltam ebbe bele!- szólt Barbnak.

– Ezeket meg honnan szerezted?- lepődött meg.

– Honnan? Hát a hűtőnkből! Remélem össze tudunk valami finomságot dobni mire megjönnek!

Neki is álltak. Egy félóra múlva kész is volt a saláta és pár szendvics.

– De hol vannak már ilyen sokáig? – kérdezte fennhangon. Kinézett az ablakon és látta, hogy Isabella lába fehérlik. Carlos felvette az ölébe, úgy vitte be a lakásba. Az ajtó már nyitva volt. Bementek, és beleültette a foteljébe.

– Hú, jól nézel ki – lepődött meg Lily.

– Ugye? Én mondtam, hogy ne menjünk. Most nézd meg, tönkretették a nadrágomat, a kedvenceim egyikét – siránkozott.

– Ja, de én nem a nadrágodra értettem. Látom, hogy gipszet kaptál. Méghozzá fekvőt.

Carlos válaszolt, mert Isa szeme szikrákat szórt.

– Igen, mivel a bokája két helyen is megrepedt. Így tuti nem fogja mozgatni. Ja, és feljelentést is tettünk, mivel cserbenhagyásos baleset volt.

Odament Isabellához, és a lába alá tett egy széket.

– Amíg rajtad van a gipsz, valaki mindig itt lesz veled. Nem tűröm az ellentmondást – tette hozzá, és kiment a konyhába megnézni, hogy mit sikerült összedobnia az ő „társának". Lily is követte.

– Ezt most tényleg komolyan mondtad? Nem biztos, hogy estleg nem használom ki ezt a helyzetet – figyelte a férfi reakcióját, aki elmosolyodott és úgy válaszolt:

– Ki mondta, hogy baj lenne? – mondta sejtelmes hangon, és megpuszilta a homlokát.

– Te kis szemét! – mosolygott, és rácsapott Carlos vállára. Isa ebből nem vett észre semmit, mert még mindig a nadrágjával volt elfoglalva, és azzal, hogy Carlos azt mondta a rendőrnek, olyan volt ez az egész, mintha direkt lett volna végrehajtva. Pedig szerinte ez hülyeség, csak véletlen baleset volt.

– Isabella, kedves, nem vagy éhes? – Ez a hang ébresztette fel.

– Belegondolva, valamit megennék.

Már ott is volt a férfi, és vitte ki a konyhába.

– Van cézársaláta, és szendvicsek is. Mit szeretnél? Mit adjak neked? – kérdezte Lily.

– Tudok szedni magam is – vágta oda a lánynak, de már meg is bánta.

– Cézársalátát kérek.

A lába nem lóghatott, így egy széken pihent.

– Meddig lesz a lábadon a gipsz?

– Azt mondták, hogy négy hét a minimum, és örüljek, ha nem kell majd műteni – fintorgott, amit észre sem vett. – Nagyon jó a salátád. Ettem már párszor, de ilyen finomat még nem. Elismerésem.

– Köszönöm – pirult el Lily. – Szeretek a konyhában tevékenykedni. Így idővel rám ragadt egy-két dolog – mosolygott. A férfi is közbeszólt:

– Majd ha megkóstolod a sült oldalasát, akkor leszel igazán függő az ételeitől – kacsintott Lilyre.

– Ne túlozz, Carlos, kérlek! – szégyellte el magát.

– Most már biztosan meg akarom kóstolni azt a sült oldalast – mosolygott Isabella. – Au! – kiáltott egyet. – Bocs, belehasított. Eddig nem éreztem, hogy fájna.

– Sajnos később kezdődik a fájdalom. Az adrenalinlöket miatt – válaszolt Carlos. – Hol van a gyógyszer, amit kiírt az orvos?

– Hú, de jó lesz, ha így fog hasogatni! Miért nem lehet, hogy csak úgy elvan? – mosolygott fájdalmasan. – A gyógyszer a táskámban van.

Carlos oda vitte neki.

– Igazán belenyúlhatsz. Nem harap – tette hozzá nevetve.

– Azt inkább meg sem nézem. Ki tudja, mi rejtőzik odabent. – Elhúzta a száját. – Lehet benne egy szörny, vagy egy tűzokádó sárkány, aki csak arra vár, hogy illetéktelen kezek belenyúljanak, és már – hamm – volt kéz, nincs kéz.

Ahogy ezt előadta, egy komédiában is megállta volna a helyét. Mind a két nő nevetett.

– Ez aztán a fantázia! – törölgette a szemét a könnytől.

– Fantáziája, az van – szólalt meg Lily is.

– Most mi van? – nézett rájuk Carlos. – Ez nem vicc. Anynyi minden van egy női táskában, hogy ez sem kizárt. Sosem lehet tudni.

Úgy tett, mintha duzzogna, és keresztbe tette a mellkasa előtt a kezét.

– Annyira imádni való vagy ilyenkor! – ölelte át Lily hátulról. Isa nem mert rájuk nézni.

– Azt hiszem, meg kellene valahogy oldanom a fürdésemet.

– Hát igen, de még mielőtt ezt megoldanánk, jön hozzád még valaki.

Abban a pillanatban kivágódott a bejárati ajtó.

– Mit kell hallanom, édesem? Nagyon fáj? Elkapták azt a szemetet? Na, mondj már valamit! – kiabált Barbara, a drámakirálynő.

– Barb, te is megjöttél – nézett Lilyre és Carlosra bosszúsan. – Igen, fáj. Nem, nem kapták el az illetőt. És még mielőtt megszólalnál, igen, itt van Carlos is és Lily is. De most, ha nem haragszol, nem tudok odamenni hozzád, hogy megöleljelek.

Barb odasietett hozzá. Persze egyből meglökte a lábát.

– Ó, ne haragudj, édes, de olyan ideges lettem, ahogy meghallottam, hogy mi történt veled. Azt sem tudom, hol áll a fejem.

A homlokára tette a kezét, mint egy valódi színésznő. Lily elfordult ennél a jelenetnél, mert nem akarta, hogy lássák, milyen jól mulat a helyzeten.

– Drága barátnőm, ne drámázz, nem itt fogod megkapni az Oscar-díjat, hidd el – nevetett Isabella, pedig inkább sírt volna a fájdalomtól. Barbara kinyújtotta rá a nyelvét.

– Ezért még számolunk, Isabella Adams. Nem hagysz kibontakozni. Milyen vagy?

– Én kérek elnézést, művésznő – és ülő helyzetben meghajolt.

– Na jó, megbocsájtok, és tényleg – pukedlizett.

– Bravó, bravó, bravó – tapsoltak a többiek.

– Na jó, félretéve minden viccet. Tényleg úgy gondolod, hogy szándékos volt? – nézett Carlosra Barb.

– Igen, úgy gondolom. Ha valaki ilyet csinál, eldobja a biciklijét és sűrű bocsánatkérések közepette felsegíti az illetőt. De itt nem ez történt. Ne nekem legyen igazam.

– Azt hiszem, lehet ebben valami igazság. Hogy lesz most? Mindennap itt lesz valaki a mi drága Isabellánkkal?

– Igen, így gondoltuk. Most épp azon tanakodunk, hogyan legyen a fürdése.

– Ó, pofonegyszerű. Bemegyünk, levetkőzik és megfürdetjük.

– Halló! A kezemnek semmi baja, meg tudok fürödni, csak a ki- és belépés az, ami kicsit necces – vágott közbe Isa kicsit mérgesen.

– Jól van na, csak segíteni akartam.

– Rendben is van, de nem vagyok teljesen béna, csak kicsit. Ja, és szégyenlős is, mintha nem tudnád.

Carlos kacsintott:

– Ne aggódj, kedves, majd becsukjuk a szemünket – vigyorgott, mint a töklámpás.

– Ha-ha-ha. Ez nagyon vicces, Adonis, de tényleg. Hátha nektek is lesz valami bajotok. Akkor egymást támogatnánk, ahányan vagyunk.

Erre a kijelentésre mindenki el kezdett nevetni. Mikor csillapodott a jókedv, Isa közbeszólt:

– Akkor ma Barb lesz a soros a segítségben. Mindjárt jövünk. Addig foglaljátok el magatokat valamivel.

Barbara odament hozzá. Lesegítette a székről, a hóna alá nyúlt, és bebicegtek a fürdőbe. Kint csak ezt lehetett hallani:

– Most komoly? Előttem szégyelled magad? Jaj, ne már! Fogd meg!

– Juj, ez fáj, Barb!

– Csináld már úgy, ahogy én mondom!

– De tényleg!

Carlos és Lily csak hallgatták egy ideig, aztán elpirultak és elkezdtek nevetni. Még akkor is nevettek, amikor a két nő kijött a fürdőből.

– Mit nevettek ennyire?

– Hogy mit? – kérdezett vissza Lily. – Nem hallottunk mást, csak „Fogd meg, úgy csináld, ahogy én mondom stb." Ti most fürödtetek vagy szexeltetek? – tette fel a kérdést Lily.

Ahogy ezt megkérdezte, a két lány olyan vörös lett, mint a főtt rák. Kitört belőle a hangos kacaj úgy, hogy folyt a könny a szeméből. Carlos sem bírta tovább, ő is hahotázott, és közben ütötte a combját. A csajok álltak egy darabig, aztán ők is nevettek, majd Isa szólalt meg.

– Ha ezeket hallottam volna ki a fürdőből, tuti én is azt hinném, hogy szex folyik odabenn. De most, hogy kiveséztük a szerelmi viszonyomat, szeretnék leülni a kedvenc fotelembe, feltenni a trauma érte lábamat, és inni a bögrémből a boromat – vigyorgott továbbra is.

– Ja, tényleg. Bocsi. Már ugrálhatsz is velem. Vedd úgy, hogy én vagyok a mankód – dobott felé egy puszit.

– Ó mily' megtiszteltetés, drága barátnőm, hogy kinevezhettem „királyi mankónak". – Felnevettek. Lily odatette az asztalra a szendvicseket. Barbara hozta a „bögrés bort", és átnyújtotta Isának.

– Legyetek szívesek felemelni magatokat. A művésznő – erre pukedlizett megint –, Barb megmutat mindent. Magam szolgálnálak ki benneteket, de egy paraszt bójának nézett és elsodort – húzta félre a száját.

– Meglesz kedves. Addig megyünk, amíg rá nem jövünk, ki volt az az állat. Az ilyet nem szabad büntetlenül hagyni. H a veled megtette, akkor mással is meg fogja. De engedjük el.

Isa értetlenül nézett Carlosra.

– Tényleg így gondolod? Minimum négyhetes itthonlétet kaptam tőle. Valahogy nem fogom tudni elengedni – mérgelődött. – De igazad van. És tényleg. Nem lesz másként, ha átmegyek nyafka királylányba. – Elmosolyodott. – Azért, mert én szobafogságot kaptam, nektek nem kell velem szenvedni – nézett az ott levőkre. – Ne aggodalmaskodj már, legyetek szívesek. Még nincs is itt a nap vége.

Carlos felnézett az órára.

– Ja, de, már igen. Akkor máshogy fogalmazok. Egy új nap kezdődik. Beosztjuk, ki mikor lesz itt nálad. Az agyadra fogunk menni a gondoskodásunkkal – vigyorgott széles szájjal. Isa ránézett, s érezte, ahogy elönti a szeretet.

„Remélem, ezt senki nem látta."

– Na, akkor térjünk rá! Barb, hogy érsz rá?

– Ma nem jó. Jönnek hozzám, és a hétvége sem jó. Ezt mondani is akartam, drágám. Ha jól alakul az estém, nem leszek itthon hétvégén.

– Na, szép, mondhatom. Még jó, hogy megbeszéltünk valamit, te kis lotyó. És megint megcsalsz – durcáskodott kicsit Isabella.

– Na jó, ne haragudj, légy szíves! – Odament, és leült a fotel karfájára. Áttette kezét barátnője vállán, magához húzta és szájon puszilta.

– Tudod, hogy ez a lotyó csak a tiéd, drágám. – Megint megpuszilta.

– Na jó. Ezt tudom. – Kezét a combjára tette és olyan szeretettel pillantott rá, hogy Carlos és Lily egymásra néztek. Nem mondták ki, de tudták, hogy a nőnek van esélye behálózni Isát. Ez nagyon felvillanyozta Lilyt. Ő törte meg ezt az idilli pillanatot.

– Kértek még italt vagy valamit?

Isa ránézett.

– Igen, jöhet még egy kevés – nyújtotta a poharát.

– De várj, te bevetted a gyógyszert.

– Nem, csak akartam. A művésznő – nézett Barbarára – megzavart benne. Azt hiszem, az asztalon hagytam.

Lily kiment a konyhába, és tényleg ott volt a gyógyszer.

– Igen, itt van, úgyhogy viszem, pillanat.

– Köszönöm.

– Na, gyerekek, mennem kell – állt fel a fotel karfájáról Barbara.

– Kisanyám, tudod, jót ne halljak rólad – nyomott puszit a szájára, és indult is az ajtó felé.

– Carlos és Lily, öröm volt. Vigyázzatok az én drágámra – dobott puszit feléjük.

– Meglesz – mondták egyszerre, de Barb már sehol sem volt.

– És tényleg egy díva.

– Imádni valóan hm... ö...

– Mondd ki nyugodtan: hülye picsa. De tényleg imádni való – nézett rájuk, mert addigra már Lily is visszatért a konyhából.

– Hol is tartottunk? Ja, igen. Ki fog Isabellával maradni? Ma pl. te, Carlos. Holnap mindketten, és vasárnap is persze. Ellenvetés? – nézett rájuk. – Jó, nincs, akkor hívok egy taxit és már itt sem vagyok.

Átment a másik szobába, ott telefonált. Kijött, és már vette is a cuccát. Odament Isához, adott egy puszit az arcára, Carlosnak pedig a szájára.

– Tudjátok, mit mondott a mi kis dívánk? Jót ne halljon felőletek. Fogadjátok meg, drágáim – indult az ajtó felé.

Isa utánakiáltott:

– Lily! Nagyon köszönöm, hogy itt voltál és gondoskodtál mindenről. Vigyáz magadra!

Lily hátrafordult, dobott egy puszit felé, és eltűnt az ajtó mögött.

– Ez a nap nem semmi volt, úgy érzem – közölte Isabella. – Tényleg úgy gondolod, hogy ezt valaki direkt csinálta? – nézett kérdőn Carlosra.

– Nem szeretnélek megijeszteni, de olyan későn, mint amikor téged hazahozott Robert, már nincs kiszállítás az éttermekből és étkezőkből, és nincs levél- vagy csomagkézbesítés sem, úgyhogy igen, úgy gondolom.

– De ezt nem értem. Ki csinálna ilyet? Mióta Erickel volt az incidensünk, senki mással nem volt egy szóváltásom sem.

– Honnan tudod, hogy nem ő volt-e?

– Onnan, hogy ő Olaszban van. És hála az égnek, nagyon messze – mondta, közben az ablakon lesett kifelé. – Szerintem nincs is ennyi vér a pucájában.

Hangos nevetés törte meg az elméletét.

– Te most kiröhögsz?

– Ki. Ne haragudj... „pucájában" – és csak kacagott. – Ez honnan jött? Ilyen szó létezik egyáltalán? – és nevetett. – Pucájában... Ez jó, ezt meg kell jegyeznem. Pucájában. Hát mindjárt besírok. Ez marha jó volt – törölte a könnyeit. – Feldobtad a napomat.

– Most mit röhögsz? Nem hallottad még ezt a kifejezést?

– Hát nem, de megjegyzem egy életre – röhögött tovább.

– Azt jelenti, hogy ő nincs elég bátor egy ilyen támadást véghezvinni. Érted most már?

– Persze – de alig tudott megszólalni a röhögéstől.

– Örülök, hogy fel tudtalak vidítani – legyintett egyet, és tovább leskelődött. Egy fura alak ment el a járdán. Kalap, hosszú ballonkabát volt rajta. El is gondolkodott, hogy azért még nincs ilyen hideg. Na, de mindenki úgy öltözik, ahogy akar.

– Jó, ne duzzogj már, de ezt még nem hallottam.

– Ó, már el is engedtem. Viszont tegnap is fura dologra lettem figyelmes. Mikor végeztem az irodában, már késő volt. Hívtam egy taxit. Mikor kiértem a kapuba, a taxi már ott is volt. Nem tudom, miért, de széjjelnéztem, és a túloldalon hatalmas kalapban és ballonkabátban, a villanyoszlopnak dőlve egy újsággal a kezében egy férfi vagy nő állt. Kicsit furcsálltam, de átléptem felette. De most, az előbb megint láttam azt a fura alakot.

Carlos kirohant az ajtón. Mindenfelé nézelődött, de sehol nem látott senkit sem.

Bement, de a telefon már a fülén volt. Isa csak annyit hallott: „Most azonnal".

– Mi a baj?

– Semmi. Most le kéne feküdnünk, és ha felébredtünk, elmondok mindent.

– Nem vagyok álmos – vetette oda a férfinak kislányosan durcáskodva. – Igyunk még kicsit! – kérlelte a férfit.

– Ne nézz így rám, kérlek! Oké. Legyen.

Kiment, és töltött még mindkettőjüknek egy keveset.

– Igyál, kislány. Míg én itt vagyok, nem lesz baj. – Lehajolt, és szájon csókolta Isát.

– Ha nem ma történt volna veled ez az egész, már az ágyban lennénk. – Megint megcsókolta. – Csak mondom úgy mellesleg, hogy már tegnap történt, mivel fél három van – mosolygott.

– Csak megjegyzem, tudom, de pihenned kell – nézett le bánatos szemmel Isára.

– Igazad van. Nem tudnék most másra koncentrálni, csak arra a biciklis emberre – bámult maga elé meredten.

– Hé! Most beszéltük meg, hogy nem lesz semmi baj.

Isánál eltört a mécses, de úgy rendesen.

– Ne sírj, kedves, megvédelek.

Zokogva, hüppögve szólalt meg a lány:

– De... de... ak... akart bántani. Én... én nem értem.

Carlos leült a karfára, és szorosan átölelte.

– Ki fogjuk deríteni. Te senkinek sem tudnál ártani, kedves.

Isát csak úgy rázta a zokogás. Félóra is eltelt, amíg abba tudta hagyni a sírást.

– Már megint sírok, mint egy kisbaba. – Bár könnyei még csordogáltak, mosoly jelent meg az arcán.

– Nem baj, drága Isabellám. Nem baj. Gyere, lefekszünk. Jó?

Felkapta az ölébe, és vitte a háló felé.

– Tudok ám a másik lábamon ugrálni.

– De mire beugrálnál, addigra reggel lenne – vigyorgott. – Így könnyebb és gyorsabb.

Letette az ágyra, betakarta, de a begipszelt lábát kihagyta.

– Mindjárt jövök, kedves – és kiviharzott a szobából. Megnézett minden ablakot, és a bejárati ajtót. Mire visszaért Isabellát már elnyomta az álom. Lefeküdt mellé. Átölelte, és szorosan hozzábújt. Halkan ezeket a szavakat súgta a fülébe:

– Amíg én itt vagyok, senki nem bánthat.

Nehezen tudott elaludni, de nem mozdult mellőle: meg kellett védenie. Reggel, miután felkelt, leszaladt a szendvicsbárba és hozott többfajta szendvicset. Kellett az útra. Tényleg, hogy fogja ezt beadni a lánynak? Mire visszaért, Isa az ágyban ült.

– Jó reggelt – mosolygott.

– Kérsz egy Carlos-féle kávét?

– Jó reggelt, az milyen? Megkóstolnám – mosolygott vissza a férfira.

– Egy pillanat, és készítem is, hölgyem. – Meghajolt a lány előtt, mint a királynők előtt szoktak. Ez nagyon imponált Isa érzékeny lelkének. Kifordult az ágy szélére. Felállt, de ez nem is volt olyan egyszerű, mint ahogy azt ő gondolta volna. Ha nem esett vissza vagy ötször, akkor egyszer sem. Már méregből csinálta, és úgy sikerült. Ki gondolta volna, hogy ennyit számít, ha az egyik lába kiesik a megszokott rutiniokból? Atyaég, ez milyen nehéz volt! De meg csinálta. „Na most, kisanyám, ugribugri a konyhába. Most meglátod, hogy az edzés számít-e valamit."

Először majdnem előreesett, olyan lendületet vett. „Hé, okoska, óvatosabban!" – korholta magát. Végre kiugrált a konyhába a pulthoz. Carlos pont addigra lett kész a kávéval.

– Látom, sikerült megcsinálni, kislány – vigyorgott rá.

– Láttad a szenvedésem? Észre sem vettem, hogy ott vagy.

– Igen, láttam, és felettébb megmosolyogtató volt – rakta oda elé a kávét, közben kacsintott.

– Szép dolog, mondhatom. Nem segítettél egy elesetten.

Karba tette a kezét, csak azt felejtette el, hogy nem két lábon áll a pultnál, és hogy bal kézzel egyensúlyozta ezt ki. Már dőlt is, de Carlos gyorsan a háta mögött termett, így nem vágódott el.

– Azt hiszem, ez fájt volna, kedves.

Elnevették magukat.

– Ezt még meg kell szoknom. És köszönöm, hogy elkaptál.

– Ó, nagyon szívesen, bármikor – nyomott az arcára egy puszit. – Ha kávéztál, akkor szeretnél lezuhanyozni és úgy felöltözni?

– Lezuhanyozni szeretnék, de minek öltözzek fel? Itthon vagyok, és egy jó darabig maradok is.

– Ebben van valami, de meglepetésem van a számodra, így jó lenne, ha felöltöznél valami másba – tekergette idegesen a kezét, és türelmesen várt a válaszra.

– Nekem meglepetés? Tudod, mondtam, hogy nem szerettem.

– Persze, persze. Ezt szeretni fogod. Hidd el. Mindjárt itt van Lily is, mert ezt együtt szereztük neked.

– Ó ne már! Carlos, én egyszer olyat teszek, hogy én magam is megbánom, de tényleg – dúlt-fúlt, miközben itta a kávéját.

„Azt hiszem, ez eddig könnyen ment" – nyugtatta magát Carlos.

– Szólj, ha fürödnél!

– Minek? Te fogsz bejönni megfürdetni és felöltöztetni?

– Miért, látsz itt mást is rajtam kívül?

– Nem. Mit fog szólni Lily?

– Mit szólna? Láttam már női testet csupaszon – lepődött meg a kérdésen.

– Jó, tudom. De nem lesz fura, hogy te leszel bent velem? Mármint neki?

– Nem. Gondolta, hogy be fogok menni, mivel a mai nap teljesen az enyém lenne. – Széttárta a karját. – Nem szeretnéd, hogy segítsek? Akkor kint várok.

– Nem, nem. Segítség kell. Jó, nem akadékoskodom tovább. Mehetünk.

– Várj, ruha is kéne, amit felveszel.

– Igaz, igaz. Akkor előbb bemennék a hálóba, hogy kiválasszak valami göncöt.

– Rendben. – Felemelte, és bevitte a hálóba.

– Mivel most magassarkút nem tudok felvenni, mert olyan ügyes még nem vagyok, így sportosra veszem a figurát.

Egy bő szárú melegítőt vett ki, egy vékony, V kivágású hosszú ujjút, és hozzá a melegítőfelsőt. Nevetett, amikor visszatette a fél zoknit.

– Na, ez is egyedül van.

Carlos nem értette ezt, de inkább nem kérdezett rá. Kimentek a fürdőbe. Isabella elkezdett levetkőzni. Kivillant a két melle. A férfi lesegítette a pizsamanadrágot róla. Ahogy Isa lehajolt előtte, a gyönyörök csupasz kapuja csak úgy hívogatta. „Ó, milyen finom is!"

– Carlos, baj van? – kérdezte Isa a kád szélén ülve.

– Ja, nincs – mondta zavarodottan –, csak tudod, ez olyan, mintha éhes lennél, de a megterített asztalhoz nem mehetnél.

A lány felnevetett.

– Azt hiszem, nem tudod, mire is vállalkoztál – jelent meg az arcán széles mosoly.

– Ebben lehet valami – mosolygott zavarodottan.

– Van ez így. Na, mindegy. Fordulj be a kád felé.

A víz már meg volt engedve.

– Mikor készítetted el a vizet?

– Amikor a gardróbod előtt tanakodtál.

– Nem is vettem észre.

– Én voltam a láthatatlan ember – és a kezét a feje elé tette, hogy megmutassa mennyire láthatatlan. Isabella jót nevetett rajta.

– Na, csináld, kislány, amit mondtam – utasította.

– Igenis, parancsnok – szalutált, és befordult a kádba. Közben Carlos fogta a lábát.

– Most pedig az egyik kezed ezen az oldalon, a másik a másik oldalon, és ereszkedj lassan bele a kádba.

– Bocs, hogy közbeszólok, de nem vagyok akrobata – nézett rá hitetlenkedve.

– Semmi ilyennek nem kell lenned.

– Megpróbálhatom. – Lassan ereszkedett a vízbe, de a keze lecsúszott a peremről, ő pedig beleesett a kádba. Minden vizes volt, ami csak létezett. Ő annyira nevetett, hogy fájt a hasa, és patakokban folyt a könnye.

– Hű, ez nem semmi volt – de még mindig röhögött.

– Nem ütötted meg magad?

– Nem, de te jó vizes lettél.

Carlosról mindenhonnan folyt a víz.

– Ne törődj vele. Úgyis le akartam fürödni.

Isa csak nevetett.

– Ezt nem hiszem el! Milyen béna voltam! – hahotázott. – Huh, huh, huh! – Két kezével legyezte az arcát.

– Nem tudom abbahagyni, de már fáj a hasam – és csak nevetett, és nevetett.

Már langyos volt a vize, mire lenyugodott. Gyorsan megmosta magát. A férfi csak nézte a jelenetet. „Ezt nekem kellene csinálnom.”

– Na, nyugszik a beteg! – nyúlt a férfiasságához.

Isa észrevette, de nem reagált, csak kicsit lassabban mosta magát.

– Ez kínzás.

Az arca elé tette a kezét.

– Szólj, ha végeztél – mosolygott.

– Végeztem. Hogy veszel ki?

Carlos kihúzta a dugót.

– Mindjárt meglátod.

A kád szélére emelte a begipszelt lábát. A háta mögé lépett, és már ki is emelte. Megtörölgette, amit Isabella nem ért el. Ahogy beszállt, úgy szállt ki is. Carlos félig ráadta a bugyit, nadrágot és a fél zoknit. Amíg Isa felvette a melltartóját és a V nyakú pulóverét, addig csípőjénél tartotta.

– Sminkelni is szeretnék, de azt már megoldom egyedül, köszönöm.

– Kidobsz? Gyönyörű! – Mérgesen kiment.

– Nem, dehogy. Na, mindegy.

Megmosta a fogát, majd feltette a szokásos sminket.

Kiugrált a nappaliba.

– Kész vagyok, Adonis, mehetsz – szólt, de választ nem kapott.

– Carlos! Hol vagy?

Nem akart egyedül lenni. Leült a kanapéra. Feltette a lábát, s már a sírás környékezte, mikor meglátta az ő Adonisát egy száll törölközőben. „Milyen feledékeny vagyok! Ott a másik fürdő.”

Carlos, mint aki otthon van, ledobta a törölközőt a földre és elkezdett táncolni. A keze a szája előtt mikrofonként szolgált. Rázta a fenekét, a pénisze is önálló életet élt, ahogy ideoda mozgott. Kivett egy fekete, sportos nadrágot, fekete pólót, fekete boxert. Tánc közben öltözött fel. Egyszer majdnem el is esett. Isa ugrani akart, de a lába miatt nem tudott.

– Bassza meg! – mérgelődött. – Jó a mozgásod, Adonis.

– Mi? Ja, izé – felnevetett –, ezek szerint mindent látál.

– Jó volt a műsor, azt meg kell hagyni. – Összetette a két ujját, megpuszilta.

– Ö... lebuktam. Híres énekes vagyok, csak jól álcázom. – Ennél a kijelentésnél lépett a nappaliba Lily.

– Azt hiszem, drágám, ezt nagyon jól titkoltad eddig – nyomott puszit az arcára, majd elindult Isa felé. Őt is megpuszilta.

– Na, kész vagytok? Vár a kaland.

– Állj, állj, gyerekek! Az én lábam gipszben van még mindig. Milyen kaland?

– Hoppá, ezt, azt hiszem, elszúrtam – kapta a szája elé a kezét.

– Nem, hagyd! Kedves Isabella Adams. Úgy döntöttem – döntöttünk inkább – teszi hozzá, még mielőtt ki nem nyírja –, hogy elviszünk innen, mert nem vagy biztonságban. Hogy hova, majd csak ha megérkeztünk, akkor tudod meg.

– De...

A lányba fojtotta a szót.

– Ellenvetés nincs. A cég megy nélkülem is, Viky pedig nagyon jól ellátja a munkádat. Nem szeretnék egy szót sem hallani, hogy „én boldogulok", meg „jól vagyok", mert nem vagy jól, csak kurva jól titkolod. Lily engedelmeddel rak el jó meleg ruhákat, és utána indulunk is.

Isa inkább nem szólt vissza, csak ennyit:

– És hol fogunk reggelizni?

Carlos ránézett, elvigyorodott.

– Az autóban. Reggel, miután felkeltem, leszaladtam a szendvicsbárba és vettem egy kevés szendvicset – mutatott az asztalra egy zacskóra.

– Keveset? – hitetlenkedett Isabella. – Ezzel egy hétig is ellennénk.

– Hosszú lesz az út. – Csak ennyit mondott, és már a hálóban volt Lily mellett. Összepakoltak mindent.

– A bögrémet ne hagyjuk itthon, jó? Úgy szeretem – nézett rájuk kérdőn.

– Rendben. Elcsomagolom azt is – válaszolt Lily.

– Még egy kérdés. Ki fog vigyázni a lakásomra?

Carlos már kicsit unottan válaszolt:

– Van egy nagyon jó barátnőnk, aki ideköltözik addig, és ő lesz a ház úrnője.

Azt nem tette hozzá, hogy feketeöves karatemester, és ugyanúgy néz ki, mint ő, csak vörös hajjal. Ja, és hogy csali lesz.

– Ha nem bánod.

Isa nézte a férfit. Tudta, hogy valamit eltitkol, de ezt nem mondta ki.

– Hát legyen. De... – kezdte volna a monológját, ám elharapta inkább. Felesleges ellenkeznie. Most még elfutni sem tudna.

Lily közben már az ajtónál várta az indulást. Isabella felvette fél pár cipőjét. Nevetségesnek tűnt.

– Ez vicces, ahogy kinéz szegény lábam. – Zavartan felnevetett.

– Kislány, egy pár hét és elfelejted. Oké?

– Oké – válaszolt, de nem volt túl meggyőző.

Végre elindultak. Ezt a kocsit még nem látta egyszer sem. Jeep volt, ha minden igaz, de ő nem ismerte úgy a kocsikat. Belül nagyon kényelmes volt, és ők hárman kényelmesen elfértek hátul. Egymással szemben ültek.

– Ez fergeteges! – ámult. – Mindig láttam filmekben ilyen kocsit, de nem hittem volna, hogy én is ülök egyszer effélében.

– Az egyik nagyon jó ismerősömé. Ezzel kényelmesebb utazni, mint bármelyik autónkkal.

– Hát igen. A lábam nem lóg. És sofőrt is kaptunk hozzá?

– Igen, de őt már ismered – mosolyodott el. – Robert az, a taxisofőrünk.

– Ó, jó reggelt, Robert!

– Jó reggelt, hölgyem – köszönt a férfi, és az útra koncentrált tovább.

– Nem vagytok éhesek? – kérdezte Carlos a két nőtől.

Isa bólogatott, hogy igen, Lily pedig nagyon messze járt, mert Carlosnak oldalba kellett böknie.

– Au, ne bökdöss!

– Ha egyszer nem válaszolsz.

– Mire válaszoljak? Nem is tettél fel semmiféle kérdést – méltatlankodott.

– De, de feltettem, csak szerintem te az ufóknál jártál.

Lily nézte Carlost, azután Isabellát.

– Tényleg kérdezett valamit?

Isából kitört a nevetés.

– Igen – csak ennyit tudott kinyögni.

– Ó, akkor bocsánat, drágám. Mit is kérdeztél?

– Azt, hogy nem vagy-e éhes.

– De, az vagyok. Tegnap is elfelejtettem enni.

– Akkor még jó, hogy vettem szendvicseket. Többfajta is van a zacskóban.

Oldalra nyúlt, megnyomott egy gombot, és előbukkant egy asztalkaszerűség. Isa csak nézte, de nem mondott semmit sem: nem akart nagyon tudatlannak látszani. Úgy tett, mintha ez természetes lenne. Carlos kipakolta a szendvicseket.

– Van tonhalas, lazacos, sonkás, rántott húsos, tojásos, szalámis.

– Te felvásároltad a kedvenc szendvicsezőhelyemet? – kérdezte elhűlve Isabella.

Carlos felnevetett.

– Nem, csak nem tudtam, mit szeretsz enni, és ezért vettem ennyi félét.

Lily is csak meredt a szendvicsáradatra.

– Nem egy hétig utazunk, drágám – szólalt meg ő is elképedve.

– Persze, hogy nem, de azért hosszú lesz az út. – Széttárta a karját.

„Hova megyünk egyáltalán? Miért is megyünk el, és minek a meleg ruha? Még mindig nem tudok semmit sem."

Ám így válaszolt:

– Ó, köszönöm, te gondoskodó. Éhen halni már nem fogunk, az tuti – kacsintott, és elvett egy lazacos szendvicset. Körbenézett.

– Mit keresel?

– Hát valami olyan dolgot, amire morzsálhatok, mert nem akarok autót takarítani, ha egyszer odaérünk arra a „valahova".

Lily átnyújtott neki egy tálcát.

– Ez most komoly? De tényleg... ez honnan van? – vágott elképedt arcot.

– Honnan lenne, ha nem tőled? Hoztam, mert gondoltam, hogy enni csak fogunk, és neked az nem jó, ha lóg a lábad.

– De édes vagy, köszönöm – dobott puszit felé.

Ettek, közben nevettek, sztorizgattak. Utána mindenki elvonult a maga világába. Lily becsukta a szemét. Azt nem lehetett megmondani, hogy alszik-e, de nem reagált semmire sem. Carlosnak csak a támadás és a sejtelmes alak járt a fejében. „Ki lehet az? Ha meglesz, ő nem tudja, mit fog vele csinálni, de biztosan megbánja, hogy bántotta azt a nőt, akit szeret."

Isának is a támadás járt az agyában. „Miért tette? Jól megbánthattam, hogy ilyen dologra vetemedett. De ki lehet az? Erre már nagyon kíváncsi vagyok. És miért utazunk el? Miért van egy élő csali az én lakásomban?" Mert azt levágta, hogy miatta vált célponttá a csaj. Közben a tájat figyelte. Házak és dombok váltották egymást. Volt, amelyik úgy nézett ki, mintha az égig érne, a teteje pedig havas volt. Szerette a havat. Annyira jó benne sétálni, ha hullik a hó! Ahogy nézte a tájat, a szeme egyre jobban lecsukódott. Carlos nézte, hogy küzd az álmosság ellen. „Milyen édes!" – gondoltszeretettel a nőre. Pár perc múlva már el is aludt Isa.

Carlos elővette a laptopját, írt egy e-mail-t: „Szép napot neked. Köszönöm, hogy vállaltad ezt a furcsa helyzetet. Úgy vélem, nagy veszély leselkedik rád Isabellaként. Mindenre nagyon figyelj, a legapróbb neszre is! Bármi lehetséges. Aggódom. Tudom, felkészült vagy és azt mondanád, meg tudod magad védeni. Ez így van, de egy megsebzett vad sok mindenre képes. Vigyázz magadra! Beszéljünk majd. Hálás köszönettel: Carlos"

Elküldte. Ő is a tájban gyönyörködött, közben gondolkodott. „Ki lehet az? Isabella mondott valamit, hogy ő csak Ericet „szégyenítette" meg, úgymond. Á, ő nem alacsonyodna le ennyire, úgy gondolom. Akkor valami nagyon régi ismerős, mert otthagyta?" Már fájt a feje, annyit gondolkodott, s amúgy is lassan odaértek. Pittyenést hallott. Jött egy e-mail-je.

„Szép napot neked is!

Ezzel tartozom egy jó barátnak, és bármikor. Igen, tudok vigyázni, de azért nem vagyok egyedül. Itt Wilian. Ő játszik téged. Megoldjuk ezt az esetet. Ne aggódj. Most élvezd a választott nőd társaságát. Millió puszi, Sylvia."

Elmosolyodott. „Az jó, hátha összejönnek már ők is végre" – nézte tovább a havas tájat. Vajon tetszeni fog a lánynak? „Ha nem, akkor sincs hova mennie" – így vélekedett. A kocsi lassított, majd ráfordult a rönkházhoz vezető útra. A két nő még mindig aludt. A kocsi fékezett, megcsúszott. Erre riadt fel mindenki.

– Mi a fene történt?

– Semmi, csak csúszik az út. Hölgyeim, megérkeztünk – mutatott ki az ablakon.

Isa kinézett, és a havas tájat látta. Vakítóan fehér volt.

– Azt a, de szép, és én most nem tudok benne szaladgálni, hóangyalt csinálni. – Elszomorodott. – Viszont a látvány nem utolsó.

Lily is kinézett.

– Drágám – hogy utálta ezt a szót, de még nem fedhette fel magát –, itt még én sem jártam. Mikori is ez a házikó?

Kíváncsi volt a reakcióra.

– Hát, kb. kéthetes. Meglepi lett volna. Ide akartam szervezni a bálodat – sütötte le a szemét.

– Ó, ez aranyos tőled. Köszönöm – nyomott puszit az arcára.

– Tökéletes a hely – áradt a szeméből a gyönyörűség, ahogy körülnézett.

Isa nagyon nem érezte jól magát ettől a jelenettől. Zavarba jött.

– Na, bemegyünk? Biztosan jó meleg van bent – lelkesedett Carlos.

– Még szép! – Lily is csatlakozott a lelkesedéséhez, csak Isabella volt letörve. Minek örüljön? Nem tudja a tájat, a havat élvezni.

Carlos és Lily kiszálltak, Isa még bent ült.

– Na, mi van, kislány? Kérvényt nyújtsak be, hogy kiszállj? Csak nézett a férfira.

– Tényleg, de komolyan! – és lemutatott a lábára.

– Úgy nem tudlak bevinni, ha nem jössz kijjebb, kislány. – Hitetlenkedve széttárta a karját.

– Basszus, jó megyek már.

Elszégyellte kicsit magát, hogy azt hitte, egyedül kell bemennie. Carlos nyújtotta a kezét, de Isa nem tudta, hogy szálljon ki. Kínjában éktelen nevetésben tört ki.

– Gyere, te kis boszorkány – nevetett, és a hóna alá nyúlt. Így húzta ki a kocsiból.

– Ez nekem eszembe sem jutott. Már mindenféle jógapóz repdesett előttem, hogyan rakom a kezem, lábam, de ez? Ami a legegyszerűbb megoldás, az nem – nevetett magán, és már Carlos is vele nevetett, ahogy elképzelte a jógapózokat.

– Isabella, kedves, örülök, hogy humorodat nem veszítetted el – nyomott puszit az arcára, és már a karjaiba is kapta. De óvatosan lépkedett, mivel a hó alatt jégtakaró volt. Csúsztak mindenfelé.

– Már csak három lépés – számolta Carlos, de abban a percben kicsúszott a lába. Az egyensúlyát nem tudta megtartani, és belehuppantak a hóba. Lily felsikított:

– Úristen, van valami bajotok? – de ezek ketten úgy kacagtak, hogy válaszolni sem tudtak. Közelebb ment hozzájuk. Mindenük havas volt, és rázkódott a testük a nevetéstől.

– Két idióta! Azt hittem, bajotok van. Isa, nem ütötted meg a lábad?

A kérdezett nehezen tudott válaszolni.

– Ne aggódj. Annyi baj lett, hogy havas mindenhol – kezdett feltápászkodni. Négykézlábra állt, megfogta a korlátot és felállt. Carlos is feltápászkodott nehezen, de még mindig kuncogott.

– Jól van, na. Gondolod, hogy direkt csináltam? Csak kicsúszott a talaj a lábam alól. Tudod, itt mindenhol hó és jég van – mutatott körbe.

– Jó, de megijedtem – nézett rá tényleg rémülten.

Carlos odament hozzá, megölelte, és már el is gáncsolta. Lily hátraesett.

– Carlos, neee! – kiabálta, de már késő volt. Ahogy elesett, mindene havas lett, de teljesen. Isa, Carlos és Robert dőltek a nevetéstől. Lily először csak duzzogott, de aztán ő is nevetett. Feltápászkodott. Leseperte az arcáról a havat.

– Tudod milyen régen éreztem én már ezt? Ez csuda jó volt! – ujjongott. Hanyatt vágta magát, és hóangyalt csinált. – Ez szuper! – kiabálta. Carlos odament hozzá, és segített neki felkelni.

– Akkor most már menjünk be, és melegedjünk meg.

Felvette Isát, és felmentek a négy lépcsőfokon. Az ajtó is csoda volt, de ahogy bementek, az a látvány, ami bent fogadta, eszméletlen volt. A központi elem a kandaló volt. Azt is, mint a házat, rönk díszítette, csak félbevágott rönk. Ahová nézett, mindenhol visszatükröződött a rönkházak különleges stílusa. Az épület közepén egy fa volt; úgy tűnt, ez a fa tartja a tetőt. Lenyűgöző látvány volt.

– Ha kinézelődte magát, kisasszony, akkor letehetném végre?

Csak most vette észre, hogy még mindig Carlos karjában van.

– Hoppá – tette a szája elé a kezét. – Persze, uram, letehet, boldogulok, azt hiszem.

Lily és Robert is bámészkodtak. Carlos tapsolt, így mindenki rá figyelt.

– Most, hogy már megkaptam a figyelmeteket, elmondanám, hogy Robert is velünk fog maradni. Őt is a barátaim közé sorolom. Bármi van, szólhattok neki is, ha esetleg én nem vagyok itt. A másik: mindenkinek van külön szobája. Igen, Lily, drágám, neked is. – Nem magyarázkodott. – Isabella, kedves, kapsz egy mankót, azzal majd önállóbb tudsz lenni. Így nem kell annyit küzdened, hogy felállj az ágyból, például – kacsintott. Isa elvörösödött, de csak ennyit mondott:

– Köszönöm – pedig mondta volna a magáét, de visszafogta magát.

– Menjetek, nézzétek meg a szobátokat Öltözzetek át, ha gondoljátok. Egy óra múlva terítenek és ehetünk.

Odament Isabellához.

– Még egyszer beviszlek a szobádba. Megengeded?

A lány bólintott. Még jó, hogy megengedi, hisz' addig is a karjában lehet. A háló is, mint a nappali rész, rusztikus volt. „Ilyen ágyat én még nem is láttam."

– Ez hatalmas! – kiáltott fel. – Ezt kimondtam hangosan, ugye?

– Semmi baj. – Letette. – Vedd a birtokodba, és ha szükséged van valamire, akkor szólj – ezzel kiment.

Isabella leült az ágy szélére. „Nagyon szép hely, azt meg kell hagyni. A ház is gyönyörű, de hogyan fogom magam kielégíteni, ha mindenki itt van? Sőt van egy idegen is. Azért, mert eltört a lábam, nem kell mindent megvonnom magamtól. Csak lesz valahogy. Ki tudja, meddig leszünk itt." Mivel ő már kényelmes ruhában volt, csak a melltartótól szabadult meg. Na meg a bugyitól. „Otthon sincs rajtam ez a kettő, hát itt sem lesz." Odaugrált a táskájához; már csak a papucsa és a kedvenc bögréje kellett. Elméletileg Lily becsomagolta.

– Végre megvagy – ujjongott, amikor megtalálta. – Jól eldugott téged – ölelte magához a bögrét. „Egy kis otthon is jött velem." Meglátta a sarokban a mankót. Még piros szalag is volt rajta.

– Ez kicsit morbid ajándék, Carlos – mondta hangosan, hátha a férfi meghallja, de reagálás nem érkezett erre, úgyhogy inkább megpróbált vele járni. Milyen egyszerűnek tűnik, pedig nem az! Próbálkozott, és próbálkozott. Volt, hogy majdnem a földre zuhant. Nehezen, de már tudott vele pár lépést tenni. Most már kibotorkál valahogy. Carlos, Lily és Robert már kint voltak átöltözve. Kicsit nevetségesnek tartotta magát, ahogy az egyik kezében a bögre, a másikban a mankó, és megpróbál lépkedni. „Nem is kicsit vagyok nevetséges."

– Látom, megtaláltad. Nehéz volt rájönni, hogyan kell vele menni?

– Igen, pedig azt hittem, mennyire egyszerű, pedig nem az – nézett körbe, hova is üljön. A kandalló előtt egy fotelt választott, és úgy tűnik, ezt neki szánták, mert lábtartó is volt előtte. Leült.

– Ezek a leülések olyanok, mintha gyúrna az ember. – Ezt inkább csak magának jegyezte meg, nem várt választ.

– Még nem néztem szét, de gondoljátok, hogy van kávé? – kérdezte.

– Biztosan van. Én magam vásároltam be. Ezek szerint szeretnél egy kávét?

– Ó, igen, nagyon.

– Add a bögréd, és hozom. Ti kértek? – nézett Carlos Lilyre és Robertre.

– Én mindenképp.

Lily azonban csak a fejét rázta, hogy neki aztán tuti nem. Mire visszaért, addigra feloldódott a hangulat kicsit: már beszélgettek a többiek.

– Miről maradtam le? – kérdezte, miközben átnyújtotta a kávékat.

– Ha tudnád, drágám – szólt Lily. – Kibeszéltük azt az illetőt, aki épp nem volt jelen – kacsintott.

– Na, szép, mondhatom. Legalább csak jókat mondtatok rólam?

– Persze, hogy is lehetne rólad rosszat mondani? – dobott felé egy puszit.

– Akkor jó. Most már nem is érdekel, mi volt az. – Leült Robert mellé a kanapéra. Hosszú csend lett. Mindenki a tüzet nézte, a lángokat, ahogy táncoltak a fahasábokon. Robert törte meg a csendet.

– Elnézést, talán buta kérdést teszek fel. Mit fogunk itt csinálni a hógolyózáson kívül?

– Ez jó kérdés volt – felelte Lily, és Isa is bólogatott. Carlos rájuk nézett, de nem mondta, amit gondolt – hogy szexelni –, inkább így válaszolt: – Van rengeteg társasjáték, kártyák, azok is többfélék. Tudunk sétálni menni.

Isa elkezdett mocorogni a fotelben, és rámutatott a lábára.

– Már azt is kitaláltam, te hogyan fogsz tudni velünk jönni. Ne aggódj.

– Hát jó. – Megvonta a vállát, és tovább nézte a tüzet.

– Annyira lehangoltak vagytok. Nem ezért jöttünk ide – mondta volna még, de valaki kopogott a bejárati ajtón.

– Azt hiszem, én várok senkit sem, és ti?

Egyszerre válaszoltak:

– Nem.

Carlos odament, és kinyitotta az ajtót. Meglepetésében majdnem hanyatt vágta magát. Barbara állt ott, egy zöld szemű pasival.

– Barb! – kiabálta meglepetésében Isabella.

– Igen. Miért, kit vártál? A mikulást? Azt hittétek, hogy engem kihagyhattok a buliból? Hát nem, kisapáim! Addig könyörögtem, sírtam, toporzékoltam Sylviának, míg elmondta, hol vagytok találhatók.

Ebben a pillanatban Carlosnak megpittyent a telefonja: SMS-t kapott. „Szia! Ne haragudj, de muszáj voltam megmondai annak a nőnek, hol vagytok. Négy órán keresztül bömbölt, és nem bírtam tovább. Inkább kínozzanak meg, mint őt végighallgassam megint. Még egyszer bocsánat, Sylvia”, és egy szomorú arcú emoi.

Carlos ránézett Barbarára.

– Négy óra?

A többiek csak néztek értetlenül.

– Igen. Bírtam volna tovább is, de ő feladta – vigyorgott.

– Na, gyertek beljebb – invitálta őket Carlos.

– Végre4 Azt hittem, kint kell töltenünk az éjszakát – libbent be, mint egy fontos ember. Felemelt fejjel odament Isához, és szájon puszilta. Lily felé dobott egy puszit. Robert elé állt.

– Téged még nem ismerlek. Bemutatkozom. Barbara vagyok, Isabella legjobb barátnője – nyújtotta a kezét. A férfi felállt.

– Robert vagyok. – Mondani akarta, hogy a taxisofőr, de Carlos közbevágott: – Nagyon jó barátom.

– Örülök, hogy megismerhetem, hölgyem – mondta zavartan. Nem gondolta, hogy Carlos így vélekedik róla.

– Jaj, hagyjuk a *hölgyem*ezést! Tegeződjünk, úgy sokkal könynyebb – mosolygott, és megpuszilta Robert arcát. Ő meglepődött ezen a gesztuson, és hebegve csak ennyit mondott:

– Jó, Jó – majd leült, vissza a kanapéra.

– Na, hogy ezen is túl vagyunk, bemutatom nektek Peter Davist. Ő az, akiről meséltem nektek, de bűntudatom lett, hogy nem melletted vagyok, drága barátnőm, így megbeszéltük, hogy nálad töltjük a hétvégét. De nem voltál sehol, így utánad jöttünk. – Úgy tett, mintha szánná-bánná, de mindenki ismerte már. Carlos odalépett a megszeppent férfihoz.

– Úgy érzem, nem igazán tudtad, mire is vállalkoztál, amikor Barbarára esett a választásod. Carlos vagyok – nyújtotta a kezét.

– Örvendek. Peter, de ezt már tudjátok. Visszatérve a meglátásodra, így van, lesz benne kihívás – mosolyodott el.

– Bemutatom a többieket is. A jobb oldali fotelben ül Lily – itt habozott kicsit –, a párom. A bal oldali fotelben pedig a nagy barátnő, Isabella. – Mindkét nő intett neki. – Robertet pedig Barbara által már ismered. Foglaljatok helyet. Reményeim szerint mindjárt jön a kaja.

Ahogy ezt kimondta, megint kopogtak.

– Milyen forgalmas ez a hely! – képedt el Isa. Carlos kinyitotta az ajtót. Négy ember állt az ajtóban. Mindegyiküknél egy nagy tálca, letakarva.

– Szép napot! Meghoztuk a rendelt tálakat.

– Nagyon szuper. Önöknek is szép napot. Megtennék, hogy leteszik az asztalra? Nagyon szépen köszönöm.

– Természetesen, uram. Gyertek! – és elindultak az asztal felé. Letették és kibontották a tálakat a csomagolásból.

– Hű, ez istenien néz ki! – lepődött meg, hogy milyen ízlésesen van elrendezve minden a tálakon.

– Köszönjük, uram. Reméljük, ízleni is fog minden önöknek, de nem is zavarunk tovább. Viszlát, további szép napot.

– Köszönjük, viszont. Viszlát! – és már ott sem voltak.

– Hölgyeim, uraim, asztalhoz! – mutatott az asztal felé. Mindenki olyan gyorsan ott termett, mint akiket kergetnek. Egyedül Isa volt az, aki még ott ült a fotelben. Próbált felállni, de nem volt olyan egyszerű. Carlos odament hozzá, és nyújtotta a kezét. Így kicsit könnyebben állt fel.

– Jó, tudod mit? Hagyd azt a mankót! – Félredobta és a karjába kapta a lányt. A fülébe súgta:

– Addig is érezlek, amíg az ölemben vagy – nyomott egy puszit az arcára. Isa is hálás volt, hogy így gondolja. Ajaj, alul a hasa olyan volt, mintha pillangók repkednének benne.

– Adjatok helyet a mi kis sérültünknek is.

– Basszus, tényleg! Elfelejtettelek, drágám – nézett rá Barb szomorúan és bocsánatkérőn.

– Semmi baj, drágám, de ne forduljon elő többet – fenyegette meg az ujjával.

– Jó, jó, ígérem – de már váltott is. – Azt sem tudom, mit kéne ennem, ez mind olyan gusztusos.

– Hát találd ki gyorsan, amíg el nem fogy minden – és Lily elvett egy sonkatekercset. – Ez körözöttes, és nagyon finom.

Barb rányújtotta a nyelvét.

– Olyan izé vagy, drága Lily.

– Izé? – kérdezett vissza. – És az milyen?

– Olyan izé, és kész.

Kitört belőle a nevetés.

– Értem, drága Barbara. Tudomásul vettem, hogy olyan izé vagyok – nevetett tovább.

– Na, akkor jó – diadalmaskodott tovább.

Isa szólt rá:

– Egyél, Barb, drágám, ne drámázz, légyszíves – korholta szeretettel teli hangon.

– Jól van na, te mindig tudod hogyan vegyél le a lábamról – és ő is kivett egy sonkatekercset, ami tormás sajtkrémmel volt megtöltve.

– Ez is finom, pedig én a tormát nem is szeretem.

Senki nem felelt neki, így inkább evett tovább. Evés közben mindenki a saját világába vonult vissza. Miután eszegettek, Carlos végigkérdezett mindenkit, szereti-e a forralt bort. Robert volt az egyetlen, aki annyit mondott, hogy nem iszik, úgyhogy ezt most kihagyná, ha nem baj.

– Persze, hogy nem baj.

Elindult a konyhába, és elővette a hozzávalókat: fahéjat, narancsot, cukrot, Feltette a bort egy nagy edényben. Felvágott egy narancsot negyedekre, egy másikat karikákra. Beletette a borba, és a fahéjat is. Kicsit várt, és a cukrot is belerakta. Kevergette, a negyed narancsokat az edény falához nyomkodta kicsit, hogy a levük is belefőjön. Nem hagyta sokáig; épphogy felforrt, már húzta is le a tűzhelyről. Mindenkinek szedett bögrékbe, és odavitte az asztalhoz.

– Egészségetekre! – koccintottak.

– Robert, nem kóstolod meg az enyémet? – kérdezte Lily. – Egy kortyot, de én nem igazán szeretem, mint mondtam. – Elvette a bögrét. – Ez viszont tényleg finom. Köszönöm – és felemelte a poharát.

– Térjünk vissza a kandalló elé. Mit szóltok? – kérdezte Lily. – Csak meghittebb, és kényelmesebb is.

Mindenki felállt, de most megvárták, amíg Carlos felveszi Isát az ölébe. Leültek, iszogatták a forralt bort. Sztorikat meséltek, mindenfélét. Volt, amin annyit nevettek, hogy potyogtak a könnyeik. Volt, ami megríkatta őket. Észre sem vették, hogy mennyire elment az idő. Isa és Lily is csak ásítgatott nagyokat.

– Ha nem bánjátok, akkor én elmennék lefeküdni. Nagyon álmos vagyok – szólt Isabella. – Adonis, bevinnél, ha megkérlek?

– Persze, kedves, szívesen. – Letette a kandaló párkányára a bögréjét, és felvette a lányt az ölébe.

– Jó éjt mindenkinek – dobott puszit feléjük. Majdnem egyszerre mondták:

– Jó éjt neked is.

Bementek a szobába. Carlos letette, hogy féllábon állt előtte. Lehajolt és forrón megcsókolta.

– Tudod, milyen régen várok már erre? – Újra megcsókolta. – Ezt nem akarom abbahagyni – és megint megcsókolta.

– Na, megyek, mert nem állok jót magamért. – Újra lehajolt, és egy utolsó csókot lopott. – Megyek. Boldogulsz majd?

Isa nem tudott válaszolni, csak bólogatott.

– Jó éjt, kedves.

Kiment.

Isának le kellett ülnie, mert úgy érezte, össze fog esni. Leült az ágyra és hátradőlt. „Atyaég! Nagyon szeretem. Mi lesz Lilyvel?" Ezekkel a gondolatokkal aludt el úgy, ahogy volt. Éjszaka neszt halott a nappaliból. Odaugrált az ajtóhoz, és reménykedett, hogy nem nyikorog, ahogy kinyitja. Szerencséje volt. Kinyitotta résnyire, s nem akarta elhinni, amit látott. Lily és Robert voltak azok, félre nem érthető pózban. Lily lovagolta Robertet. „Be kéne csuknom az ajtót" – gondolta, de ez izgató volt, nagyon is. Hogy meddig nézte őket, azt nem tudta, csak azt, hogy nagyon felizgult. Visszaugrált az ágyhoz, levetkőzött és lefeküdt. Elkezdte magát simogatni. A bimbóit morzsolta, vonaglott az érintéstől. A másik kezével simogatta a testét. Lecsúsztatta a csiklójához a kezét. Nagyon nedves volt. Visszagondolt arra, mit látott. Ahogy Robert Lily melleit harapdálta finoman, óvatosan. Az ujját bedugta a lyukba, és ki-be mozgatta. Annyira felizgult, hogy nem sok kellett neki, beteljesüljön nála a gyönyör. Elfordult, és csupaszon aludt el. Reggel erre ébredt:

– Azt a kurva!

Nehezen, de kinyitotta a szemét. Robert és Carlos álltak az ágya mellett. Magára kapta a takarót.

– Már megbocsássatok, de mit kerestek a szobámban? És miért nem kopogtatok?

– Kopogtunk. Mivel nem válaszoltál, azt hittük, baj van. Így bejöttünk, és csodás látvány fogadott minket. Nézd – mutatta a péniszét, hogy nekifeszül a nadrágjának. Robert is odanézett, így Isának is egyből odavándorolt a pillantása. Az övé is épphogy elfért. Elhessegette magától a látványt.

– Na, tűnés! Nincs semmi bajom. Felöltöznék. Kifelé! – dühöngött.

– Ezt a szemét társaságot! – de azért tetszett neki, ahogy a férfiasságuk meredezett. Elnevette magát.

– Isabella Adams, rossz lány vagy – majd felöltözött. Kiugrált. Érezte a tojásrántotta és a bacon illatát.

– Hű, de finom illatok! – szimatolt bele a levegőbe. Carlos már ott is termett mellette. Felkapta az ölébe, és a fülébe súgta: – Annyira izgató voltál.

Isa elvörösödött. Carlosra nézett, majd csak annyit csinált, hogy megütötte kicsit a vállát. Lily észrevette.

– Ne rosszalkodj, drágám! – szólt oda Carlosnak.

– Még nem – szólt vissza, és kacsintott. Leültette az asztalhoz Isát. Paradicsom, paprika, uborka, saláta, sárgarépa volt az asztalon felvágva. Robert állt a konyhában. Ő készítette a reggelit. Hátranézett, és azok a szemek azt üzenték, hogy felfalná.

„De hát este Lilyvel volt! Mit is gondolok? Vagy csak én fantáziálok?"

Megérkezett a bacon és a tojásrántotta.

– Remélem, mindenkinek ízleni fog. Jó étvágyat.

– Köszi, neked is.

Mindenki szedett a tojásból is meg a baconből is. Isa szedett egy kis salátát, paradicsomot, uborkát, és rozsos kenyeret evett hozzá. Volt meleg tea is. Azt is ivott. „Ritka, mikor valaki így eltalálja a tea ízét" – gondolkodott magában. A többiek csacsogtak, folytatták az előző esti sztorizgatást. Bekapcsolódott ő is, és elmesélte az Erickel történteket. Peter volt az első, aki ösztönösen a nadrágjához nyúlt.

– Au! Ez nekem is fájt, kedves Isabella – ahogy ezt csinálta, mindenki nevetett rajta. Észrevette, mit tett, és ő is nevetett.

– Nézzétek el nekem, vizuális alkat vagyok – mosolygott.

– Az egy jó tulajdonság. Akkor ha elutazol, a telefonszexünket is élvezni fogod – vigyorgott rá Barbara, és megnyalta az ujját.

– Na, ne hozz zavarba, Barb! Ez nem ér. Várj, lesz még este.

– Mikor is? – és megint megnyalta az ujját.

– Barb, ne izgasd már az itt lévőket, légyszíves.

– Miért, drágám? Olyan jó. – Megnyalta a szája szélét. – Jól van, abbahagyom. – A mellbimbói majd' kiszúrták a pólóját, de nem csak neki, hanem Lilynek is és Isabellának is. Hetykén álltak a bimbók. Persze erre a fiúk is felfigyeltek. Carlos csak ámult. „Mi lesz itt? De benne akarok lenni mindenképp" – ilyen gondolatai támadtak.

Még üldögéltek egy kicsit az asztalnál.

– Gyertek, játsszunk valamit! Mit szólnátok egy kártyapartihoz?

– Attól függ, milyenek vannak itt.

Ment és megnézte a fiókot, amelyikre Carlos mutatott. Volt ott francia kártya, uno, solo, mindenféle memóriakártya. A francia kártyát fogta meg.

– Ki tud römizni? – nézett körbe. Hárman nemet mondtak. – Jó, akkor nem unózunk? Az egy izgalmas játék.

Isabella ránézett.

– De ugye nem hozol hülye szabályokat?

– Ó, ne aggódj már, édes! Nem is szoktam ilyet csinálni – kacsintott. – Nem is tudom, mit képzeltem magamról – húzta félre a száját. – Akkor benne vagytok a kártyapartiban?

– Persze – kapta a választ. Lepakolták az asztalt. Egyedül Isa volt az, aki nem pakolászott.

– Tudjátok, hogy ez milyen vacak érzés? Mindenki ténykedik, én meg itt ülök, mint az a bizonyos barnamaci. Olyan vagyok, mint egy vénasszony, aki parancsolgat. Nem is, irányító mester. Ez az… az vagyok! – kiáltott fel. A többiek csak nézték. Talán mindenkiben felmerült, hogy elment az esze. Ő is ugyanazt érezte.

– Kedves, ne emészd magad. Nemsokára minden rendbe jön – mondta Carlos nagyon kedves hangon. Isabella ránézett fájdalmas szemmel, és egy könnycsepp jelent meg benne.

– Na jó, fejezd be a hisztit, Isa – förmedt rá Barb mérgesen. – A drámakirálynő én vagyok, nem pedig te. – Odament hozzá, és megsimogatta a haját. – Kényelmesen ülsz, drága? – kérdezte. Egy párnát tett a lába alá.

– Jó, befejezem – letörölte a könnycseppet –, köszönöm – nézett rá hálásan. Leültek az asztal köré és remélték, hogy a játék eltereli majd a lány gondolatait. Sokat játszottak. Egy idő után Isának is visszatért az életkedve, és bohóckodott, nevetgélt. Észre sem vették, hogy későre jár az idő. Robert nyújtózkodott egy nagyot. Megkordult a gyomra.

– Azt hiszem, a hasam kicsit éhes – simogatta meg a szóban forgó testrészt. – Igen, én is úgy érzem, hogy éhes vagyok – válaszolt Lily.

– Gyerekek, tudjátok, mennyi az idő? – kérdezte Peter. – Fél tíz. Reggel ettünk utoljára. Annyira játszottunk, hogy elfelejtettünk enni – nézett körbe.

A többieknek is égdörgésként kezdett morogni a hasa.

– Ezekkel a hangokkal elmehetnénk koncertezni – vigyorgott Barbara.

– Akkor össze kéne dobni valamit. Nem gondoljátok? – kérdezte Robert. Felállt, és a konyhába indult. Utánament Carlos és Peter is. Kiszóltak a lányoknak:

– Félóra, és ehetünk.

– De mit is fogunk? – kérdezte Carlos. A fiúk nem válaszoltak, csak megrántották a vállukat.

– Akkor készítsünk egy hidegtálat. Azt még mi is össze tudjuk rakni, gondolom.

Benéztek a hűtőbe. Találtak szalámit, sonkát, sajtot, paradicsomot, uborkát, paprikát. Ezeket ízlésesen elrendezték a tálcán, a másikra feltették a kenyereket, zsömléket és a kifliket. A lányok addig összeszedték a kártyákat, letisztították az asztalt. A fiúk kihozták a tálcákat. Az asztal közepére tették.

– Egyetek lányok, fiúk.

Leültek ők is, és mint az éhes farkasok, lecsaptak a tálcákra. Húsz perc sem telt el, és a tálcák már üresek voltak. Isabella megsimogatta a hasát.

– Mire vége lesz ennek az egésznek, járhatok edzőterembe, hogy a felszedett kilóktól megszabadulhassak. Szeretnék egy pohár bort, ha lehetséges – nézett Carlosra.

– Milyen jó ötlet – csillant fel a szeme.

– Gondolom, senkinek sincs ellenvetése...

Mindenki bólogatott.

– Akkor tegyük át a székhelyünket a kandaló elé.

Erre mindenki felállt, és átültek a kanapéra, fotelba. Isa is felállt és át ugrált a fotelhoz, amit neki tartottak fent. Megérkeztek az italok. Iszogattak, de ő megint csak gondolataiba merült. Barb volt az, aki megtörte a csendet.

– Isa, drágám, el kellene kezdeni fürödni.

– Igen. – Felállt a fotelból. – Mehetünk, drágám.

– Na, álljon meg a menet! – szólt Carlos. – Most én vigyázok
rá, én fürdetem – jelentette ki.

Isa meredten nézett rá. Lily is beszállt a vitába:

– Hahó, én vagyok a soros.

Isabella csak meredt mindhármukra. A többiek is összenéztek.

– Most ti tényleg azon vitatkoztok, hogy ki fürdesse meg? –
kérdezte egyikük, és rámutatott Isára.

– Igen – válaszolták mindhárman egyszerre.

A többiek felnevettek. Isa még mindig fél lábon állt, és ér-
tetlenül nézett rájuk.

– Isabella, te nem mondasz semmit?

– Hát ö... hát – nézett körbe, és közben vakarta a fejét, mi-
előtt visszahuppant a fotelba.

– Hát... azt hiszem, hogy nem értem. Miért ti, és mi ez? –
fordult oda a három vitatkozóhoz. – Most ti rajtam vitatkoztok?
Tényleg? – nézett rájuk kérdőn. – De miért?

Egymásra néztek.

– Barbara? – kérdezte.

– Nos, ezt úgy kel elképzelni, hogy mindhármunkba bejösz-
sz, drága. Ez az igazság.

Isabella eltátotta a száját a meglepetéstől.

– Micsoda? Na persze! Ez hülye kifogás volt. Ha-ha-ha.

– De ez így van. Komolyan mondtam – felelte Barb.

– Na, menjetek ti oda, ahova én gondolom – dühöngött Isa-
bella. Felállt, és elindult a fürdőszoba felé. – Ma egyedül für-
döm. Be ne jöjjön senki! – Visszanézett az ajtóból, és szikrákat
szórt a szeme.

– De hogy oldod meg? – kérdezte Barb, mivel Carlos a nappali
falának dőlt és meg sem tudott szólalni. Lily szintén.

– Az most téged ne érdekeljen – válaszolt mérgesen. – Most
egyedül kell lennem – ezzel bement a fürdőbe. Megnyitotta a
zuhanyzóban a vizet. Levetkőzött. Nagyon vicces volt, ahogy
szenvedett, hogy ne essen el. „Ez mind szép és jó, de hogy nem
leszek vizes?" Ezen gondolkodott. Azután eszébe jutott, hogy
neki is van a fürdőben a kukába illő szemeteszsák. Akkor itt is
kell lennie. A második fiókban meg is találta. A hajgumijával

rögzítette felül, miután a lábára húzta a zacskót. Beállt a zuhany alá. Kavarogtak a gondolatai. „Hova tegyem ezt az egészet? Nem értem. Most hogy nézzek rájuk? Mit csináljak?" És csak viharzott az a sok valami a fejében, mert nem tudta, hogy ezek gondolatok – vagy mik is? Több mint háromnegyed órát bent volt a fürdőben. Törölközőben ugrált ki. Mindenki ott volt, ahogy hagyta őket. Szétnézett, kért bort, és beült a fotelba. Carlos töltött, és odanyújtotta neki. Összeért a kezük. Isabellát mintha áram ütötte volna meg. Ránézett Carlosra, és mosolyra húzta a száját. A kandalóban a tüzet bámulta. Kínos csönd ült a szobára.

Már éjfél is elmúlt, amikor aludni indult. A többiek még a tűz körül ültek. Ahogy felállt a fotelból, Carlos is mellette termett, de nem kapta fel, csak kérdőn nézett rá.

– Na, mi az, Adonis, kérvényt nyújtsak be, hogy vigyél aludni? – kérdezte széttárt karokkal.

Carlos félmosolyt villantott, majd az ölébe is kapta. A szobaajtóból visszaszólt:

– Jó éjt mindenkinek. Ezt az estét szerintem... vagyis ami ezen az estén itt elhangzott, egyelőre elteszem a padlásra. Majd egyszer visszatérünk rá – mosolygott, és puszit dobott mindenkinek. Carlos bevitte, és leültette az ágyra. Csak állt mellette búsan, nem tudta, mit is tegyen. Isa rámosolygott és elköszönt.

– Jó éjt, Adonis. Nem haragszom, csak nem tudom hova tenni ezt az egészet. Vicces volt, de egyben ijesztő is.

Carloson látszott a zavarodottság.

– Na jó, azért ennyire nem volt vészes, mint ahogy most itt állsz előttem – és megfogta a kezét.

– Hm... nem tudom, hogy kérjek ezért a jelenetért bocsánatot. Szerintem nem így akartuk, ezt elhiheted. Csak kijött mindenkiből. – Lesütött szemmel állt ott, és tényleg nagyon bánta.

– Tudod mit? Hagyjuk! Úgy teszek, mintha meg sem történt volna. Elfelejtem. – Felnézett, de látszott a szemén, ezt csak azért mondta, hogy Carlos megnyugodjon. – Most már álmos vagyok. – Elengedte a kezét és nyújtózott egyet.

– Rendben – nyomott egy puszit az arcára a férfi. – Jó éjt, kedves – és kiment a többiekhez.

Isabella ennyit hallott kintről:

– Ezt jól elbaltáztuk. Három idióta. Nem így kellett volna megtudnia, hogy mindenki odavan érte – mondta Carlos bánatos hangon.

– Igen, ezt keményen elszúrtuk – hallotta Lily hangját. Barbara is csatlakozott:

– Én, mint a barátnője, előnyben vagyok. Rám nem fog haragudni. – Leült a fotelba, felhúzta a lábát és diadalmasan ivott a whiskyből.

– Te milyen hülye vagy, Barb! – förmedt rá Lily. – Még mindig nem erről van szó, hogy ki a barátnője, vagy ki nem. De hagyjuk is. Hogy látod, Carlos, meg tud nekünk bocsátani? – nézett rá a férfira.

– Úgy fog tenni, mintha mi sem történt volna. Hisz' ismerjük: mindent el tud nyomni magában. De hogy mikor fogja elfelejteni, na, ezt nem tudom – nézte a tüzet a kandalóban, és szidta önmagát, hogy amit eddig felépített, tönkretette – tették. Legszívesebben a falba verte volna a fejét. Isabella közben bent próbált aludni, de nem igazán ment neki. Kavarogtak a gondolatai, és nem tudta hova tenni ezt az egészet. Nem értett semmit, és ha nem lett volna gipsz a lábán, már rég a dombok közt szaladt volna. Nem tudta, ha felébred, hogy fog tudni velük kommunikálni. Ezekkel a gondolatokkal aludt el, hogy mikor, azt nem tudta. A többiek is elvonultak nagy nehezen. Senki nem értett semmit sem.

Reggel ő már fel volt öltözve és a kávét is megitta, mire Peter kijött.

– Jó reggelt, kedves Isabella, hogy aludtál?

– Jó reggelt. Aránylag jól, köszönöm.

– Ennek örülök.

Odament a pulthoz. Kissé zavarban volt. Nem tudta, igazán mit is szeretne. Öt perc tanakodás után töltött magának egy kávét.

– Van valamilyen ötleted, mi legyen a reggeli? – kérdezte Peter.

– Én most legszívesebben bundás kenyeret ennék teával vagy kakaóval – nézte a férfi reakcióját Isabella.

– Hát akkor azt készítünk – mosolygott a bögréje mögül.

– Az fincsi lesz. Segítsek?

– Nem, köszi, megoldom. Csinálok egy párat, de azért sütök tojást is, meg teszek ki mindenféle jót az asztalra.

Isa nézte, ahogy ténykedik a konyhában. Pillanatokon belül sült a kenyér, forrt a víz a teához, forrt a tej a kakaóhoz. Hiába mondta, hogy van vízforraló, Peter azt válaszolta, hogy ő a hagyományos módszert jobban kedveli. Mire mindenki kibotorkált, addigra már terülj-terülj asztalka várta őket.

– Ez aztán a kiszolgálás! – csapta össze a két kezét Robert, és már ült is le az asztalhoz. Barbara odament Isához, és puszit nyomott az arcára.

– Jó reggelt, drága barátném. – Megölelte, és majdnem ráült a lábára, mivel közel akart lenni hozzá.

– Jó reggelt Azért, ha kérhetem, ne törd jobban el.

– Bocsi, bocsi. Nem akartam, elhiheted – válaszolt elképedve.

– Akkor jó – tette le a bögréjét.

Odament hozzá Lily is.

– Nem haragszol?

– Van miért? – kérdezett vissza.

– Azt nem tudom – mondta. Lehajolt, és megpuszilta az arcát. – Ezt te érzed, kedves? – hallotta a hangját. Ránézett, és csak ennyit mondott:

– Igen... nincs... – Megemelte a bögréjét. Peter már öblítette is ki, és vitte vissza neki teli kávéval. Carlos is odament hozzá. Leguggolt elé. Megfogta az arcát. – Bocsánat – és szájon csókolta. Isa meglepődött, de nem tudott mit mondani.

– Bon appetit – mondta Peter franciául, de azért még hozzátette: „Jó étvágyat", és leült ő is az asztalhoz.

– Isabella, drága, kakaót vagy teát kérsz?

– Hm... nem tudom, mit is vállasszak – majd pár pillanat múlva megszólalt: – Kakaót kérek. Úgyis rég ittam – mosolygott. Peter öntött neki. Isa megkóstolta.

– Azt a! Ez isteni. Ilyen finomat már rég ittam – vigyorgott a bögréje mögött.

– Örülök, hogy ízlik – mosolygott vissza rá. Mindenki leült, és csendben reggeliztek. Amikor mindenki jóllakott, Robert tette fel a kérdést:

– Mit csinálunk ma? – Carlosra nézett.

– Elmegyünk az erdőbe. És mielőtt megszólalnál, kedves, hogy hogyan tervezzük ezt végrehajtani, már mindent előkészítettem – mosolygott Isabellára.

– Ahogy gondolod, csendben maradok. – Úgy csinált, mintha a száján cipzár lenne, és behúzta.

– Akkor, gyerekek? Öltözzetek melegen, mert kint hideg van. Isabella, kedves, te jössz velem és felöltöztetlek.

Komoran nézett rá, de nem szólt egy szót sem. Bement a szobába, és egy nagy táskával jött vissza.

– Gyere, Isa, légyszíves.

Isabella odaugrált.

– Még mielőtt rád adnám, nem kell menned mosdóba?

– Nem.

– Oké. Akkor ülj ide, légy szíves – mutatott a kanapéra. A lány szót fogadott. Carlos egy piros-fekete síoverált halászott ki a táskából. Egy meleg pulóvert, kesztyűt, sapkát, és bundás csizmát, olyan hótaposófélét. „Tök jól néz ki." „Ha nem így lennék, még hordanám is."

– Vedd fel, légy szíves, a pulóvert – kérte Carlos.

Belebújt.

– Ó, ez jó meleg.

– Az a lényeg, hogy ne fázzál kint.

Ráhúzta az overált a lábaira. A jó lábára a csizmát, a másikra egy bundás, nagy zokniszerűség került.

– Mindjárt elkészülök én is – és elviharzott a szobába.

Isa egyedül ült a kanapén, nézte a parazsat, mert a fa már leégett. Nem gondolkodott, csak bámult ki a fejéből. Meg is ijedt, amikor megszólalt mellette Carlos:

– Kész is vagyok.

Hasonló overált viselt, vagyis most látta, hogy nem is overál, hanem külön van a nadrág és dzseki.

– Jól áll.

– Köszi – mondta, odalépett hozzá, és felsegítette. – Most már fel kellene venned az overált rendesen. – Felül is felöltöztette. – Itt van sál, ezt is tedd a nyakadba, meg a sapka is.

Isa engedelmeskedett, mint egy jó kislány. Megkapta a kesztyűt.
„Még ilyen vastag kesztyűt nem is láttam."

Felemelte a fejét. Akkor vette észre, hogy már mindenki ott van körülötte. Zavarában megkérdezte:

– Akkor mehetünk? – pedig mindenki rá várt. Carlos segítségével kiugrált az ajtóig. Ott Robert felkapta és levitte a lépcsőn, ahol egy szán állt, lovastól, kocsistól. Mindig vágyott egy ilyenen a havas tájon szánnal utazni, ez most valóra is válik. Hálásan nézett Carlosra.

– Köszönöm – csak ennyit tudott mondani.

A férfi nem válaszolt, csak mosolygott. Felsegítették a lányt a szánra. Carlos ült le vele szembe, a többiek pedig felszálltak mögéjük.

– Indulhatunk – szólt a kocsisnak Carlos. Ahogy elindultak, nagy pelyhekben hullani kezdett a hó. Isabella és a többiek csodálattal nézték. Ahogy elhagyták a házat, beértek egy ösvényre. A fák behajoltak fölé, egy boltívet alkotva. Roskadozott az ágaikon a hó. Ezen a szakaszon a hópelyhek sem tudtak áthatolni. Nagyon szép és izgalmas volt áthaladni alatta. Kiértek a boltív alól, és megint hóesésbe értek.

– Ilyen létezik? – kérdezte Isa.

A hajtó szólt közbe:

– Igen, hölgyem. Itt ez természetes.

– Annyira gyönyörű! – áradozott Isa, majd Barb és Lily is csatlakozott. Egymás szavába vágva mondták:

– Ez gyönyörű! Csodálatos!

A hajtó a bajusza alatt mosolygott. Ahova néztek, a fenyők, a bokrok mintha gyémántba öltöztek volna. Ragyogtak. Láttak már havas fát, de az nem volt ehhez fogható. Leértek a faluba, és egy fogadó előtt álltak meg. Isa még a látottak hatása alatt volt. Carlos bevitte az épületbe, ahol már várta őket a forralt bor és a megterített asztal. Levették az overálokat. Isa addig nem is érezte, hogy fázott volna, de most igencsak didergett.

– Jöjjön, kedves, a kandalónál átmelegedhet – mondta egy jóképű fiatalember.

– Köszönöm – és elkezdett ugrálni a kandalóhoz.

– Ó, bocsánat. Várjon, segítek – és már ott is volt mellette. Olyan könnyedén a karjába kapta, mintha egy kiló kenyeret vett volna fel az asztalról. A lány meg sem tudott szólalni, már ott ült a kandallónál. Megint csak annyit tudott mondani szégyenlősen: – Köszönöm.

– Paul – hallotta Carlos örömteli hangját. – Még mindig itt dolgozol? Örülök.

– Carlos! Igen, és képzeld, nem csak hogy itt dolgozom, hanem enyém lett a panzió – és meghajolt.

– Gratulálok – veregette meg a vállát Carlos, és kezet nyújtott. – Ezt el kell mésélned mindenképpen.

– Rendben van. A vacsóránál találkozunk. Érezzétek jól magatokat nálunk – azzal már el is vonult.

– Vacsora? – kérdezte Lily.

– Igen. Itt töltjük az éjszakát. Kell egy kicsi változatosság – kacsintott, és nézte Isa reakcióját.

– Otthonos. Én maradni szeretnék – mondta, miközben itta a forralt bort. Robert odahajolt hozzá:

– Ez is olyan finom, mint amit Carlos készített?

Isa elmosolyodott, odaadta a poharát.

– Kóstold meg, mielőtt szedsz magadnak.

A férfi belekortyolt.

– Hú, ez igen jó – adta vissza, majd ment és merített magának egy pohárral.

– Kóstoltátok már? Ez isteni finom! – ujjongott. Akkor látta, hogy a többiek kezében ott van a pohár.

– Upsz. Azt hiszem, inkább itt most visszavonulót fújok – és leült a kandaló előtt levő szőnyegre. Isa a vállára tette a kezét és nevetett.

– Semmi baj, Robert.

– Isa, kedves, éhes vagy? – kérdezte Carlos, és most, hogy megemlítette, Isabella tényleg éhesnek érezte magát.

– Igen, úgy érzem, az vagyok.

– Hozhatok neked valamit?

– Hát az jó lenne, és megköszönném – hálálkodott Carlosnak.

A férfi odament az asztalhoz, de nem igazán tudott választani. Disznótoros, sült oldalas, hagymás tört burgonya, lilakáposzta, krumplipüré, tarja, csirkemell roston, sült zöldségek, rántott hal, citromos szószban sült hal.

– Azt hiszem, Isabella kedves, hogy ide kéne bicegned és megnézni a választékot, annyira sok minden van itt – vonta meg a vállát és széttárta a karjait. De Isabella nem akart a kandalló elől elmozdulni, így azt mondta:

– Rád bízom magam – s folyamatosan a tüzet nézte.

– Jó, ezt értem is, de mit ennél? Sertés- vagy csirkehúst, esetleg halat?

– Ó, a halat választom.

– Rendben, viszem mindjárt.

A citromos halat választotta sült zöldségekkel és párolt káposztával. Rátette egy tálcára. Jó nagy volt, mert minden elfért rajta. Isa nézte a tálcát, hogy hogyan fogja meg, de Robert meg is oldotta: a fotel oldalán volt egy kar, amit ha meghúzott, egy asztal került a karfa helyére.

Carlos ránézett.

– Köszi. Voltál már itt?

– Nem, dehogy. Nekem van otthon egy ilyen fotelem.

Elfordult, és nézte tovább a tüzet. Isa megkóstolta a halat.

– Ez nagyon finom.

A többiek is ettek, majd tele hassal beültek ők is a kandalló elé. Nem mondott senki semmit, csak élvezték a pillanatot. Egy hangra lettek figyelmesek: Carlos üzenetet kapott, ami így szólt: „Szia, Carlos! Hol is kezdjem? Na, mindegy, elkezdem Tegnap estig semmi sem történt, de tizenegy körül fura hangot hallottunk a konyhából. Kimentünk, és egy idegen férfit láttunk késsel a kezében. Engem, vagyis Isabellát jött megölni, mint kiderült a végén. Verekedtünk egy ideig, mire el tudtuk fogni. Átadtuk a rendőrségnek, de a odafelé vezető úton egy autó beléjük ment, felborultak. Nem lett senkinek semmi baja, viszont az illető elszökött. És hát tudja, hol vagytok. Legyetek óvatosak. Holnapután tudunk mi is csatlakozni hozzátok. Millió puszi, Sylvia" – ért véget az SMS.

„Megszökött? És tudja, hol vagyunk? Nem mutathatom, hogy félek. Megvédem, nagyon remélem."

– Baj van, drágám? – kérdezte tőle Lily.

– Nem, nincs, drágám – válaszolta, és remélte, hogy nem látszik rajta semmi sem.

Beszélgettek, és itták a finom forralt bort. Közben mogyorót rágcsáltak. Eljött a vacsoraidő. Megjelent Paul is. A lányok jól megnézték, és gondolatban rajta lovagoltak: mind a háromnak ez a gondolat járt az agyában.

– Jó estét, hölgyeim, uraim. Leülhetek ide mellétek?

Carlos ránézett.

– Persze, Paul. Amúgy is beszélnünk kell majd.

– Rendben van – kacsintott rá Paul.

– Na, mesélj, hogyan lett a tied a panzió?

– Hol is kezdjem? Nagyon szerettem itt dolgozni, mint boy és recepciós. Annyira családias volt mindig is a légkör. Egyszer csak hívatott mindenkit a főnök. Mivel sajnos gyerekei nem voltak, és ő már vissza akart vonulni, így mondott egy összeget, amit ha egy éven belül odaadok, nekem adja a panziót. Igaz, nem nekem akarta adni, hanem akik ott voltunk, mindenkinek felajánlotta, de én tudtam hamarabb összekaparni a pénzt. Éjel-nappal dolgoztam. Semmit sem vettem, így egy fél éven belül kivásároltam a panziót. Ez történt kb. négy és fél éve. Azóta próbálom vezetni, kisebb-nagyobb sikerrel. Jut eszembe, Fanni, életem! Hol marad a vacsora? – szólt bele egy szócsőbe. A konyhából egy szőkeség lépett ki.

– Készül, Paul. Ne sürgess, mert annál később eszik a díszes társaság. Tudod, hogy megcsinálom.

– Jó, jó. Csak érdeklődtem. Ő az egyedüli nő, akit nem tudtam megbolondítani – kacsintott. – Egyszerűen ellenállt mindennek, amit csináltam eddig. – Kissé szomorkás volt a hangja.

– Hallottam ám! – kiabált ki a konyhából Fanny.

– Tudom, hogy hallottad – szólt vissza.

– Na, mindegy is. Átmegyünk a nappaliba, ott folytatnánk tovább – nézett a társaságra kérdőn.

– Szerintem mehetünk – mondta Isabella.

– Engedelmeddel – lépett oda hozzá Paul, és felkapta az ölébe. Carlos is ment utánuk. Azután a többiek is. Körben leültek a kandaló elé, iszogattak, beszélgettek. Paul hirtelen eltűnt, és egy üres üveggel tért vissza.

– Ki emlékszik erre a játékra?

Mindenki bólogatott, egyedül Isa volt az, aki nemet mondott.

– Tényleg nem ismered?

Nemet intett.

– Hát akkor remélem, élvezni fogod, kedves – mosolygott sejtelmesen. – A lényege, hogy a földre letesszük és mindig megforgatjuk. Akinél megáll az üveg szája, annak azt kell tennie, amit az mond, aki megforgatta az üveget.

– Ez jó játék?

– Ó, igen, nagyon – ujjongott Barbara.

– Hát jó, legyen.

Nem tudta, mibe egyezett bele…

– Ki kezdi? – kérdezte Barbara.

– Mondjuk te – válaszolt neki Carlos.

Barbara megpörgette az üveget. Forgott, forgott, és megállt Robertnél. Barbarának felcsillant a szeme.

– Csókold meg a bal oldaladon ülőt.

– Még szerencse hogy Lily az – húzta félre a száját. Odafordult Lilyhez, és forrón szájon csókolta. Isának a szája tátva maradt, de nem mert mondani semmit sem. Inkább töltött még magának bort. Carlos jött. Megpörgette az üveget, ami Lilynél állt meg. Kíváncsian várta, mit fog kiötleni neki.

– Azt hiszem, egyelőre maradjunk a csóknál. Csókold meg a veled szemben ülőt – vigyorgott. Isa épp ivott, és majdnem félrenyelt. Lily ránézett.

– Benne vagy, Isabella?

Körbenézett elpirulva.

– Legyen, a játékot nem rontom el.

Lily odament hozzá négykézláb. Odahajolt, és megcsókolta. Felsóhajtott, amikor befejezték. Paul következett. Megpörgette az üveget. Még meg sem állt, de már mondta:

– Akkor maradjunk a csóknál.

Carlosnál állt meg az üveg.

– A jobb oldaladon ülő hölgyet csókold meg, de nem aki közvetlen melletted ül.

Nyelt egy nagyot, és négykézláb odament Isabellához. Isa csak nézte, és a szíve hevesen kezdett el verni. Megcsókolták egymást olyan szenvedélyesen, hogy a többiek is élvezettel nézték. Lily következett. Megpörgette, és saját magánál állt meg az üveg. Tanácstalanul nézett.

– Ne aggódj, ilyenkor bárkit választhatsz.

Nézte a társaságot. Odanégykézlábazott Barbhoz, és megcsókolta.

– Ez finom – mondta Barbara.

Robert következett. Neki az üveg Peternél állt meg.

– Számolj tizenhatig úgy, hogy minket nem számolsz. Ahol megáll a tizenhat, azt csókold meg.

Peter számolt: – Egy, kettő – közben az ujjával mutogatott –... tizenhat.

Isánál maradt abba, így Isabella megint csókolózott. Végül Carlos jött. Az ő pörgetése Paulnál állt meg.

– A balodon ülő hölgyet csókold meg.

Így is lett.

– Vége az első körnek. Hogy tetszik, Isabella kedves? – kérdezte Carlos.

– Hát, ez olyan, mint egy szexjáték.

– Ez így van, de lehet másképp is játszani.

Isa már mondani akarta, hogy akkor úgy játsszák, de Carlos megelőzte.

– De mi most így játsszuk. Tetszik?

– Alapjában véve igen.

A férfi összecsapta a kezét.

– Na, akkor nincs tabu, minden mehet. Mit szóltok?

– Teljesen jó. Előtte egy kis innivaló? – Paul már ott is állt a pálinkákkal teli poharakkal, amik tálcán álltak. Mindenki elvett egyet.

– Egészségünkre – koccintottak.

– Akkor kezdődjön a buli.

Carlos volt most az első, aki pörgetett. Lilynél állt meg.

– Akkor kérek egy ruhadarabot, drága – vigyorgott. Lily ránézett. Kinyújtotta a nyelvét és ledobta a felső ruházatát. Nem volt rajta melltartó, így egyből kilibbentek a cicik. Taps, üdvrivalgás fogadta a műveletet. Paul következett. Az ő üvege Robertnél állt meg.

– Le a gatyával – mutatott a nadrágjára.

Robert felállt, és mivel nem szerette az alsónadrágokat, a pénisze kilibbent, úgy ült le. Isa, Lily, és Barb nagy szemekkel nézték. Lily következett. Az üveg pörgetése Isabellánál állt meg.

– Kedvesem, nincs más választás, kérem a nadrágod.

– Ó, a fenébe! – dünnyögte. Lefeküdt a szőnyegre, és levette ő is. Kivillant a puncija.

– Te sem szereted a bugyikat? – kérdezte Lily.

– Nem, ha tehetem, nincs rajtam. – Felült. A fiúk behajoltak a kör közepe felé. Füttyentettek.

– Kivételes látvány – szólalt meg Paul.

Isa a vaginája elé tette a kezét.

– Ó, kedves, ez nem ér – mondta neki Carlos. Isa rányújtotta a nyelvét. Közben megint kaptak egy-egy pohárka pálinkát. „Ez kell is. Mikbe megyek én bele?”

Robert következett. Az üveg Barbaránál állt meg.

– Kérem a felsőrészed.

Barb levette és odadobta.

– Látom, senki nem szereti, ha valami kényelmetlen. – Az ő cicijei is megmutatkoztak.

Peter forgatott. Isabellánál állt meg.

– Na ne! Én már voltam.

– Az nem lényeg, kedves. Nálad állt meg.

Ránézett. Mivel csak egy vastag pulcsi van rajta, ő lesz az első, aki csupaszon lesz.

De ezt hallotta:

– Na, ne már, de tényleg!

Magára nézett. „Persze, a póló még rajtam van.” Kifújta a levegőt.

– Úgy hallom, megkönnyebbültél – jelentette ki Paul.

– Igen, nagyon. –„Pedig izgat a játék, ezt el kell ismernem."
Most ő jött. Carlos és Paul között állt meg, de mindkettőjük lábát érte az üveg szája. Felnézett.

– Ilyenkor mi a helyzet?

– Na, ezt nem tudjuk – nyilatkozott Barbara először. – Dobja le az egyik a felsőrészét, a másik a gatyáját, így nincs veszekedés.

Egymásra nézett a két férfi.

– Hát jó – mondták. Carlos levette a gatyáját, Paul pedig a pólóját.

– Amúgy lehet egy kérdésem? Ez nem egy panzió?

– De igen – válaszolt Paul.

– Akkor esetleg nem történhet meg, hogy valaki ide bejön?

– Jogos kérdés, Isabella – állt fel a földről Paul –, de gondoskodtunk róla, hogy csak mi legyünk és a személyzet.

– Az is kínos lesz, ha ők meglátnak.

– Hidd el, láttak ők már ennél cifrábbat is – vigyorgott sejtelmesen. Kiment, és két üveg pezsgővel tért vissza.

– Pezsgőt? – kérdezte az üveget körbemutatva.

– Nagyon jó lesz. Igen, kérünk – állt fel Barbara. Ahogy lépdelt, a mellei csak úgy mozogtak. Paul ránézett, és meg is jegyezte: – De szépek az ikrek.

– Köszi, Paul. Szereti, mikor becézik – kacsintott és tartotta a poharát. Mindenkinek töltöttek. Körbeadták a poharakat. Isa belekóstolt.

– Ez finom – mondta. – Milyen fajta?

– Charmant. Én ezt szeretem a legjobban. Na, akkor folytatódjon a játék.

Leült a helyére, és már pörgött is az üveg. Peternél állt meg.

– Mivel úgy emlékszem, a másiknál kimaradtál, így két ruhaneműtől kell megszabadulnod, de az egyik lány segítségével. Például Barbara, légy szíves, segíts neki.

Barb odament. Kigombolta a nadrágját, lehúzta a cipzárját, és levette róla a nadrágot. Aztán levette a pólóját is. Peter boxerben ült vissza a helyére.

– Pedig reméltem, hogy nem veszitek észre.

– Mindenre figyelünk, barátom – veregette meg Robert a vállát.

– Ezt észrevettem. – Kicsit csalódott lett.

Lily következett. Pörgetett: Barbnál állt meg.

– Az előbb is olyan jól csináltad. Levennéd Robertről a felsőrészt?

– Persze – kacsintott. Átvágott a körön. Felemelte a kezét. Lassan húzta le róla a pulóvert.

– Ó, ez nem ér! – kiáltott fel Lily, mivel a pulóver alatt Roberten is volt póló. Robert pörgetett. Csak pörgött és pörgött, a végén Paulnál állt meg.

– Le a gatyával! – mondták egyszere. Felállt, és mintha lassított felvételt játszana, olyan mozdulatokkal vetkőzött. Isa nem is értette, hogy nem esett még el oldalra. Végre levette a nadrágját. Kivillant a boxer. Vissza leült a helyére. Peter következett. Rajta is már csak két ruhadarab volt, mint mindenkin. Megpörgette az üveget, ami Isabellánál állt meg. Rrajta is már póló és zokni volt. Ránézett Peter, kacsintott:

– Kérlek, vedd le a zoknidat.

Isa megkönnyebbült, viszont a többiek morogtak.

– Peter, te kihagyod a lehetőséget? Á, de undok vagy! – duzzogott Paul. – Az is egy ruha, ha emlékeim nem csalnak – nézett a többiekre.

Isán volt a sor. Pörgetett. Az üveg Carlosnál állt meg.

– A pólót vedd le.

Carlos engedelmesen vetkőzött.

– Barb, te jössz.

Megpörgette az üveget, ami Lilynél állt meg.

– Nem sok választás van: a nadrágot! – kiáltották majdnem egyszerre. Lily felállt, és levette. Mivel ő sem szerette a bugyikat, így a borotvált puncija hívogatóan meredt mindenkire. Viszszaült. Carlos jött. Barbaránál állt meg az üveg szája.

– A nadrág még rajtad, úgyhogy azt vedd le – mondta Carlos neki kissé vágyakozva. Lefeküdt, és úgy vette le, de rajta egy fekete, csipkés bugyi volt még.

– Á... ez átverés – mondták a fiúk.

– Én nem érzem kényelmetlennek a fehérneműt – nyújtotta rájuk a nyelvét. Körbenézett. Carlo, Paul és Peter boxerben,

Robert pólóban, Lilyn csak zokni vol:, Isabellán póló, Barbarán
pedig bugyi. „Ebből mi lesz? De várom a fejleményeket." Ezek a
gondolatok foglalkoztatták.

– Pezsgőt kér még valaki? – kérdezte Paul. Mindenki igent
mondott. Felállt, és körbejárva újratöltötte a poharakat. Visszaült
és pörgetett. Az üveg most szórakozctt vele, mert nála állt meg.

– Ez a karma, basszus – és levette a boxerjét. A pénisze már
meredezett, de nem szégyellte. Lily jött. Az ő pörgetése Isánál
állt meg. Az utolsó ruhadarab is lekerült róla. A mellei és a bim-
bók álltak, mint a cövek. Szégyenlősen maga elé kapta a kezét.

– Ne szégyenlősködj, kedves – szólt rá Carlos.

A lány szemei szikrákat szórtak felé, de a kezét elvette a ci-
cik elől.

Roberten volt a sor. Pörgetett, és Barbarán volt a sor, hogy
megszabaduljon a bugyijától. Lefeküdt a szőnyegre, és úgy vet-
te le. Már ő is csupaszon volt.

Peter volt a következő. Carlosnál állt meg az üveg. Ő is, mint
Paul, felállt, és úgy vette le a boxert. Már ő is csupaszon mere-
dező hímtaggal ült a többiek között.

Isa jött. Megpörgette, és kíváncsian várták, hol fog megáll-
ni. Lilynél állt meg.

– De rajtam már nincs semmi sem. Ilyenkor mi van? – né-
zett kérdőn a társaságra.

– Csináljunk egy szabályt – mondta Paul. – Mit szólnátok,
ha az üveg olyan embernél áll meg, akin már nincs ruha, mint
Lily, az végigcsókolja a társaságot – kacsintott, és vigyorgott.

Felcsillant a szeme a fiúknak, a lányok kicsit meglepődtek, de
nem mondtak semmit. Lilyre bízták, hogyan dönt. Lily szétnézett.

– Hát legyen. – Négykézlábra ereszkedett, és úgy ment vé-
gig mindenkit megcsókolni. Puncija hívogatta őket, ahogy me-
redt rájuk. Ennyit lehetett hallani:

– Hú!

– Azt a mindenit!

– Wao!

Visszament a helyére és bár furcsállta, de igencsak nedves
lett ő is.

Barbara volt a következő. Az üveg Robertnél állt meg. Mivel már csak póló volt rajta, levette. Ahogy megszabadult tőle, a meredező pénisze kilátszott – eddig a póló takarta. Széttárta a kezét és megvonta a vállát.

– Én sem vagyok ám agyagból.

Már csak Peteren volt valami. Carlos pörgetett, és az üveg Paulnál állt meg.

– Na ne! Az, hogy a lányokat megcsókolom, az oké, de nem fogok mindenkit megcsókolni – tette karba a kezét.

– Akkor ezt most hagyd ki. Valahogy Petert kell megszabadítani a boxerétől – válaszolt neki Robert.

– Ez nem csalás amúgy? Csak érdeklődünk – szólt közbe Lily.

– Nem. Mi heterók vagyunk. Ja, és nem vagyok előítéletes, még mielőtt bárki bármit mondana. A legjobb barátaim közé sorolok egy meleg és egy bi párt, de én csak a nőket szeretem – vágott vissza Paul.

– Rendben van. – Lily úgy érezte, hogy kioktatásban volt most része.

Paul pörgette meg az üveget, ami Robertnél állt meg. Lily is megpróbálta: az ő pörgetése Isa és Peter közé ment. Robert is próbálkozott, de ő is túlpörgette. Isabella jött. Most Petert kihagyták.

– Isa, rajtad a világ szeme – mondta neki Barbara csillogó szemmel. Isabella pörgetett. Épp hogy a lábára mutatott, de igen!

– Peter, dobd le a kényelmetlen ruhadarabot – kérte Isabella.

A férfi felállt, és levette. Már mindenki csupaszon volt. Paul megint átvette az irányítást.

– Pezsgő tálalva. Egy kicsit mozgassuk meg elgémberedett csontjainkat, és utána jöhet az utolsó kör – kacsintott kajánul vigyorogva. Feltápászkodtak – még Isa is, igaz, ő kicsit viccesebben mint a többiek. A fiúkra az álló pénisz volt a jellemző, a lányokál a meredező bimbók mutatták, hogy milyen izgalmas ez a játék. Odamentek az asztalhoz, ahol apró szendvicsek voltak, mogyoró, apró keksz, édes és sós.

– Aki éhes, egyen, mert már kitaláltam, mi lesz a következő szabály – jelent meg sejtelmes vigyor az arcán. Isa ránézett.

– Kitaláltad? Én azt hittem, ezt így kell játszani. – Felemelte
a fejét, hogy lássa Carlos arcát. Carlos pukkadozott a nevetéstől.

– Ó, na, várj csak, Adonis, ezt még visszakapod – ütötte meg
Carlos hasát.

– Au… ez majdnem a hegye volt, kedves – rémült meg.

Ettek egy keveset, közben iszogatták a pezsgőt. Isa úgy állt,
hogy Carlos oldalához volt dőlve, Carlos keze pedig a derekán
pihent. „Mennyire finom az érintése" – kalandozott el a gondo-
lata. Félóra pihenő után megint visszaültek a kandalló elé, amit
közben megpakoltak fával, hogy véletlenül se fázzanak. Paul ke-
zében még két üveg volt.

– Ezzel mit szeretnél? – kérdezte Barb és Isa tök egyszerre.

– Fokozzuk egy kicsit az izgalmakat. Három üveget fogunk
pörgetni. Ahol megáll, az a három ember kerül a kör közepére. –
Körbenézett, és amit látott, nevetésre ösztönözte. Szinte min-
denki el volt képedve ezen, amit kitalált.

– Na, azért ennyire nem fog fájni – nevetett tovább.

– Azt hiszem, én innék valami erőset erre a sokkra.

– Persze, kedves – állt fel Paul és hozta a kitöltött pálinkát,
de nem csak Isának, hanem mindenkinek.

– Egy kis gátlásoldó szer, barátaim. – Poharát felemelve már
le is húzta. Mindenki megitta. Visszament a helyére.

– Akkor kezdjük! – Letette a két üveget még, amit tartott
a kezében. A három üveget megpörgette egymás után. Az első
üveg Carlosnál állt meg, a második Isabellánál, a harmadik pe-
dig Paulnál. Mindenki kérdőn nézett Paulra, de közben izga-
lommal is várták a fejleményeket.

– Isa, kedves, feküdj a kör közepére úgy, hogy a fejed legyen
befelé.

Isabella értetlenül nézett rá.

– Ó, drága barátnőm, csináld! Élj, tudod.

Isabellának szikrákat szórt a szeme, mikor a barátnőjére
nézett, de azért engedelmeskedett. Lefeküdt a kör közepére.

– Bekötöm a szemed, hogy izgalmasabb legyen.

– Ne, ne – ellenkezett, de nem úgy, mint aki tényleg ezt is
akarná. Végül engedte.

– Carlos, légyszíves menj oda a kedveshez, és kezdd el si-
mogatni a melleit – mondta, de közben mutatta Robertnek és
Peternek is, hogy tegyék ezt. Ő is csatlakozott. Mind a négyen
simogatták az egész testét. Carlos a melleivel játszott. Paul az
egész testét végigpásztázta a kezeivel. Robert a mellével ját-
szott, a másik kezével a hasa alját simogatta. Peter a hajlatánál
időzött. Isabella felnyögött, amikor megérezte mindezt. Pár
perc alatt elélvezett. A kezek abbahagyták a simogatást. Leke-
rült róla a szemkötő és csak feküdt ott, nem tudta, hogy mond-
jon-e valamit vagy sem.

Lily és Barb csak néztek, és mindkettő azt kívánta, hogy ők
is éljék ezt át, úgy felizgultak a látványtól. Isa is tocsogott a sa-
ját nedűjében. Paul dobott felé egy puszit.

– Nagyon jó volt, remélem, te is ezt érzed.

A lány mondta volna neki, hogy milyen szemét ürge, de csak
annyit válaszolt:

– Igen, nekem is jó volt.

Visszaült a helyére.

– Most jöhet a következő pörgetés – és megpörgette az üve-
geket. Az egyik Robertnél, a másik Carlosnál, a harmadik pedig
Peternél állt meg. A lányok nevettek.

– Ne nevessetek, lányok. Most a fiúk kiválasztják a lányokat.

Lehervadt a nevetés az arcukról.

– Na, válasszatok, utána mondom, mit kell tennetek – mo-
solygott kajánul.

Robert Barbarát, Peter Lilyt választotta, így Carlosnak ma-
radt Isabella.

– Menjetek oda a lányokhoz. Térdeljetek a hátukhoz. A szem-
kötőt tegyétek rájuk. Ha ez megvan, a többit megsúgom – ka-
csintott.

– De ez így nem ér – szólalt meg Isa már megint.

– Te mindig ellenkezel. Ezért bünti fog járni, csak megjegyzem.

Ebben a pillanatban megérezte a férfi kezét a mellein. Fino-
man simogatta és morzsolta a bimbóit. Az egyik kezével elkezd-
te feltérképezni a testét. A hasa alján a combhajlatot simogatta.
Leért a csiklójához, és finoman hozzá ért. Isa összerezzent az

érintéstől, annyira jólesett neki. Carlos elkezdte a csiklóját izgatni lassú mozdulatokkal. A másik keze folyamatosan a bimbót morzsolta. Felnyögött a gyönyörtől, és ezt hallotta a két másik lánytól is. Paul közben beugrott néha és szájjal is izgatta a mellét, és megnyalta a csiklóját mind a három lánynak. A három pár között ingázott, és elröpítették a lányokat a gyönyör országába. Isa is, Lily is, és Barb is lihegett. Levették a szemkötőt. Körbenéztek. A szájuk ki volt száradva. Paul, akinek nagyon merev volt a pénisze, már ott állt mellettük és adta nekik a pezsgőt.

– Igyatok, lányok! Úgy látom, most ez kell – nézett össze a társaival, és mind a négy fiú mosolygott.

– Ha pihentetek, megy tovább a játék. Most viszont az elejétől kezdve fel kell vennetek a szemkötőt.

– Na persze, hogy csalni tudjatok – szólt közbe megint Isa.

– Ez már három – fenyegette meg az ujjával Paul. – Jár a büntetés. Hogy mi lesz, majd a végén fogod meglátni – és bekötötte Isa szemét. Lily és Barbara is megkapta a szemkötőt.

– Most forgatom meg az üvegeket – mondta Paul.

– De tényleg ne csaljatok! – hallották a lányoktól.

– Mi nem vagyunk olyanok – vigyorgott mind a négy fiú. A lányokban felmerült a kérdés, bízhatnak-e bennük, de Barbara azt mondta:

– Játsszunk, éljünk, lányok!

– Hát jó – válaszolták Lilyék.

Megálltak az üvegek. Paulnál az egyik, Robertnél a másik, és Peternél a harmadik. Paul odament Isához, óvatosan hátradöntötte. Széttárta a lábát és megnyalta a csiklóját. A lány felnyögött az érzéstől. A férfi nyelve lassan mozgott.

– Hű, de finom! – hallotta. Ízlelgette a punci ízét. Bedugta a nyelvét a lyukba. Ki-be mozgatta, az ujjával pedig a csiklót izgatta. Carlos ott volt mellettük. Bekapta a mellbimbókat, öszszenyomta és finoman megharapta. Közben Paul az ujját dugta be a lyukba, és elkezdte belül simogatni. Nem, lassan de nem is gyorsan mozgott az ujja. A szájával bekapta a csiklót és óvatosan szívta, nehogy fájdalmat okozzon Isának, aki vonaglott a keze alatt.

Lilyt feltérdepeltette Robert. Hátulról kezdte el nyalni. Harapta és nyalogatta a csiklóját. A lány nyöszörgött, és a melleit akarta simogatni, de egy kéz megakadályozta benne. Alá feküdt, és szopta, harapta, nyalta, szívta a melleit. Lily annyira élvezte, hogy folyamatosan sikított. Robert az ujjával behatolva kényeztette, néha az ánuszát is megnyalta, és a csiklóját is simogatta.

Peter Barbot a hátára fektette. Az egyik lábát az ég felé emelte. Megnyalta a csiklóját, a vagina körül kicsit gyorsabb mozdulatokkal nyalta. Bedugta a nyelvét, ami annyira jó volt Barbarának, hogy felordított:

– Basszus!

Carlos már a melleivel játszott, harapdálta, nyalogatta, szívta, az ujjai közt morzsolta. Peter bedugta az ujját és folyamatos mozgással simogatni kezdte kezdte. Carlos körbe-körbe járt. Paul Isabella csiklóját szívta és szopogatta, mikor visszatért hozzájuk. Elkezdte a melleit szopni, nyalogatni, harapni. Paul közben behatolt az ujjával, és a csiklót szopta. Isa már nem bírta, és nagy sikítás közben elélvezett. Teste remegett, vonaglott még pár percig, addig Paul nem vette ki belőle az ujját. Carlos odament Lilyékhez, és ugyanúgy játszani kezdett a lány melleivel. Nyalta, harapta, kicsit erősebben mint Isáét, mert tudta, hogy ő ezt bírja. Robert a csiklóját nyalogatta, és gyorsabban mozgatta a lányban az ujját. Lily sem bírta tovább, ő is elment. Amíg teljesen meg nem nyugodott, az ujját benne hagyta. Ő már nem mozgatta, de a lány mozgott még rajta kicsit.

Átfordult Barbaráékhoz is. A lány melleit kezdte el izgatni. Az egyik kezével morzsolta a cicit, a másikat pedig a szájával izgatta. Peter gyorsan mozgatta az ujját a lányban, aki sikított, amikor elélvezett. Ő is bent hagyta az ujját a lányban, amíg meg nem nyugodott.

Paul törölközőket adott oda nekik.

– Azt hiszem, kell most egy kis pihenő. Ha valaki levegőre vágyik, itt vannak köntösök és meleg takarók. Az erkélyre ki tudtok menni.

Levették a szemkötőt. A lányokon látszott, mennyire élvezték ezt a játékot. Isa feküdt. „Az igaz, hogy mióta Carlossal voltam nagyon kívántam a szexet, de nem is gondoltam volna, hogy egy ilyen csoportos szexbe belemennék. Pedig ez izgató volt, és élvezetes." Felült, az arca pirospozsgás volt. Lily és Barbara is ugyanúgy néztek ki, mint ő. A fiúk már az asztalnál álltak. Jó látványt nyújtottak az álló péniszekkel, és azok a fenekek!

– Lányok, nem tudom, mibe keveredtünk, de én nagyon élvezem – nézet Barbara a lányokra.

– Ezt én sem mondhattam volna jobban – válaszolt Lily.

Isa nem mondott semmit, de minden az arcára volt írva. Barb felállt.

– Gyere, kislány! – Odament, és segített neki felállni. Bicegve odamentek az asztalhoz. Ittak. Isabella felvette a köpenyt és kiugrált az erkélyre. Barbara vitte utána a takarót. Leült egy székre, és egy nagyot szívott a levegőből.

– Friss idő, azt meg kell hagyni.

Carlos és Paul állt mellette.

– Hogy érzed magad, kedves Isabella?

Rájuk nézett.

– Őszintén?

– Persze – válaszolt Paul.

– Először el akartam rohanni, de egyre jobban élvezem. És tényleg – mosolygott rájuk.

– Ennek örülünk.

Bentről kihallatszott, ahogy nevetgéltek a többiek.

– Úgy tűnik, mindenki jól van.

Nagyon elégedett volt. Sokáig ült kint az erkélyen, már úgy szóltak rá, hogy menjen be.

– Gyere, szívem, rád várunk – kiabálta Barbara.

– Jövök. – Ledobta a takarót és beugrált. Átnyújtották neki a poharát. Ivott pezsgőt.

– Ez még most is finom.

– Amikor legközelebb itt leszek, akkor epret is kapok hozzá – mosolygott Isa.

– Ha mindenki kipihente magát, akkor leülhetnénk a helyünkre – szólt Paul.

Elindultak, de Isa nem vette le a köpenyt. Paul ránézett. Odament hozzá, és óvatosan levette róla. A fülébe súgta:

– Ez volt a negyedik, és most már biztos a bünti. – Ledobta a földre, és elindult a helyére. Isa is odaugrált. Carlos segített neki leülni.

– Akkor kezdődjön az utolsó játék. Lányok, a szemkötőket, kérlek, vegyétek fel.

Most senki nem ellenkezett.

– Fiúk, pörgessétek meg az üvegeket. Mindenkinek van egy darab, így néggyel nyomjuk, lányok – vigyorgott, de a lányok nem láthatták. Paul üvege Isára mutatott, Roberté Lilyre, Carlosé Barbra, Peteré Carlosra.

– A lányok legyenek szívesek feküdjenek le egymás mellé.

Szó nélkül megtették.

– A fiúk pedig álljanak a lányok lábához.

Peter csak nézett.

– Te légyszíves menj a választott párodhoz. Mindent adjatok meg a nőnek, aki előtettek van. – Letérdelt, elkezdte simogatni Isabellát. Finoman épp csak hozzáért a testéhez. Elindult a nyakától lefelé. Ott elidőzött kicsit, mert észrevette, hogy tetszik a lánynak. Elérte a ciciket. Finom mozdulatokkal simogatta a bimbókat. Körbesimogatta a szép ívet a melleken. Megint a bimbóival játszott. Lassan haladt lefelé, az oldalán húzta a kezét végig, aztán a köldökénél körkörös mozdulatokat tett. Isabella annyira élvezte, hogy nyögött, vonaglott a keze alatt. A hasa aljához ért, végighúzta a kezét. Lentebb engedte a kezét a hajlathoz, ott is elidőzött. Lejjebb csúsztatta a kezét, a csiklót érintve simogatta a lábát. Ahogy elért a lábujjaihoz, ugyanezt megismételte visszafelé. Annyira élvezte, hogy hangok hagyták el a száját. Lehajolt, és ugyanezt az utat járta végig a szájával is, mint a kezével. Ez sokkal izgatóbb volt. Ahogy visszafelé tette meg az utat, a csiklónál megállt. Nyalni kezdte, de nem nyitotta szét a lány lábát, csak épp hogy megnyalta. Az ujját hozzáérintette a csiklóhoz. Teljesen nedves volt. „Mindjárt elvesztem az eszem, de nem, nem én számítok." Le-fel mozgatta az ujját a csiklón. Isa akaratlanul nyitotta a lábát széjjel, így a férfi hozzáfért a réshez. „Milyen forró!" A rés körül körkörös mozdulatokat tett, ezzel még nagyobb izgalmat nyújtott a lánynak. Lehajolt és a csiklót kezdte el nyalni, ide-oda mozgott a nyelve, közben óvatosan bedugta az ujját a punciba. Ki-be mopzgatta, kicsit erősebb mozdulatokkal. A csiklót bekapta, és finoman szívta. A lány vonaglott, dobálta magát, sikított. Egy kicsit gyorsabb mozdulatokkal mozgatta az ujját odabenn. Érezte, hogy Isa a csúcs felé halad. Kihúzta az ujját, a lába közé térdelt. Felemelte a törött lábát, és a lányba hatolt. Egy nagy nyögés hagyta el Isa torkát. Lassú mozdulatokkal mozgott Isabellában. Ő nyöszörgött, nyögött, vonaglott. Felemelte mindkét lábát, úgy folytatta tovább. Közben a melleit nyomogatta, simogatta. Oldara fordította, és így folytatta tovább. Így elérte a csiklóját az ujjával. Kicsit erősebb és gyorsabb mozdulatokkal szexeltek tovább. Feltérdeltette, vigyázva, hogy a lábát meg ne üsse. Kutya pózban közösültek addig, míg Isa már nem bírta tovább és remegve elélvezett. Paul csak állt és nézte, ahogy remegett a lány.

Robert rácuppant a bimbóra és szívta, harapta. Lily nagyon élvezte.

– Ez nagyon jó – mondta Robertnek. A férfi keze már a lába közt matatott, és meg is találta a csiklót. A hüvelyk- és mutatóujja közé vette, és elkezdte morzsolni nagyon finoman. Közben harapdálta a bimbót és nyomkodta, simogatta a melleit. Elkezdte a két ujját a csiklón le fel húzgálni, úgy, hogy néha a hasa alján pihentette a kezét. Látta, hogy Lily ég a vágytól, hogy megkaphassa őt, de még húzni akarta. Így bedugta az ujját, és ki-be mozgatta erősebben. A bimbót morzsolta, tenyérrel dörzsölte. A lány kiabált, vonaglott. Robert lefeküdt, és ráültette a péniszére. A melleit dörzsölte, morzsolgatta. A csiklót izgatta. A lány le-fel mozgott.

– Ezt nagyon szeretem – hallotta a lánytól. Nem hagyta sokat lovagolni. Letérdeltette, és hátulról hatolt belé. Sikított, de már jelezte, hogy nem bírja tovább. Így engedte, hogy a lány elélvezzen.

Carlos végigsimogatta Barbara testét. Ahol megugrott vagy meghúzta magát, ott több időt töltött el a kezével. A mellei nagyon érzékenyek voltak. Két ujját húzta végig a bimbókon, mire felnyögött. Ez többször megcsinálta. Barbara vonaglott a gyönyörtől. Peter is beszállt. Ő a lábától kezdte el a simogatást. Haladt felfelé a csiklót érintve, ami nagyon nedves volt. De nem időzött el annak simogatásával, a kezét a mellei felé húzta, Carlos pedig a csikló irányába csúsztatta a kezét. Peter bekapta a bimbót, és finom körkörös mozdulatokkal nyalogatta az udvart. Carlos a csiklót kezdte el az ujjaival izgatni. Simogatta két ujjal.

– Ez nem ér! – kiáltott fel Barbara, de senki nem hallotta, mert mindenki azzal volt elfoglalva, amit vele csináltak. Carlos lehajolt, és a nyelvével kezdte el izgatni. Megszívta és finoman megharapta. Az ujjai a vagina körül körbe-körbe jártak. Finoman bedugta az ujját. Barbara le-fel mozgott, ő pedig kibe húzgálta az ujjait. Közben Peter a bimbókkal játszott, harapdálta, szopta, a hasa alját simogatta. A lány vonaglott, kiabált, sikított a gyönyörtől. Carlos a lába közé térdelt, és mindkettőt felemelte. Behatolt a péniszével, és elkezdte kényeztetni a lányt. Peter a kezét a csiklóra tette és izgatni kezdte. Közben a melleit ugyanúgy nyaldosta, szopta és harapta. Carlos kihúzta a péniszét, és mutatta Peternek, hogy ő jön. Peter oldalra fordította Barbot, és úgy hatolt belé. Carlos folyamatosan izgatta a ciciket és a csiklót.

– Nem bírom – kiabálta a lány. Erősebb és gyorsabb mozdulatokat érzett. Nagy kiabálás közben óriásit élvezett. A lányok a földön pihegtek, még a szemkötőt sem vették le. A fiúk már az asztal körül álltak, és nagyban beszélgettek valamiről. Isa ült fel előbb, és vette le a szemkötőt.

– Azt a rohadt! Lányok, ez nem semmi volt.

Barbara ült fel másodikként.

– Igen. Soha nem gondoltam volna, hogy ilyen megtörténik velem.

– Én is csak ezt tudom mondani, amit ti – mosolyodott el Lily.

A többiek is ugyanazt tették: mosolyogtak. Carlos odalépett Isabella elé.

– Megengeded, hogy odavigyelek az asztalhoz? – kérdezte.

– Most nagyon hálás lennék érte – mosolygott a férfira.

Paul és Robert is odamentek a lányokhoz, és felajánlották a segítségüket. Persze a lányok beleegyeztek. Odavitték a lányokat az asztalhoz, és leültették a székekre. Az asztalon pótolták a kis manók a mini szendvicseket, amiknek most neki is estek. Nevetgéltek, beszélgettek. Egyáltalán nem feszélyezte őket, hogy egyikőjükön sincs ruha. Isabella ásított.

– Ne haragudjatok, de én kikészültem. Most már lefeküdnék.

– Persze, kedves, Carlos majd bevisz a szobádba.

Már ott is volt mellette az ő Adonisa. Felkapta, és vitte is a szobába. Lefektette, betakarta. Megpuszilta az arcát.

– Aludj jól, kedves. Jó éjszakát.

– Jó éjt neked is, Carlos. – Elfordult, és már aludt is.

Kint még ment a trécselés, de már mindenki ásítozott.

– Na, bontsunk sátrat, én azt mondom – szólalt meg Robert.

– Ez jó ötlet. Jó éjt, fiúk, Barbara.

– Jó éjt, Lily, én is megyek – dobott puszit a fiúk felé.

– Ilyen játékot máskor is játszhatunk – és vigyorogva elvonult a dráma királynője.

A fiúk ottmaradtak. Vártak, iszogattak, hallgatóztak. Félóra elteltével benéztek Barb és Lily szobájába. Mind a ketten mélyen aludtak.

– Akkor indulhat a büntetési játszma? – vigyorgott Paul. Mind a négyen elindultak Isabella szobája felé. Ekkor két női hang ütötte meg a fülüket.

– Talán minket ki akartok hagyni a jóból? – álltak karba tett kézzel a fiúk háta mögött.

– Azt hittük, alszotok – mondták.

– Akkor mehetünk.

Isa akkor botorkált ki a fürdőből.

– Mi ez? Mit csináltok a szobámban?

– Tudod, mondtam, bünti lesz, amiért néha ellenkeztél – szólt Paul.

– Igen?

– Ez most jött el.

– Na ne! – legyintett. – Ne hülyéskedjetek, menjetek aludni – és odaugrált az ágyhoz. A háta mögött ott termett Barbara.

– Kisanyám már ideje lesz kicsit együtt mulatozni.

Előrehajolt, és megcsókolta Isát. A lányt ez izgatni kezdte, és visszacsókolt. Ezt látva Lily is odament. Beszállt a csókolózásba. A fiúk csak álltak (mindenhol), és nem hitték el, mennyire izgató, amit a lányok csinálnak. Isa lefeküdt az ágyra középre, a gipszes lábát betakarta. Barbara a jobbjára, Lily a baljára feküdt. Elkezdték simogatni Isabella testét, és közben csókolóztak. Isa keze a lányok testét térképezte fel. Egyszer csak Barbara lábai közé került, és a csiklóját kezdte el nyalni, Lily pedig a szájára ült. Isa nyalni kezdte. A nyelvével játszott a csiklóján. belehatolt az ujjával, szopta, harapta, ahogy ő is szerette. Barb ugyanígy játszott Isabella csiklójával. Ő is behatolt, és szopta, nyalta, harapta. A fiúk nem bírták tovább a látványt. Barbara mögé került Robert, és elkezdte nyalni. Játszani azzal a gyönyörűséggel. Nyalta az ánuszát, a punciját és a csiklót. Barb nagyokat nyögött: kívánta, hogy végre belé hatoljon. A férfi nem váratta tovább. Lily leszállt Isáról, csókolóztak. Lilyhez odament Peter, s ő vette át Isa szerepét. Elkezdett játszani a csiklóval. Először csak az ujjait húzogatta rajta, aztán lehajolt és bekapta, szívta, harapta. Az ujjai a résnél körkörös mozdulatokat tettek, azután behatolt és mozgatni kezdte az ujját ki-be. Lily Isa mellét simogatta közben. Carlos lépett oda hozzá.

– Erre fordulnál, kedves? – kérdezte tőle. Isabella engedelmeskedett. Átfordult hozzá. Carlos lehajolt, és ízlelgetni kezdte a csiklóját. Nyelvvel, szájjal izgatta. A vaginába benyomta a nyelvét és körbejárta a bejáratot. A lány vonaglott és nyögött a nyelve alatt, azt kívánta, ez az érzés mindig az övé legyen. Paul a melleit izgatta. Carlos belé hatolt. Felemelte a lábát, és úgy kezdte el finom mozdulatokkal. „Ez őrjítő érzés!" Dobálta magát.

Lilybe hátulról hatolt be Peter, így Barbara is meg ő is odafértek Paul péniszéhez. Szopni kezdték; hol egyik szájában volt, hol a másikban. Nyelvükkel nyalogatták egyszerre. Húzgálták, nyalták, szopták, egymás kezéből kikapkodva.

Isát is feltérdepeltette Carlos és úgy szexelt vele hol erősebben, hol gyengédebben. Paul még mindig ott volt középen, de most már Isabella is beszállt a játékba. Így hárman játszottak a péniszével. Néha csókolóztak egymással a lányok. Lefektették a férfit, és úgy szopták tovább. Nyalogatták a golyókat, szopták a péniszét, húzogatták, simogatták. Paul már nem bírta tovább, és elélvezett. A lányok nem szerették, ha arcra megy, így elhúzták a fejüket. A fiúk is és a lányok is egyszerre élveztek el. Egymás hegyén-hátán feküdtek lihegve. Puszilgatták egymást. Senki nem tudta, mikor aludtak el.

Reggel Isa ébredt elsőnek. Már mozgolódtak a többiek is.

– Jó reggelt – kapott egy puszit a szájára. Lily volt az.

– Jó reggelt neked is – mosolygott rá. – Elmegyek fürödni.

– Rendben, majd én is megyek, ha ki tudok szabadulni – mutatott magára, mivel Carlos és Barbara keze is rajta volt. Lily vigyorgott.

– Ezt nevezik béklyónak.

Isa bólogatott.

– Úgy is érzem magam – mosolygott, mert nagyon jól érezte magát. Lassan mindenki felkelt. Egymás után elmentek zuhanyozni. Amikor Isa ment volna, ott tolongtak, hogy segítenek neki, de ő nemet mondott.

– Fiúk, lányok, a jóból is megárt a sok – és elvonult ffürödni. Frissen, üdén felöltözve várták a reggelit, ami hagymás tojás volt erdélyi szalonnával, és mellé friss kenyér. Senki nem szólt semmit sem, amíg ettek. Befejezték, és Carlos törte meg a csendet:

– Nagyon szép este volt. Köszönöm mindenkinek. Remélem, senki nem bánta meg, ami itt történt – nézte a társaságot. Ők is néztek egymásra. Peter volt, aki először válaszolt.

– Én nagyon élveztem, és köszönöm, hogy a része lehettem.

– Szerintem mindenki ezt érzi – szólt közbe Isabella. – Igaz, csak a saját nevemben mondhatok bármit. Ismertek, milyen vagyok, vagyis a többség, de ezt kár lett volna kihagyni az életemből. – Kicsit elpirult. Felnézett, és mindenki bólogatott.

– Senki nem bánta meg. Sőt olyan érzés, hogy kell még – mondta Lily kedves, kérlelő hangon.

– Akkor megnyugodtam. Lányok, készülődjetek, mennünk kell. A fiúkkal van még megbeszélnivalónk, ha nem baj. Ne néz-

zetek így, teljesen üzleti, semmi rosszaság nincs benne – így a
lányok elvonultak. Carlos belekezdett:

– Sajnos van egy rossz hírem. Aki bántani akarta Isát, elszökött. Próbálta Vikyt is bántani, hála az égnek nem sikerült, de
nem tudták elkapni. Viky úgy gondolja, hogy kihallgatta a beszélgetésüket, így tudja, hol vagyunk.

A fiúk elképedve hallgatták.

– A lányoknak nem akarom elmondani, mert nagyon megijednének, és nem szeretném, hogy ez legyen. Viszont tőletek
segítséget szeretnék kérni. Jobban kell figyelnünk mindenre.
Éjjelente kell egy, aki fent marad. Addig, amíg el nem tudjuk
kapni ezt a szemetet. De a lányok nem vehetnek észre semmit
sem, főleg Isabella.

Paul szólalt meg először.

– Számíthatsz rám is. Az éjszakák az enyémek, mivel ismerem a környéket. Kintről figyelek rátok.

0Köszönöm, Paul. Jó barát vagy.

Peter is Robert is biztosították arról, hogy mindenre figyelni
fognak. Közben a lányok elkészültek. Barbara segített Isabellának kiugrálni a szobából.

– Fiúk, mi elkészültünk. Indulhatnánk is – sürgette Lily őket.

– Akkor ne is várakoztassuk a hölgyeket. Induljunk. A szán
előállt – mutatott ki az utcára.

A hó ugyanúgy esett, mint amikor tegnap megérkeztek. A
szánra felszálltak, betakaróztak, és élvezték a szán siklását a
havon, és ahogy hullt a hó. Senki nem mondott semmit sem,
csak a tájat fürkészték. Megérkeztek a házhoz. Carlos, Peter és
Robert úgy kapkodták a fejüket, mint a vadászkopók.

– Mi a baj, fiúk? – kérdezte Isa. – Mit kerestek ennyire?

Egymásra néztek, és ez a gondolat jutott az eszükbe: „Még jó
hogy megbeszéltük, miszerint pont így nem fogunk viselkedni.”

Peter válaszolt:

– Na, most lebuktunk. Hóembert akartunk készíteni, és azt
kerestük, hol csináljuk meg. De úgy tűnik, mindent elrontottunk, ahogy vizslattuk a tájat. – Szégyenlősen lesütötte a szemét.

„Ez egy jó húzás volt” – gondolta Carlos. Isa rájuk nézett.

– Ó, ez aranyos. Nem baj. Később kijövünk, és megcsináljuk együtt. Ne izguljatok ezen – mosolygott rájuk a lány.

– Rendben – mondták egyszerre. Lesegítették a lányokat, Isabellát pedig ölben bevitték. Átöltöztek, és leültek a kandaló elé. A tüzet nézték. Mindenkinek a tegnap este járt az agyában. „Atyaég! Mennyire élveztem ezt az egészet. Pedig azt hittem, hogy soha többé nem leszek Barbarán kívül nővel. És pont Lilyvel? És most kinek is vagyok a szeretője? Hű, de finom volt. És minden nagyon szép és élvezetes." Carlos felállt.

– Megyek, hozok be egy kis fát. – Felöltözött és kiment.

– Nincs egy kicsit sokáig kint Carlos?

– Most, hogy mondod, már túl régóta van kint. Megyek, megnézem. – Robert is felöltözött, és kiment. A többiek még mindig a kandaló előtt ültek. Megint eltelt több mint félóra, és ő sem érkezett meg.

– Peter, mi a fenét csinálnak ezek odakint? – kérdezte Lily.

– Nem igazán tudom. Erről nem beszéltünk. De ha gondoljátok, megnézhetem.

– Persze, hogy aztán te is kint ragadj velük – mérgelődött Barbara.

– Igen kimehetnél, és kiabáld le helyettünk is a fejüket. Tuti kint hógolyócsatáznak – mosolygott Isabella.

– Na, ha úgy van, akkor biztosíthatlak arról, hogy én nem szeretem a havat. A hógolyócsatát meg főleg nem. – Elindult az előszoba felé. Felöltözött, majd még az ajtóból visszanézett. – Kb. öt-tíz perc múlva itt vagyok.

– Remélem is. – Barbara még mindig mérges volt. Ahogy Peter kiért, nem látta a fiúkat sehol. Lement a lépcsőn, és körbejárta a házat. „Hova a fenébe tűntetek?" Egyszer csak a fák közt látott egy alakot. „Na végre, megvagytok!" Elindult arra, ahol észrevette a mozgást.

– Komoly! A lányok tüzet okádnak, hogy kint bohóckodtok, ők meg bent vannak – kiabált, de nem kapott választ. – Válaszoljatok már – de reakció nem érkezett. Odaérve egy nagy ütést érzett a fején, s elsötétült minden.

Bent a lányok beszélgettek.

– Remélem, a tegnapi nap senkit sem zaklatott fel? – kérdezte Lily.

– Ó, én nagyon élveztem – mosolygott Barbara.

– Isabella? Te hogy érzed? – nézett rá Lily.

Isa egyelőre csak nézett maga elé. Pár perc után válaszolt:

– Azt kell mondanom – töprengett –, hogy igen, én is élveztem, és kifejezetten nagyon jól éreztem magam – mosolygott, de lesütötte a szemét. Lily odaguggolt hozzá.

– Ugye nem szégyent érzel?

Isa nem válaszolt, csak bólogatott.

– Ne! Ne, kislány, semmit sem kell szégyellned – nézett rá Barbara – Mindenki nagyon élvezte. – Megsimogatta a lábát.

Nyílt az ajtó. Beömlött a hideg a kitárt ajtón.

– Végre befejeztétek a bohóckodást odakint? Persze, minket kihagytok a jóból – kiabált Barbara. Isa nem is nézett fel, csak Lily ijedt arcát látta.

– Lily, mi a baj? – kérdezte Isabella. Ekkor látta, hogy Barbara is megfagyott hirtelen.

– Mi az isten van? Fiúk, miért ijesztgetitek a lányokat? – fordult meg a fotelban. Ekkor látta meg, hogy ki miatt van a dermedtség. Eric állt az ajtóban, fegyverrel a kezében.

– Hát te? Mit keresel itt? Mit akarsz? – kérdezte Isabella ijedten.

– Jó napot nektek – vicsorgott. – Tudod, milyen régóta várok már erre a napra? Végre beteljesül, hogy meg tudjam neked köszönni, amit velem tettél.

– Mit tettem? Nem hagytam, hogy a magadévá tegyél akaratomon kívül?

– Nem. Nem és nem. Tudom, hogy te is akartad, mint a többi szuka. Egyformák vagytok. Tetted a szépet, ráztad a segged, küldted felém a jeleket. És amikor a tettek mezejére értem, akkor megaláztál. Utána pedig kirúgattál. Sehol nem kaptam munkát a környéken. Sőt igazság szerint csak egy hely alkalmazott: a kastély, de ott is csak a csicska munkát végezhettem. – A szemei szikrákat szórtak. – És még azt kérdezed, mit keresek itt? – ordította, és közben hadonászott a pisztollyal. – Te nem tudod, milyen az, amikor az egyik napról a másikra ott állsz és mindent elveszítesz. Most megtudod. A fiúk nem fognak jönni. Tettem róla, hogy csak mi legyünk itt.

– Mit csináltál? – kibált Barbara sírva.

– Ne félj, élnek, de nem térnek magukhoz. Amúgy is fogd be a szád, Barb. Te nem voltál olyan, mint a kedves barátnőd. Jót élveztünk együtt – dobott egy puszit felé. Barbara lesütötte a szemét, Isa viszont kérdőn nézett rá.

– Nem akarok erről beszélni – és leült a kanapéra.

– Na, akkor folytathatjuk tovább? Úgy gondolta, hogy ezt megúszod? Egy életre tönkretettél, és még élvezni sem élveztem. Most megmutatom, milyen egy férfi. Te ott – mutatott Lilyre –, kötözd meg Barbarát – és odadobott neki egy kötelet. Lily engedelmeskedett. – Ezt pedig a szájára rakd – és egy sálat dobott oda. Barbara megkötözve ült a kanapén. Mivel úgy gondolta, hogy Isa nem tud semmit sem tenni, így odament és Lilyt is megkötözte. Igaza volt, mert Isa úgy le volt sokkolva, hogy eszébe sem jutott ilyesmit csinálni.

– Azt hittem, elintéztelek a lakásod előtt – vigyorgott rá. – Igen, látom, meglepődtél. Én voltam a „futár", aki elsodort. Ott már meg kellett volna, hogy öljelek, de nem sikerült. Pedig mindent elterveztem. Olyan jól összeraktam. Figyeltem minden lépésed. Elmentem a lakásodra, de ott egy vadidegen valaki tartózkodott. Megdolgoztam kicsit, és már dalolt is. Így megtudtam, hol vagy. Már két napja figyelem a házat. Végre eljött az én időm. – Odalépett hozzá. A pisztolyt végighúzta az arcán és a dekoltázsán.

– Pisztollyal vagány vagy nagyon – mondta, és a szemébe nézett. Ijesztő volt, amit látott. „Ennek elment az esze" – ez a gondolat futott az agyában.

– Úgy gondolod, hogy anélkül nem tudnálak legyűrni?

– Ó, én azt hiszem, neked mindig kell egy biztosíték. Nem vagy elég tökös – nevetett az arcába. Eric méregből megütötte Isát. Kicsordult a száján a vér.

– Ezt szeretnéd? Ezt élvezed, ha ütnek és ha fáj? Akkor tőlem megkaphatod. – Ledobta a kabátját. Isa csak erre várt. A bögrével fejen vágta. A férfi megingott, de nem esett el. Villámokat szórt a szeme.

– Most megdöglesz, te ribanc! Ebben a pillanatban az ablak felől egy lövést hallottak. Eric a vállához kapott és összeesett. Isa csak nézte. Meg sem tudott mozdulni. Nem tudta, mi folyik itt. Paul állt az ablakban. Isa remegett. Barbara két lábbal rugdosta Ericet, mert még mindig meg volt kötözve. Paul berohant.

– Jól vagytok, lányok? – indult el, és kioldozta Lilyt és Barbarát. – Kötözzétek meg, lányok, de ki ne szabaduljon.

Odament Isához. Leguggolt hozzá. Megsimogatta az arcát.

– Isabella, kedves! Figyelj rám! Minden rendben van. Már nem bánthat.

Isa ránézett, és a könnyei mint a patak, úgy folytak. Nem tudott megszólalni. Csak sírt, és fájt a szája is.

Barbara megkérdezte:

– Paul, a fiúkat nem láttad? Kimentek, de nem jöttek viszsza. Ugye nincs bajuk?

– Megyek, megnézem őket. Vigyázzatok erre a szemét alakra és Isára, mert ő sokkot kapott. – ezzel kiment. Leguggolt és észrevette, hogy hátra vezetnek a lábnyomok. Elkezdett esni a hó. – Na, még ez hiányzott. Minél hamarabb meg kell találnom őket – magának mondta. Elindult a fiúk felé. Valami sötétet látott a hóban. „Ugye nem csinált semmit sem velük?" – ez a gondolat futott át az agyán. Odaért a fákhoz, és meglátta őket. Öszsze voltak kötözve. Ha az egyik megmozdult, a másik kettőnek okozott fájdalmat, és még jobban húzta a kötelet.

– Jaj de jó, hogy éltek! – kiabálta Paul. Kiszabadította őket.

– Köszönjük. Siessünk, mert bántani fogja Isabellát. Nem lát tisztán a dühtől.

– Már nem bánthatja, de gyertek, menjünk, ha tudtok járni.

Elindultak. Beértek a lakásba. Isa még mindig ugyan úgy ült, mint ahogyan ott találta Paul.

– Lányok, minden rendben? – kérdezte Carlos. Akkor látták, hogy mindhármuknak vérzik a feje.

– Velünk igen, de veletek nem igazán – nézett rájuk Barbara és Lily.

– Semmiség, csak bosszant, hogy így legyűrt. Isa, minden rendben?

– Sokkot kapott – mondta Lily. – Még meg sem szólalt.

Carlos odament hozzá. Meg puszilta a felrepedt ajkát.

– Itt vagyunk. Nem bánthat többé – nézett rá. Isa ráborult, és éktelen zokogásba kezdett.

– Ó, szegény Isabella kiborult – gúnyolódott vele Eric. – Mindjárt elkezdem sajnálni – és úgy tett, mintha hányinger kerülgetné. – Miért is játszod meg magad? Neked kell mindig a középpontban lenni? Az nem érdekel senkit, hogy mennyire tönkretettél? Te ribanc!

Peter odalépett hozzá, és leütötte.

– Bocs, de már nagyon idegesített – vonta meg a vállát.

– Barbara, légyszíves kösd be a száját és hívjátok a rendőrséget. Tüntessék már el innen! – szólt oda Carlos.

– Ne aggódj, kedves. Sírj csak, semmi baj – simogatta, és szorosan magához húzta. Megpuszilta a feje búbját.

– Elnézést, de elmondanátok, miért támadt ez az őrült Isabellára? – kérdezte Robert.

– Persze – válaszolt Barbara, és az elejétől elmesélt mindent. Mire a végére ért, csak álltak vele szemben értetlenül.

– Ez a valaki – mert embernek nem mondanám – azért őrjöng, mert nem sikerült erőszakkal lefektetnie Isabellát?

– Barbara bólogatott.

– És azt hiszi, hogy ez olyan természetes és jó dolog, hogy a nők nem önmagáért szeretik, hanem félnek tőle?

– Igen.

– Szerintem ez őrült – tette még hozzá Robert. Kopogtak az ajtón.

– Szép napot. Bejelentést kaptunk, hogy lelepleztek egy bűnözőt.

– Szép napot. Igen, az illető már régóta zaklatja a hölgyet – mutatott Isára –, és most fegyvert is fogott rá. De Paul lefegyverezte, még mielőtt bármi komoly dolgot tett volna.

A rendőr rá sem nézett Paulra.

– Szervusz, Paul. Szolgálatban?

Mindenki meglepődött. Paul elővette a jelvényét: *sheriff.*

– Mi a szösz? – Lily álla leesett.

– Szevasz, Wilson. Igen, mindig – mosolygott.

– Még jó, hogy erre jártál – mosolygott a rendőr.

– A barátaim, és meg akartam őket látogatni.

– Jókor, jó helyen.

– Ez így van. Leütötte és megkötözte a fiúkat. Így jutott be a házba. A célpont Isabella volt – mutatott a lányra. – Mint megtudtam, már próbálkozott. Két hete, akkor meg is repedt a csont a lábában, mikor őrült tempóban elsodorta. Mivel nem járt sikerrel, így folyamatosan figyelte, és majdnem végzetes dolgot tett. Bele sem akarok gondolni, mit akart kezdeni vele – mutatott megint Isára.

– Most már megvan. Nem fog tudni ártani senkinek. – Odament Erichez. A bilincset rárakta, és elindultak az ajtó felé. Eric visszafordult.

– Nehogy azt hidd, hogy ezzel befejeztük – mondta volna még, de Wilson kilökdöste az ajtón.

– Ha rajtam múlik, maga egy életre börtönbe kerül. Viszlát. A vallomásokat vedd fel, sheriff – és eltűntek az ajtóban. Lily csak bámult maga elé, Barbara pedig megnézte a fiúk sebeit.

– Hála az égnek, nem mélyek. Letisztítom nektek.

Eltűnt, és pár perc múlva egy elsősegélyládával tért vissza.

– Peter, gyere először te – mordult rá. – Ó hagyd. Semmiség – legyintett.

– Akkor Robert, te?

– Nem, mint Peter mondta, semmiség.

– Carlos?

– Nem.

Ő nem is mondott mást, csak Isát ölelte és simogatta a haját.

– Lily, jól vagy? – kérdezte Paul.

– Hát... azt hiszem. Lefagytam. Nem tudtam, mit csináljak. Ijesztő volt az a pofa – nézte a kandallót, ami már csak parázslott. Senki nem szólt semmit sem, mert nem tudtak mit mondani. Paul odament Lilyhez és átölelte.

– Már nem vagytok veszélyben.

Barbara is az elsősegélydobozt szorongatta. Odalépett hozzá Robert, és átölelte. Peter nem tudta, mit csináljon, így felélesztette a tüzet. Több mint félóra is eltelt, hogy senki nem mondott semmit sem. Peter törte meg a csendet:

– Én innék valami erőset, kértek ti is?

Isa felnézett, a szeme bedagadt a sok sírástól.

– Igen, kérek. Aztán meséljétek el, mi történt kint – szipogott. Carlos is felállt. Levette a kabátját.

– Azt hiszem, meg kéne mosakodnunk – nézett kicsit mosolyogva, de bűntudatosan a fiúkra.

– Nem rossz ötlet, de előtte húzzuk le azt a whiskyt – válaszolt Robert. Peter bólogatott. Rajtuk még ott volt a kabát. Peter úgy, ahogy volt, hozta a piákat.

– Kerestem a bögréd, Isabella, de nem találtam, így te is ilyen pohárban kapod – és az orrával a tálcára mutatott. Isa kényszeredetten felnevetett.

– Ne keresd, Peter – mutatott a földre, ahol a törött bögre darabjai voltak. – Sajnos összetört – húzta mosolyra a száját. Barbara közbevágott:

– Eltörte a fején a bögrét – vigyorgott. – Szembeszállt annak ellenére, hogy pisztolyt fogott rá. Nem ijedt meg tőle. Mindig visszavágott valamivel – nézett a fiúkra büszkén. – Pedig én nagyon be voltam tojva, ahogy azok a szemek ránk meredtek. Ijesztő volt.

– Elhisszük, drága. Teljesen elvette az eszét ez az egész. Pedig én azt hittem, milyen jó ember – sóhajtott Carlos. – A legrosszabb, hogy a legjobb barátomnak hittem. Ilyet nem is gondoltam volna, hogy eddig fog jutni. Bocsánattal tartozom felétek. Nem tudtalak megvédeni benneteket. – Lesütötte a szemét, és megbánó arckifejezés uralta el vonásait. Lily ment oda hozzá.

– Drágám, nem tudtál volna mit tenni. Ki tudja, mit tett volna velünk, ha ti is itt vagytok. Bele sem akarok gondolni – ölelte át Carlost. Rájuk nézve Isa is és Barb is biztosították, hogy nem tudtak volna mit tenni. Felhörpintették az italt, és elmentek fürödni. A lányok egymás mellé leültek, és összeborultak.

– Bátor voltál – mondták Isabellának.

– Dehogyis, csak húzni akartam az időt, hátha a fiúk bejönnek végre. De még mindig nem értem, miért csinálta.

Barbara felemelte a fejét.

– Azért, drágám, mert a férfiasságát, hiúságát, felsőbbrendűségét tiportad azzal a földbe, hogy kikosaraztad. Érted már?

Isa kitágult szemmel nézett rá.

– Ezért? Hát lett volna más, aki odavan érte. Csak túl kellett volna lépnie azon, hogy nemet mondtam. Én csak megvédtem magam. Arról meg nem tehetek, hogy meg tudtam magam védeni. A többi meg mind rajta múlt. Elfelejtette, hogy a nagyfőnök is jelen szokott lenni az évvégi bulikon. És hogy nem hagyta ezt az egészet annyiban. Elment teljesen az esze – temette az arcát a kezébe Isa.

– Már nem lesz semmi gond – mondta Paul. – Fel kell vennem a vallomásotokat. Bocsánat.

– Nem kell bocsánatot kérned. Ez a munkád. Carlos – Barbara a férfi felé fordult –, te tudtad, hogy Paul sheriff?

A férfi elmosolyodott.

– Igen. Nem véletlenül mentünk oda. Meg kellett vele beszélnem, hogy járjon erre, amikor csak tud. Mivel – és Isára nézett – már tegnap tudtam, hogy aki megtámadta Isabellát, megszökött.

– Tudtad? És nem szóltál? Azt is tudtad, ki az? – A szemei szikrákat szórtak.

– Nem, azt dehogy. Emlékezzél rá, még te mondtad egyszer, hogy Eric az egyetlen ember, akit te megbántottál. Akkor gondolkoztam el rajta, de nem is sejtettem hogy tényleg így van. Viszont az mennyivel lett volna jobb, ha mindenki izgult volna, hogy mikor és hol fog bárkit is bántani? – nézett rá, és lehetett látni rajta, hogy megbánta.

– Jó, ebben igazad van. Nem is értem, miért is hibáztatlak bármiért is. Ne haragudj. Valószínűleg én is így tettem volna, ahogy te. – Rámosolygott.

– Na, akkor erre az ijedtségre igyunk! – hozta Barbara az üveget. – Paul, te is kérsz?

– Nem. Vissza kell mennem. Ott a panzió és a kötelességem is.

– Hogy tudod ezt összeegyeztetni?

– Néha nehéz, de a panzióban olyan személyzet dolgozik, akik már inkább a családom, és mindent nagyon jól megoldanak, ha nekem máshol van dolgom. A sheriffi hivatást elég könnyű egy olyan helyen művelni, ahol nincs sok tennivaló – vigyorgott. – Most már megyek. Carlos, meddig maradtok?

A kérdezett szétnézett.

– Ez a lányoktól függ szerintem, hogy maradni akarnak-e még.

– Jól van. Ha esetleg maradtok, akkor átjövök és kérem azt az italt – kacsintott, és elindult az ajtó felé. Isabella nézte, ahogy ki akar menni, és utánaszólt:

– Este várunk, jöhet a visszavágó.

– Ezt nem hagyhatom ki. De azért még beszéljünk, mert nem tudom, mi vár rám. Legyetek jók – és kiment.

Barbara ránézett barátnőjére.

– Szerintem ezt te nem mondtad komolyan, ugye, drágám?

– Azt hiszem, hogy elsiettem. Ma nem biztos, hogy bármire is vágynék a párnámon kívül – nézte sajnálkozó tekintettel a barátnőjét.

– Tudom, drágám, és szerintem ezért senki sem haragudna rád. – Odament hozzá, megpuszilta és átölelte. – Nyugodj meg most már. Nem bánthat téged.

Isa hozzábújt.

– Melletted aludhatok?

– Persze, drágám, e nem is volt kérdés – nyomott egy puszit a feje búbjára.

– Köszönöm – és szorosan ölelte.

– Azt hiszem, holnap indulunk haza. Otthon még egy hetet el kell töltened a gipszben, azután ha minden jó lesz, akkor lekerül rólad és visszatérhetsz a régi kerékvágásba. Ha szeretnéd, otthon is ott leszünk veled. De ha úgy döntesz, hogy nem, az sem baj. Majd sűrűbben hívogatunk – kacsintott a lány felé.

– Paul nem fog haragudni?

– Nem. Ő sem hitte, hogy Isa komolyan mondta, mivel nagy megrázkódtatás érte – és megmutatta a telefonját, ahol Paul SMS-ét olvashatták: „Nagyon jó lenne, ha Isabella tényleg így gondolta volna, de most csak el akarta terelni a gondolatát. Mondd meg neki, hogy imádom, és legközelebb elfogyasztom azt az italt veletek. Jó utat nektek. Puszi, Paul"

– Látod? Tudta, hogy csak fellángolás, vagyis nem igazán tudod, mit beszélsz.

Isa kérdőn nézett rá.

– Jaj, érted, mit akartam mondani. Segítsetek már! – nézett körbe, és kérlelőn széttárta a kezét. Lily sietett a segítségére.

– Carlos azt akarta mondani, hogy a zaklatottság és a zavarodottság beszélt belőled – húzta mosolyra a száját.

– Á, így egy kicsit érthetőbb, mint ahogy te, Adonis, elmondtad. Carlos zavarában felhúzta a vállát.

„Na jó, erre a napra rátette pecsétjét ez a dolog." – Nem mondta ki, mert úgy gondolta, ezzel megvédi magát.

– Beugrálok a szobába, és elpakolok. Aztán ehetnénk valamit, ha tudunk. Most úgy érzem, éhes vagyok, de nem biztos, hogy bármi is lemenne a torkomon. – Szomorúan felállt. – Ja, és a kedvenc bögrém is odavan – görbült lefelé a szája. Felállt és beugrált. Senki nem állt az útjába. Egy kicsit egyedül kellett lennie. Átgondolni, mi is történt ma délelőtt. Bent leült az ágyra és csak nézett maga elé. Még mindig nem tudta, miért, de valószínűleg nem is fogja ezt megérteni soha. Hogy tud egy ember eddig jutni? Nem tudta, meddig ült ott. Talán órákon át. Egy idő után észhez tért, és bepakolta azt a kevés dolgot, amit kint hagyott. Közben a többiek is csak lézengtek. Olyanok voltak mint a zombik a filmekben: Ide-oda, le-fel mászkáltak üres tekintettel. Ahogy Isa megjelent a szobaajtóban, látták rajta, hogy nagy erő kell ugyan hozzá, de mosolyog, és mindent el szeretne felejteni. Kiugrált közéjük. Leült a kanapéra, mert a fotelbe nem tudott beleülni.

– Beszéltem Paullal. Ericet elvitték a rendőrök, és vádat emeltek. A többi már a bíróságon fog eldőlni. – Tudta, hogy ez felzaklatja a társaságot, főleg Isát, de tájékoztatnia kellett őket erről. – Viszont jobb hírem is van. Fanny sütött nekünk pizzát, pár perc és itt is van a futár nálunk – mosolygott.

Barbara ujjongott.

– Ó, ez nagyon jó! Házi pizza, finom lehet.

– Biztosan, mivel kemencében sült.

– Az még jobb. Alig várom. És ti?

Látva a lelkesedését mindenki mosolygott, és tényleg várták, hogy megérkezzen. Húsz perc múlva valaki kopogott. Isa összerándult, a lányok is megszeppentek, a fiúk pedig ugrásra készen állva figyelték a bejárati ajtót. Carlos nyitott ajtót. Elvette a két nagy dobozt, és befelé indult vele. Nagy sóhaj hagyta el a szájukat.

– Azt hittem, hogy... – Lily nem folytatta tovább. Peter megsimogatta.

– Sajnos ez sokáig bennünk fog maradni – és megpuszilta a fejét. – Na, gyertek, nézzük meg, milyen pizzát kaptunk!

Isa is odaugrált. Kinyitották a dobozt. Az egyik paradicsomos szósszal, a másik tejfölös szósszal volt elkészítve. A paradicsomoson volt sonka, kukorica, lila hagyma, gomba, bacon, tarja, tükörtojás, sajt. A tejfölösön sonka, bacon, csirkemell, lila hagyma, paradicsom, tarja, tükörtojás, sajt.

– Wao! Fanny kitett magáért. Ezek a kinézetük alapján nagyon finomak lehetnek – áradozott Robert.

– Meg kell kóstolnom! – és Lily már le is csapott a tejfölösre, de mindenki úgy érezte, ahogyan ő. Ki ebből, ki abból csipegetett. Végül is mindenki megkóstolta mind a kettőt. Elégedetten és jóllakottan üldögéltek az üres dobozok felett.

– Ezt meg kell majd köszönnünk Fannynak – mondta Barbara a szék támlájának dőlve.

– És most mihez kezdünk?

Peter hirtelen kérdésétől felébredt mindenki.

– Ez egy jó kérdés volt. Igazság szerint el is indulhatunk haza, ha úgy gondoljátok – válaszolt Carlos. Senki nem válaszolt, mindenki csak bámult maga elé. Egy kis idő múlva Isabella megszólalt:

– Nagyon jól éreztem magam veletek, de ha nem baj, inkább hazamennék. – Bűntudatosan lesütötte a szemét.

– Szerintem te mondtad ki, amire mindenki gondol. Menjünk haza, és felejtsük el, ami történt – felelte Lily. Mindenki bólogatott, és hirtelen eltűntek. Isa egyedül ült a kanapén. A tüzet nézte. Teljesen kikapcsolt. Csak bámult maga elé. Azt vette észre, hogy már mindenki ott volt körülötte.

– Hölgyem, kivihetem a kocsihoz? – kérdezte tőle Carlos, és közben meghajolt. A lány mosolyra húzta a száját.

– Megtisztel vele, uram. – Carlos már az ölébe is vette.

– Állj! A csomagom! – kiáltott fel. – Robert, a fegyverhordozóm már hozza is, hölgyem – vigyorgott, és intett Robertnek.

– Már ugrom is, uram – és ő is meghajolt. Felnevettek. Tiszta szívből jött.

– Ez a mi csapatunk! – lelkendezett Barbara, és pukedlizett, ami nem igazán sikerült, majdnem elesett. Peter kapta el. Erre még jobban nevettek.

– Van ez így – és ő is nevetett.

– Na, induljunk.

– Mi lesz a tűzzel? – kérdezte Peter. – Nem kéne eloltani? Carlos a válla fölött válaszolt:

– Nem, mert jön a gondnok és ő elrendez mindent. Sőt ő itt is lakik, amíg mi egyszer vissza nem jövünk – és kivitte Isát a kocsihoz.

– A hintója, hölgyem.

– Ó, de csodaszép! – kiáltott fel tettetett meglepetéssel.

– Ennek örülök – segített neki beszállni. Lehajolt, és szájon csókolta.

– Isteni volt veled. Remélem, lesz még több ilyen – s már el is tűnt.

Isa ült a kocsiban. Megsimogatta a száját. „Bárcsak mindig ezt érezném!" Azonban már ki is zökkent a gondolatából, mert nagy csacsogás, nevetés hangzott fel az autó mellől. Barbara rohant oda hozzá.

– Otthon találkozunk – puszilta szájon. – Addig is jót ne halljak rólad, drágám – dobott egy puszit még felé, és sietett a kocsijukhoz. Peter is odament hozzá, s kicsit szégyenlősen, de szájon puszilta. – Örültem, hogy megismerhettelek.

– Én szintúgy. Köszönök mindent.

Isa szeretettel nézett rá, Peter pedig fülig vörös lett.

– Jó utat – és már ő is a kocsi felé tartott, ahol Barbara már várta.

– Isa, drágám, mi a fenét csináltál vele? Izzik a feje.

Felnevetett, de már nem tudott mondani semmit sem, mert elhajtottak mellőlük. Végre Lily is, Carlos is és Robert is megérkezett.

– Útra fel – mondta Carlos, és elindultak. Egész úton senki nem mondott semmit sem, csak a tájat nézték az ablakon keresztül. Késő délután volt, hogy a lakásához értek. Felsóhajtott.

– Azért hiányzott.

– Menjünk, és nézzünk körül.

Carlos bevitte Isabellát. Lily is utánuk ment, Robert pedig vitte a csomagját. Benyitottak és elámultak. Minden összevissza volt dobálva. Összetörve az asztal, a kandaló széle letörve. Carlos le sem tette Isát.

– Azt hiszem, jobb lesz, ha nálunk laksz addig, amíg itt minden a helyére áll – fordult ki vele. Ekkor megjelent Viky.

– Sziasztok. Még nem tudtunk teljesen rendet rakni, mert a rendőrség fotózott, de rajta vagyunk már.

– Ó! – Isabella ennyit tudott mondani, de egyre szorosabban fogta Carlos nyakát.

– Szia, Viky. Isa akkor inkább nálunk fog lakni egy darabig. Neked lett valami bajod?

– Á, semmiség. Egy-két lila folt. A lakás rosszabbul fest – mutatott mindenhova.

– Igen, látom. Örülök, hogy jól vagy. Puszi, Viky. Megyünk is – és távoztak. Visszaültek a kocsiba. Isa maga elé meredt.

– Minden rendben lesz, drága – simogatta meg a combját Lily, de ő nem reagált. „Nem elég, hogy az életemre tört, de a lakásomat is tönkretette. Ez nem normális. Tuti megbolondult. De ha így van, bármikor megtámadhat." Ezek jártak az agyában. Csak nézett maga elé. A kocsi elindult; ezt sem vette észre. Kis idő elteltével megálltak Carlosék házánál. Lily ment előre.

– Elkészítem a szobádat – és már el is sietett. Kisegítették Isabellát a kocsiból. Még nem járt náluk. Csak nézte az épületet. Kockának tűnt, mégis volt benne valami más. Nem tudta megmondani, mi az. Carlos bevitte, és letette az előszobában.

– Nem vezetlek most körbe, majd felfedezed saját magad. Most meg kell nyugodnod. Erre van a nappali – mutatott balra –, itt pedig a konyha. Általában ez a két helyiség, amit használunk.

– Persze, ha te nem az irodádban vagy begubózva – vigyorgott Lily.

– Gyere, kapaszkodj belém. Megmutatom a szobád.

Elindult. Isa ugrált utána. A szoba a nappaliból nyílt. Hófehér falak, sötét és világos bútorok. Az ágy hatalmas, aminek a fejtámasza bordázott volt, mégis puha. Sötétkék selyem ágynemű, fehér lepedő, és sok-sok díszpárna. Az ágy körül olyan szőnyeg, amibe mikor rálépett, belesüppedt a lába.

– Isteni érzés – nézett körbe meglepetten. – Azt hiszem, ezt nem akartam kimondani hangosan – nevetett fel.

– Ezeket a szőnyegeket én is szeretem. És hidd el, én is minden egyes lépésnél ugyanezt érzem – nyugtatta.

– Akkor nem volt nevetséges a viselkedésem.

– Nem, dehogy – nevetett ő is. – Gyere. Van külön fürdő is. – Bevezette a fürdőbe. Fekete márvány és fehér szaniterek. Ez jellemezte.

– Wao! Ez fantasztikus! – ámult tátott szájjal. Mikor kimentek a konyhába, Carlost a tűzhelynél találták.

– Mit sürögsz, drágám? – kérdezte Lily odalépve hozzá.

– Összeütök nektek egy finom vacsorát – kacsintott a lányokra.

– És mi lesz az?

– Tejszínes-rákos tészta. Remélem, te is szereted ezt, Isabella kedves.

– Ilyet még nem ettem, de a rákot szeretem.

– Akkor jó. Mire rendbe teszitek magatokat, addigra el is készül. Isa, kell segítség?

– Nem. Megoldom, köszönöm.

– Akkor menjetek, és ha kész vagytok, ehetünk – mosolygott rájuk.

Kb. húsz perc múlva már ott is ültek a megterített asztalnál.

– Ezek az illatok! – szaglászott bele Isa a levegőbe. – Csak finom ételre emlékeztetnek.

– Remélem, akkor is így gondolod, ha megkóstolod.

Nem tudott mást mondani akkor sem, mikor az első falatot bekapta.

– Ez fantasztikus. Nagyon finom – mosolygott elismerően.

– Ennek örülök.

Megvacsoráztak. Emlékezett, hogy Isa bort iszik. Azt már nem tudta, milyet, de töltött neki Dom Perignont.

Belekortyolt.

– Ez mennyire hiányzott! – sóhajtott fel. – A kedvenc borom.

Carlos meglepődött, de nem szólt, hogy elfelejtette, mit szeret. Csak félmosollyal konstatálta, amit elismerésként mondott Isa. Megitták az italokat. Isa ásított egy nagyot.

– Azt hiszem, elmegyek aludni – és ugrálva a szobája felé indult. Visszafordult az ajtóból, s félve kérdezte meg:

– Ha nem tudok aludni, bemehetek a szobátokba?

Egymásra néztek, és egyszerre mondták:

– Persze. Van egy kanapénk, ahol el tudsz aludni.

– Ez annyira gyerekes, de...

– Nem, nem az. Történtek olyan dolgok ma, amelyektől mindenki így viselkedne.

Bement a szobába. Ráült az ágyra. „Hogy is gondoltam ezt? Nem mehetek be! Felnőtt nő vagyok, nem pedig egy kétéves, aki ha rosszat álmodik, egyből fut anyucihoz és apucihoz." Lefeküdt. Álom nem jött a szemére. Csak vergődött. Ide-oda forgolódott, dobálta magát. Talán el is szenderedett néha. Reggel zúgott a feje. Úgy érezte magát, mint akit összevertek. Kiugrált a konyhába és készített kávét. Nagy zajt hallott.

– A fenébe! – hallotta Lily hangját, és látta, ahogy fél lábon ugrált.

– Jó reggelt – köszönt.

– Ó, jó reggelt! Elkésem, és ez a csat beragadt. A fene vigye el! – mérgelődött. – Na végre!

Odarohant, és kortyolt egy kis kávét. – Puszi! – és már ki is rohant.

„Úgy tűnik, sürgős dolga van. Tipikus nő. Mindenhova késéssel érkezik" – vigyorgott magában. Visszament a szobába, rendbe tette magát. „Holnap elválik, hogy kapok-e még valamilyen gipszet, vagy meggyógyultam. Már jó lenne megszabadulni tőle" – elmélkedett, majd visszaugrált a konyhába. Carlos is akkor botorkált ki a szobájából egy száll törölközőben. „Ó, ez a test!" – gondolta.

– Jó reggelt – mosolygott Carlos.

– Neked is – mosolygott vissza rá. – Láttad Lilyt? Fontos találkozója van, és megkért, szóljak neki, el ne késsen.

– Már elrohant az imént.

– Ó. Azt hiszem, elkéstem kissé – nevetett.

– Igen – sütötte le a szemét.

– Nehogy azt mondd, hogy szégyenlős vagy.

– Hát, hm, nem is tudom.

– Jaj, kedves, már mindenedet ismerem – kacsintott.

– Na de Adonis! – rivallt rá Isabella.

– Ó, ne már! – táncolt oda mellé. Lekapta magáról a törölközőt, és ide-oda lóbálta a péniszét. Isabella nevetett.

– Te aztán nem semmi vagy! – és rácsapott a fenekére.

– Ezt vegyem felkérésnek?

– Nem, inkább ne, de jól mutattál így, az egyszer biztos – kacsintott.

Carlos magára tekerte a törölközőt.

– Az egész ház a tiéd, kedves. Én elvonulok az irodába. Azt csinálsz, amit szeretnél. – Ivott egy kis kávét, és már ott sem volt.

„Na, ez jó. Enyém a lakás. Persze így, ugrabugrálva, tuti jó lesz körbenézni" – fanyalgott, de elindult felfedezőútra. Nem is ment messzire. Talált egy szobát, ahol mindenhol könyvek voltak.

– Biztosan könyvtár – morfondírozott. Kis keresgélés után talált egy könyvet, ami a bemutató alapján jónak bizonyult. Volt benne szex, kis akció, és szerelem. Szétnézett és látott egy kényelmesnek tűnő fotelt, mellette egy állólámpát. Leült, és elkezdett olvasni. Nagyon jó volt a történet és a szöveg. Hol hangosan nevetett, máskor pedig folytak a könnyei. Egyszer csak kopogtatott valaki.

– Igen?

Carlos és Lily álltak az ajtóban.

– Ettél ma már valamit? – kérdezte tőle Lily.

– Azt nem tudom. Szerintem nem, de még nincs olyan késő. Mindjárt összeütök valamit.

Összenéztek.

– Kedves, este tíz óra van – válaszolt Carlos.

Isabella csak bámult rájuk leesett állal.

– Micsoda? Jól elment az idő. Ez a könyv fantasztikus. Teljesen elvarázsolt. Misztikus, romantikus, akció is van benne, és szex is. Egyszerűen tökéletes. És csak olvastam és olvastam. – Fel akart állni, de mindene elzsibbadt.

– Au! Azt hiszem, tényleg sokat ültem egyhelyben.

– Segítsek? – kérdezte Lily Carlost megelőzve. Nyújtotta a kezét.

– Ó, köszönöm. – Felállt nehezen, és odaugrált hozzájuk.

– Milyen jó, hogy ilyen barátaim vannak, mint ti – nyomott puszit az arcukra.

– Na, gyere, egyél egy szendvicset legalább.

Kivezették a szobából a konyhába. Lily készített egy csirkemelles szendvicset sajttal és tejeskávéval.

– Ha nem kell a kávé, ott is hagyhatod.

Megkóstolta.

– Ez finom, úgyhogy megiszom – mosolygott a nőre.

– Én elteszem magam holnapra. Jó éjt nektek.

– Jó éjt! – válaszoltak. Isa jóízűen vacsorázott.

– Tényleg gyúrhatok éjjel-nappal, ha ez – mutatta a gipszét – lekerül a lábamról. – Elhúzta a száját. Carlos csak nézte.

– Te így vagy tökéletes. Hidd már el!

– Ja, persze, ezek az udvarias szavak – és legyintett egyet. – Ez nagyon jólesett. Tényleg éhes voltam.

– Hát, aki egész nap nem eszik, az általában így jár.

– Jól van, na, de jó volt a könyv nagyon – fintorgott. Carlos nézte, és legszívesebben megcsókolta volna, de nem tehette, mert idő kell, hogy hogy a sokkoló előzményeket elfelejtse a lány.

– Én is megyek aludni – mondta Isa.

– Persze, menj, és most már jó lenne, ha aludnál is kicsit.

Meglepetten nézett rá.

– Te ezt honnan tudod?

– Ismerlek, és olyan voltál, mint aki egész éjszakás hancúrpartit rendezett.

– Mi? Dehogy...

– Tudom, csak hasonlat volt.

– Ja… – Felált, és elkezdett a szoba felé ugrálni.

– Jó éjt! – fordult vissza az ajtóból. A szobában leült az ágyra és felidézte, ami kint történt. „Védekeztem, pedig nincs is köztük kapcsolat." Ledőlt úgy, ahogy volt. A lába lógott az ágyról. Elaludt. Reggel, mikor felkelt, rendesen feküdt az ágyban és a ruhája is más volt. „Jó mélyen aludtam, ha nem ébredtem fel, mikor átöltöztettek" – morfondírozott magában. Felkelt, kiugrált a fürdőbe, lezuhanyozott, és egy kicsit elegánsabb ruhát vett fel. Belenézett a tükörbe. – Ma eldől, lesz még rajtad gipsz, vagy nem.

Kiment a konyhába, ahol egy cetli és kávé várta.

„Robert érted jön, és segít mindenben. Ne aggódj! Ui.: Egészségedre! Aláírás: Carlos", majd egy mosolygós emoji a végén.

Félmosolyra húzta a száját. „Ez aranyos. Köszönöm." Eltette a papírt zsebre. Megitta a kávéját, és várt. Megszólalt a kaputelefon.

– Szia, Isabella. Itt vagyok, ha beengedsz, segítek.

– Szia, Robert, máris. És köszönöm.

Kinyitotta a bejárati ajtót. Robert felkapta, és vitte is. Az autóban nem sokat beszéltek, míg a kórház felé haladtak, csak épp hogy ne legyen olyan nagy a feszültség. Megálltak. Robert keresett neki egy kerekesszéket, és bevitte. Óráknak tűnt, míg várakozott rá. Egyszer csak kiugrált az ajtón. Vigyorgott.

– Megjöttem – és felhúzta a nadrágja szárát. – Nézd, nem kaptam másikat.

– Ez nagyon jó. Gondolom. Mit mondtak?

– Hogy ne egyszerre erőltessem a lábam a járással, de azért próbálkozzak vele. Kb. egy-két nap múlva tökéletes lesz, mint régen. – Megint csak vigyorgott: végre teljesen visszakapta az életét.

– Ennek örülök. Carlos azt az utasítást adta, hogy még hozzájuk vigyelek, mert a lakásodat nem hozták teljesen rendbe.

– Hát, ez van. Akkor menjünk hozzájuk – egyezett bele. Robert odament hozzá és átölelte a derekát.

– Na, gyere, te kis bicebóca! – mosolygott rá. Beültek a kocsiba és csendben elindultak. Mikor Carloséhoz értek, egy idegen kocsit vettek észre.

– Mi ez? Vagyis ki lehet az? – kérdezte Robertet. – Ismerős neked?

– Nem, még nem láttam. Gyere, járjunk utána!

Bólintott, és lábujjhegyen bicegett be a lakásba. Bent nagy hangzavar volt, nevetgélés és csacsogás. Lily vette észre először.

– Na, mutasd! – és már emelte is a nadrágot a lábán. – Nincs gipsz. De jó! – ujjongott Barbara, és a nyakába ugrott. Még jó, hogy Robert tartotta, mert elestek volna.

– Helló, Barb! Te?

– Jöttem meglátogatni a barátnőmet. Baj?

– Nem, dehogy is. De nem szoktál ilyen sűrűn jönni, ezért meglepett.

– Na jó, megfogtál. Hátsó szándék is volt ebben – és egy alakra mutatott. Isabella nézte és nézte, de nem tudta, ki ő.

– Jaj, drágám! Nehogy azt mondd, hogy nem ismered!

Intett a fejével, hogy nem.

– Az „Utolsó hang" sorozat férfi főszereplője, Huanez Smith. Isa bután nézett rá.

– Basszus, elfelejtettem, hogy te nem nézel sorozatot – és ráejtette a vállára a kezét.

– Végre leesett. Na, de mennék végre a lábamat rendbe tenni. Kissé megviselt, és jó nagy bukéja is van. Köszi, Robert, a segítséget.

– Szívesen – de már ő is ott állt a körben. „Nem tudom, ki vagy, de úgy látom, nagy hatással vagy mindenkire." Ezekkel a gondolatokkal bement a szobájába és lezuhanyozott. Átöltözött a kedvenc ruháiba és kiballagott. Carlos odament hozzá.

– Bemutatnám neked nagyon-nagyon régi barátomat, ha megengeded.

Bólintott. Odasántikált. Elállt a szava a látványtól. Fekete haj, gyönyörű zöld szem, a férfi arcvonásai pedig olyanok voltak, mint Enrique Iglesiasnak. Férfias. Széles váll. Állt ott, mint aki meg van szeppenve. Carlos bemutatta őket egymásnak.

– Örülök, hogy megismerhetlek. Lily és Carlos sokat mesélt rólad és a rossz kalandodról.

Isa kérdőn rájuk nézett.

– Tényleg? – és a szemei szikrákat szórtak.

– Én is örülök, hogy megismerhetlek – mosolygott rá.

Barbara kezdett el folyamatosan áradozni Huanezről, hogy milyen jó, meg olyan jó, és alig várja, mi lesz a film folytatásában, de ő nem válaszolt ezekre. Mindig csak ennyit mondott:

– Köt a titoktartás. Nem mondhatok semmit.

– Ó, ne már! Csak egy kis morzsát hints nekem, légyszíves! – könyörgött, de mindig nemleges választ kapott. Isa megunta az ott álldogálást és kibicegett a nappaliba. Leült a kanapéra. Kapott egy SMS-t. „Szép napot, Isabella Adams. A tárgyalás két hét múlva esedékes. Üdvözlettel, Pál Smith." Nézte a telefonját, és nem tudta, ki ez a pasi. Carlos észrevette, hogy valami történt.

– Mi a baj, kedves?

Isa csak odafordította a telefont. Elolvasta.

– Végre történik valami – és vigyorgott.

– Jó, jó, de ki ez? És nem levelet kell kapnom?

– Ja, bocsánat. Elfelejtettem mondani neked. Ő az ügyvédem, és felkértem, legyen melletted, ha tárgyalásra kerül a sor.

Isa nem tudta, mit reagáljon.

– És azt is mondtam neki, hogy dobjon egy SMS-t ha megtud valamit. A levél is biztosan hamarosan megérkezik.

Isabella nem tudta, hogy most örüljön vagy dühöngjön. Csak ennyit mondott:

– Biztosan. Most elvonulnék. Olvasnám tovább a könyvet, ha nem baj.

Carlos értetlenül nézett rá. „Hisz' egy sztár van itt nálunk, ő meg duzzog."

– Persze, menj csak.

Isa bement a szobájába. Csak ült, és bámult maga elé. „Megint szembe kell vele néznem. Mikor lesz ennek vége?" A gondolatai csak úgy kavarogtak. Kopogást hallott.

– Tessék?

Lily állt az ajtóban.

– Mi a baj? Carlos mondta, hogy furcsa voltál. Nekem elmondhatod.

- Nincs semmi baj. Kicsit fáradt vagyok, ennyi - erőltetett magára egy mosolyt.

- Nem vagy meggyőző, de ha nem szeretnél róla beszélni, megértettem - indult kifelé, de hirtelen visszafordult.

- Jut eszembe. Befejezték a takarítást nálad - de nem tette hozzá, hogy ők nem szeretnék, ha elmenne.

- Ó, ez nagyon szuper! Akkor hívok taxit, és végre hazamegyek. Ugye nem baj?

Lily megrázta a fejét.

- Mindent nagyon köszönök. A legjobbak vagytok - bicegett oda hozzá, és megpuszilta. Megölelték egymást.

- Szólok, Robertnek, vigyen haza.

- Ne, hagyd, olyan jól elvan. Majd hívok valaki mást.

- Nem, ez a dolga.

Kiment, és Robert már jött is cuccáért.

- Mehetünk, Isabella.

- Igen, úgy örülök.

Kimentek a nappaliba. Kereste Carlost, de nem találta, így kimentek a taxihoz. Elővette a telefonját és írt egy üzenetet. „Nagyon szépen köszönöm a törődést. Annyira hálás vagyok neked. Remélem, egyszer viszonozhatom. Millió puszi, Isabella", és eltette a telefonját. Izgalom töltötte el, hogy otthon lehet. Ha egyedül is, mégis csak a saját lakása. Pedig nagyon jó volt a társaság. Visszagondolt a játékra, és egyből nedves lett. „Nana!" - fenyegette meg magát. Lassan megérkeztek. Hiába tudta, hogy már nem bántja senki, azért óvatosan szállt ki, és ide-oda tekintgetett folyamatosan. Robert, aki észrevette, amit csinált, o ment hozzá.

- Nem bánthat, kedvesem. Már nem - de azért nyújtotta a karját, hogy segítsen neki. Bemnetek a házba. Az előszobában Isa mondta neki, hogy menjen csak nyugodtan. Nem lesz semmi baj, ahogy ő is mondta. Robert nehezen, de otthagyta. Végre itthon, és egyedül. „Remélem, nem haragszik meg senki azért, amit most gondolok, de jó már egyedül lenni." Beült a foteljébe, és végre feltehette a lábát a karfára úgy, ahogy szokta. Nem nyomta a gipsz. „Már csak a bögrém hiányzik, de az hiányozni is fog" – gondolt vissza. „Csak vége lenne már!" Kibicegett a konyhába, és megdöbbent. A pulton egy ugyanolyan bögrét talált, mint amilyen volt neki, és egy cédula is volt mellette. „Kedves! Tudom, mennyire a szívedhez nőtt, így készíttettem neked. Egészségedre, Carlos", és kacsintós emoji.

Magához szorította.

– Köszönöm – mondta hangosan. Töltött egy bögre italt és leült a fotelbe. Csak mosolyogni tudott. Már éjfél is elmúlt, amikor ágyba bújt. Az elmúlt napok jutottak az eszébe. Forróság öntötte el mindenhol. – Azt hiszem, le kell zuhanyoznom – és elindult a fürdőbe. A forró víz égette a testét. Beszappanozta magát. Simogatni kezdte a testét. A melleit izgatta, hol erősebben, hol gyengédebben. A bimbókat dörzsölte, morzsolta, tenyérrel ingerelte. Az egyik kezét lecsúsztatta a testén. Simogatta a hasát, a combhajlatot, az ánuszát. Odacsúsztatta ujjait a csiklójához. Először tenyérrel izgatta. Le-fel. Utána két ujjal játszott. Az ujjai közé vette, és úgy mozgatta. Közben a melleit is izgatta a másik kezével. Feltette a lábát a zuhanyban lévő polcra, így hozzáfért a vaginájához. Bedugta az ujját. „Milyen forró!" Ki-be mozgatta. A másik kezével a csiklójával játszott. Levette a zuhanyrózsát, és csiklójára irányította. Alig bírt a lábán maradni, annyira izgatta. Elővette a vibrátort, amit bevitt magával. Bevezette a vaginájába, közben a zuhannyal izgatta tovább magát. A vibrátort ki-be mozgatta addig, amíg el nem élvezett. Visszatette a zuhanyfejet és lemosakodott. Elfáradt. Befeküdt az ágyba, de még mindig nem tudott elaludni. Eszébe jutott a játék, és újból elkezdte simogatni magát. Elővette a vibrátort, és bekapcsolta a legjobb fokozatra. Az egész testén játszott vele. A bimbókat kifejezetten izgatta. Dobálta magát a gyönyörtől. A csiklójához tette. A rezgés elrepítette a gyönyörbe megint. Annyira kimerült, hogy rögtön elaludt. Másnap csupaszon és vibrátorral a kezében ébredt. Mikor felnézett, megijedt.

– Carlos! Te mit keresel itt?

– Csak meg akartam nézni, hogy vagy, de látom, elég jól – vigyorgott.

– Na, menj te tudod hova, Adonis! – mérgelődött tovább. – Megyek, és rendbe rakom magam.

Kiment a fürdőbe. Carlos állt, és kaján vigyor jelent meg az arcán. „Hiányzom neki."

Kiment a konyhába. Mire Isa kijött a fürdőből, addigra csinált neki reggelit.

– Arra gondoltam, hogy ha megreggeliztél, bemehetnénk a munkahelyre. Már rég nem voltál bent – közben figyelte Isa reakcióját.

– Hát – vakarta a fejét –, ebben igazad van. Tudod mit? Menjünk!

Bicegve elindult a táskájáért.

– De ne hidd, hogy ezt csak úgy elfelejtem – vetett rá mérges pillantást.

– Mármint mit is?

– Hogy megleptél, és megint ilyen helyzetben találtál.

– Ja – vigyorgott nagyot. – Számomra jó látvány volt – és elindult kifelé.

Az autóban nem szóltak egy szót sem, de Carlos arcán a vigyor mindent elárult. Bent a cégnél úgy üdvözölték, mintha valami kiküldetésről jött volna haza évekkel később. Be kellett vallania, ez a légkör nagyon hiányzott neki.

Visszakerült minden a régi kerékvágásba. Minden napja korán kezdődött, és későn ért véget. Rengeteget tárgyalt, és elfelejtette, hogy min is ment keresztül. Azt sem igazán vette észre, hogy eljött a tárgyalás napja. Reggel felkelt, és naptárába nagy fekete betűkkel volt beleírva: TÁRGYALÁS.

– Úristen Mi lesz? Félek – mondta jó hangosan. Felvett egy fekete nadrágkosztümöt, egy balerinacipőt és egy fehér inget. Tízre kellett ott lennie a bíróságon. Robert már várta az ajtó előtt. Beszállt a taxiba. Üdvözölték egymást, de nem beszélgettek. Nem tudták, mit is mondhatnának. Megérkeztek, már ott volt mindenki. A teremben furán érezte magát;, hogy miért, azt nem tudta megmondani, de olyan érzése volt, mintha bűnt követett volna el. Bejött a bíró és az esküdtek. Aztán bevezették őt. Kaján vigyorral az arcán nézett Isára. Odahajolt hozzá és ezt súgta neki:

– Semmi esélyed ellenem, ribanc – és leült a padra.

Isa összerezzent, mikor a szavakat hallotta. Elkezdődött a megpróbáltatás. Hosszú órákon át tartott a sok meghallgatás. Barbara, Carlos, Lily a régi esetről is beszámoltak, ami évekkel azelőtt történt. A bíró nem mutatott részrehajlást egyikőjük felé sem. Meghallgatták a munkatársait is. Legutolsóként következett Isabella. Kifacsart kérdésekkel bombázta Eric ügyvédje, de mindig arra jutott a válasszal, hogy ő nem kezdett ki vele, csak természetes kedvességgel volt iránta. Nem tudták lépre csalni. Az esküdtek és a bíró elvonultak. Isabella kint a folyosón ült idegesen a padon. „Most jól jönne egy cigi, vagy kettő, sőt több" – próbált másra gondolni, de nem tudott. Csak az járt a fejében, hogy ha kiengedik, akkor neki pokol lesz az élete. Visszamentek a terembe: az esküdtszék döntést hozott. Isabella tördelte a kezét, annyira ideges volt. Carlos és Lily lépett oda hozzá. Lily átölelte.

– Isa, drágám, nem lesz semmi baj, hidd el.

Rájuk nézett, és lehetett látni a félelmet a szemében. Carlos és Lily visszamentek a helyükre. Eric önelégült vigyorral nézte Isa arcát. Az esküdtszék szóvivője kijelentette:

– Bűnös.

Eric arcáról lehervadt a vigyor. Meglepődött. Teljesen abban a hitben volt, hogy ő nyer, hisz' nem csinált semmi rosszat. Elkezdett kiabálni:

– Miért én vagyok a hibás? Ez a ribanc kellette magát. Én csak meg akartam kapni, ami nekem jár.

Isa rémült volt: azt hitte, nekimegy Eric, de végül lefogták és elvezették a férfit. A lány összeroskadva esett le a padra. Nem tudta elhinni, hogy végre nem kell aggódnia az életéért. Sírva fakadt. A többiek egyből ott teremettek mellette.

– Isa, drágám, vége! Most már vége! Nem bánthat. Hosszú-hosszú időre rács mögé került – vigasztalta Barbara, és Lily is a fejét simogatta. Carlos a lányokra nézett.

– Szeretném, ha ma nem hagynátok egyedül Isabellát.

A lányok bólogattak. Félóra múlva elhagyták a bíróságot. Lily és Barbara Isabellával tartott. Robert vitte haza őket. Isa még mindig a bíróságon átéltek hatása alatt volt. Barbara töltött neki egy whiskyt. Egyszerre lehúzta.

– Egy kis nyugtató – szégyellte el magát.

– Láttuk, hogy kell. Nagyon jó voltál, ahogy megpróbáltak teljesen kihozni a sodrodból, és te mégis álltad a sarat. Le a kalappal előtted – és Lily úgy tett, mintha megemelné a kalapját, közben meghajolt. Isa ezt látva elnevette magát.

– Végre nevetsz, drága – ugrott oda hozzá Barbara, de arra nem gondolt, hogy a lány még nem áll stabil lábakon, így hátravágódtak. Lily a szája elé kapta a kezét.

– Úristen, lányok! Van valami bajotok?

Nem tudtak megszólalni, annyira nevettek. Lily csak nézte őket. Egy idő után ő is nevetett. Nagy nehezen feltápászkodtak.

– Még szerencse hogy vastag szőnyeget vettem ide – mutatott a kandalló elé.

– Elfelejtettem, hogy te nem vagy stabil, hopp – nevetett Barb.

– Nem lett semmi bajunk, úgyhogy ne aggódj – ültek a kandalló elé, és nevettek. Lily hozott mindenkinek italt.

– Beszéljünk a ma történtektől, vagy inkább hagyjuk? – kérdezte.

– Azt hiszem, jó lenne kiadni azt a feszültséget, ami bennem van, de nem tudom, beszéddel vagy szétveréssel kéne ezt? – húzta félre a száját.

– Tudod mit? – állt fel Barbara, és már rohant is.

– Te érted? – kérdezte Lily Isát.

– Nem – és megvonta a vállát. Tíz perc is eltelt, mire Barb visszatért egy nagy csomaggal.

– Ez meg mi? – kérdezték.

– Mindjárt meglátjátok. Nyugi.

Kibontotta, és poharak, tényérok voltak benne.

– Na ugye, milyen szupi?

– Az, de esküvő lesz? Vagy mi? – nevetett fel Isa.

– Te milyen hülye vagy!

Isa kitágult szemmel nézett rá, hogy miért is.

– Ezek azért vannak, hogy összetörjük őket. Így kiadhatod magadból a feszkót. Na? Na? Milyen ötlett?

Egymásra néztek.

– Ez működni fog?

– Nem tudom. Nézzük meg.

– Hol csináljuk?

– Menjünk ki a teraszra, és ott.

– De már hideg van kint – húzta össze magát Isa.

– Ó, neked semmi sem jó – durcáskodott Barbara.

– Ne durrogj már, beleegyeztem. Vegyünk fel azért valamit még.

Kimentek, és ami a csövön kifért, törtek, zúztak, közben még kiabáltak is. Elfogyott a muníció, így bementek.

– Te, ez tényleg működött – mosolygott Barara.

– Köszi, jó volt. Teljesen megnyugodtam. Megyek, lefürdöm és jövök.

Az ajtóból visszanézett.

– Nem elszökni – és az ujjával megfenyegette őket. A választ meg sem várva ment lezuhanyozni. Hosszan folyatta magára a vizet, meleget és hideget felváltva. A zuhany alól kilépve azon gondolkodott, mit vegyen fel. A kedvenc szoknyája és pulóvere mellett döntött. A lányok is átöltöztek kényelmesebbe.

– Már alig bicegsz – kiáltott fel Barbara.

– Jó megfigyelő vagy, drága barátnőm – tette karba a kezét. – Egész nap együtt voltunk. Nem tűnt fel?

Barb rányújtotta a nyelvét.

– Tudod, van helye, bogárkám – és ő is rányújtotta a nyelvét.

– Azt hiszem, ezt nem kell kétszer mondanod.

Lily csak nézett, de így válaszolt:

– Engem se hagyjatok ki a játékból, helló! – kacsintott.

– Na jó, álljatok le, csajok – de azért mosolygott. Leült ő is a szőnyegre. Beszélgettek, nevetgéltek. Észre sem vették, mennyire elment az idő. Úgy döntöttek, mennek aludni, de valamiért nem tudtak. Kicsit kótyagos volt a fejük. Hogy hogyan kezdődött, egyikőjük sem tudta megmondani, de már senki sem volt ruha. Simogatták, csókolták egymást. Lily a földön feküdt, Isa és Barbara izgatták. Simogatták a bimbóit, a melleit. Izgatták a csiklóját, csókolták. Aztán Isa feküdt a földön, és a másik két lány csinálta vele ugyanezt. Isa vonaglott, úgy élvezett el. Barb következett. Ő is, mint a lányok, vonaglott és elélvezett a sok simogatástól. Egymás mellett feküdtek kielégülten, úgy aludtak el. Reggel kávéillatra ébredtek.

– Ti is érzitek? Kávé! – és beleszimatolt a levegőbe.

– De ki az, aki kávét főzött? Nem zártuk be az ajtót? Vagy alvajárók vagyunk? – kérdezte Isa. Carlos jelent meg a nappaliban, tálcán a kávékkal.

– Jó reggelt. Látom, jól alakult az éjszakátok – vigyorgott széles szájjal.

– Már megint te? Hogy jutottál be?

– Ó, de szívélyes fogadtatás! – hunyorgott mérgesen.

– Jó, nem úgy értettem, tudod, Adonis – sütötte le a szemét.

– Na, most az egyszer megbocsájtom. És van kulcsom. Még amit Vikynek adtunk – tette le a tálcát, és meglóbálta a kulcsokat.

– Á tényleg. A francba! – ezt már maga elé dünnyögte.

– Na, akkor térjünk vissza az éjszakához – vigyorgott. – Meséljetek csak!

– Hát az úgy volt, hogy... – hajtotta félre a fejét vigyorgott Barbara.

– Nem kötjük az orrodra, drága Adonis.

– Na, szép, mondhatom. Kiköpöm a tüdőm, úgy rohanok hozzátok, hogy megnézzem, hogy vagytok, mi van veletek, ti meg azt sem tudjátok elmondani, hogy jó volt-e vagy sem. Hát szégyelljétek magatokat. De tényleg. – Durcásan leült a kanapéra.

– Ne mérgelődj, drágám. Majd egyszer megmutatjuk megint neked. Ez most a mi titkunk marad – szólalt meg Lily, és elvette a kávéját.

– Na persze! – duzzogott tovább Carlos. – Minden jóból kimaradok. – Mint a kisgyerek, karba tette a kezét és mérges arcot vágott. – Hogy tudnálak kiengesztelni, drága Carlos? – nézett kérdőn és széles mosollyal Barbara. – Ha én ezt most elmondanám, akkor mindenki hazafutna. Úgyhogy inkább várok a megfelelő pillanatra – sóhajtott. – Ha elfogyasztottátok a kávékat, akkor legyetek szívesek felöltözni, mert kezdődik a nap és a munka.

– Te milyen ünneprontó vagy, Adonis – nyújtotta ki rá a nyelvét Isabella. Carlos megrántotta a karját. A lányok megitták kávéjukat, és utána mindenki elvonult a fürdőbe. Carlos csak ült a kanapén és várt. Egy örökkévalóságnak tűnt, mire kijött mind a három lány felöltözve. Üdén és lélegzetelállítóan csinosan és szépen.

– Mehetünk – közölte vele Isabella.

– Azt hittem, sose készültök el – vetette oda Carlos.

– Nem mondták még neked, drágám, hogy egy nőre mindig jó várni? – ment oda hozzá Lily, és arcon puszilta.

– Hát most, hogy mondod – gúnyolódott Carlos.

– Na azért – szólt közbe Barbara. – Indulhatunk.

Kifelé menet dobott feléjük egy csókot.

– Drágáim, öröm volt – és már nem is látták. Lily is rohant.

– Itt van Robert. Én is rohanok. Puszi nektek – és ő is elsietett. Ketten maradtak.

– Egyre többször talállak olyan helyzetben, ami annyira izgató, hogy abban a pillanatban rád ugranék – nézett rá szeretetteljes pillantással.

– De jó is lenne, Carlos, de egyszer minden a miénk lesz – mondta Isabella.

„Miért nem tudom elmondani neki, hogy igen, az övé minden? Mikor jön már el az a pillanat?"

– Mehetünk, kedves? – kérdezte inkább tőle.

– Persze. Jöjjön, aminek jönnie kell.

Kimentek, és elindultak a munkahelyükre. Bent, mint mindennap, tárgyalás és irányítás volt a napi rutin. Viky volt az, aki gondoskodott arról, hogy egyen, de innivalót is mindig készített az asztalra, és mindig volt hozzá egy jó szava. Ez nagyon jólesett neki. Hetek teltek el, és ő mindennap későn került az ágyba. Nem volt ideje gondolkodni azon, hogy egyedül van. Hogy akit szeret, az másé. De eljött a karácsony. Nem szerette ezt a napot. Ez is ugyanolyan nap, mint a többi. Nem értette a kollégáit, mi ez az izgalom. És most mehet „hozzá" karácsonyi partira, ahol egy nagy bejelentést tesznek. „Tuti összeházasodnak. Nem szabad irigynek lennem, mivel megkóstoltam én is a boldogságot. Sőt többet is kaptam, mint amit valaha is kívántam volna."

Eljött a nap. Bent mindent elrendezett. Viky mindent a kezében tartott. „Egy főnyeremény ez a lány. Tovább kell jutnia, mint egy lótifuti-állás. Ezen leszek" – gondolkozott, miközben zuhanyozott. „Azt mondta Lily, hogy elegánsan öltözzek fel." Küldött is neki valamilyen ruhát, de még nem nézte meg. Lezuhanyozik és meglepetés lesz, mert nem nézi meg magát, csak akkor, amikor felöltözött. Hogy ezt hogy fogja kivitelezni, ezt ő maga sem tudta. Ezen még dolgoznia kell. Végre kilépett a zuhany alól. Addig húzta a zuhanyzást, míg a bőre redős lett.

– Na, szépen nézel ki. Most rakhatod rendbe magad tetőtől talpig – mérgelődött magára a tükör előtt. Bekente testápolóval magát. Várta, míg a bőre beszívja a krémet. „Most kicsit több kell egy szemceruzánál és egy szempillaspirálnál" – gondolkodott, így elővette a sminkes dobozát.

– De rég használtalak, már ideje kicsit koptatni a színeidet.

Most meg úgy csinál, mint aki megbolondult. Magában beszél egy dobozhoz. – Azt a, te megőrültél – nézte magát a tükörben, aztán elnevette magát. Látott valahol egy sminket, ami nagyon jól nézett ki. Megpróbálja, hátha. Elővette az ecsetet és elkezdte a „tatarozást", ahogy ő szokta a túl sok sminket hívni. A szemhéjára először felvitt egy csíkban fekete szemhéjfestéket, aztán a pillái vonalában vékonyan. Utána egy kevés narancssárgát és pirosat. A tusvonal nem sikerült eddig neki tökéletesen, de most ezt is meg tudta húzni. Alulra piros szemceruza került, és egy kis feketével áthúzta a pillái alatt. Aztán jöhetett a szempillaspirál. Az orránál a szeméhez egy kis fehéret tett, így ragyogott. Megnézte a végeredményt, és meg volt elégedve. „Nem is olyan rossz."

Kiment, a fehérneműket nézte. „Csak nem lesz gáz", és kivett egy piros szettet, ami melltartóból, bugyiból és harisnyatartóból állt. Felvette őket, és a cipőt is, ami piros volt ugyanúgy, egy kicsi gyönggyel a sarokrészen. Megnézte magát a tükörben. „Azt hiszem, kisanyám, ha így jelennél meg, lenne ujjongás, vagy hívnák a hátulgombolós-kocsit és vinnének a gumiszobába ugrálni" – nevetett. Most jött el a pillanat, hogy kinyissa a dobozt. Egy vörös szaténruhát talált benne. „Ez a szín, wao!" Kivette és maga elé emelte.

„Tudja, mi a dörgés, basszus!" Felvette. Teljesen passzolt az alakjára. Olyan érzés volt, mintha simogatná a ruha. Mély kivágás elöl-hátul, csipke ujj, de az a nagyon finom anyag. Egyszerűen imádni való viselet. Ahogy nézte magát, rájött: „Ehhez a ruhához ez a melltartó nem jó." Kibújt a ruhából, és levette. Visszabújt a ruhába. A bimbója majdnem átfúrta a vékony anyagot. „Nagyon jó érzés, ahogy végigsimít."

Elővette a fekete prémgalléros, földig érő szövetkabátját. „Ezt sem gondoltam volna, hogy még viselni fogom valaha." Belebújt, a táskát a kezébe vette, Még visszanézett, és a tükörben egy másik embert látott. „Díva." Felnevetett. Robert már biztosan várja. Kiment. A férfi tényleg ott volt. Meglátta Isabellát, és elállt a lélegzete.

– Gyönyörű vagy, kedves. – Megpuszilta. – Mint egy díva.

Isa elnevette magát, de megpróbált viselkedni.

– Köszönöm, Robert, aranyos vagy – mosolygott, de legszívesebben hahotázott volna. „Látott vagy hallott? Olyan, mintha a fejembe nézett volna, de amit én bent mondtam, hülyeség volt, nem komoly." Ezzel a gondolattal ült be a kocsiba.

– Most látom, hogy nem a taxival jöttél.

– Úgy gondoltam, ma nem illene a kis drágámmal jönni. Így elővettem a másik szépségemet – simogatta meg a kormányt. Isa fulladozott a nevetéstől, de nem mutatta.

– Igen, nagyon szép. Robert, te tudod, mi lesz a bejelentés tárgya?

– Nem, Isabella. Nem tudom, de kíváncsian várom – nevetett rá.

– Én is – vágta rá, pedig nem is így volt. A további utat csendben tették meg. Megérkeztek, és Robert kinyitotta neki az ajtót. Mikor kiszállt, körbenézett.

– Wao, mennyi autó! – csodálkozott.

– Van, az tuti. Bent pedig sok-sok ember, de vannak ismerősök is, ne aggódj – mosolygott rá. Kart karba öltve kísérte be. Tényleg sokan voltak bent. Elvette tőle valaki a kabátját, azt nem tudta, ki. Gyorsan történt. Akit elsőként meglátott az ismerősök közül, Viky volt.

– Isabella! De gyönyörű vagy! – sietett hozzá.

– Viky, drágám, ezt én is elmondhatom rólad.

Fekete-fehér koktélruhát viselt, amin futott végig ezüst minta. A haja féloldalt felfogva, a másik oldalon pedig loknik ölelték át a nyakát és vállát.

– Te mindig bókolsz – válaszolta Viky.

– Ha egyszer igaz, nem mondhatok mást.

Megpuszilták egymást, de a lány már tovább is siklott. Isa ott állt, és nem tudta, mit csináljon. Azért ez teljesen más volt, mint egy céges buli. Ahogy ott állt bizonytalanul, Lilyt pillantotta meg, aki már ott is termett előtte.

– Isa, drágám, hú, de jól nézel ki! – majd odafordult Barbarához. – Én mondtam, hogy jól fog állni neki – és ujjongva tapsikolt. Lilyn királykék ruha volt, olyan, mint amit ő viselt, Barbarán pedig türkiz. Egyformák voltak.

– Ó, de milyen buta is vagyok! – Odalépett hozzá, szájon puszilta. – Olyan jó, hogy itt vagy – mosolygott. Ő is visszamosolygott. „Bármi legyen is, akkor is a barátnője maradok" – gondolta. Barbara is üdvözölte.

– Mit szólsz? Ugyanolyanok vagyunk, mint a muskétások, csak nőben – vigyorgott. Isa értetlen arccal nézett rá.

– Miért, nem így van? Egyformák vagyunk. Azt nem mondhatom, hogy „mint két tojás", vagy igen? – Elnevette magát.

– Nem. Nem mondhatod. Gyönyörű vagy, drágám. – Átölelte és megpuszilta.

– Na, gyere, meg kell kóstolnod a puncsot. Isteni finom. Nem tudom, ki készítette, de dicséretet érdemel érte – húzta magával.

Isa a válla felett nézett vissza Lilyre.

– Bocsi – de mást már nem tudott mondani. Barbara húzta, és nem érdekelte, kit sodornak el. Isabella nem győzött bocsánatot kérni mindenkitől. Barb szedett neki puncsot. Megkóstolta, és tényleg isteni volt.

– Ez nem semmi. Ezek az ízek! Nagyon finom.

– Ugye? Már bepusziltam három pohárral, de olyan íze van, hogy kell még – vigyorgott, és már nyúlt is a pohárért. Isa ekkor látta meg őt. Fekete öltöny, piros ing lazán kigombolva, és zsebre dugott kézzel beszélgetett valakivel. Összefonódott a tekintetük. Isán átfutott valami. Megborzongott. Carlos biccentett a fejével, ő is visszaköszönt. A szájához emelte a poharát, de már üres volt. Körbenézett, hogy valaki látta-e, de nem őt figyelték. Barbara eltűnt mellőle. Elindult felfedezni, mik vannak az asztalon. Hidegtálak, sütemények hada hívogatta az ott lévőket. Elvett egy sajt, fasírtgolyó, uborka kombinációt. Amikor bekapta, ott állt előtte Carlos.

– Nagyon szép vagy kedves. – Arcon puszilta, aztán pedig kezet csókolt neki. A lány nem tudott megszólalni, de mutogatta, hogy pillanat, csak megenné az ételt.

– Bocsánat. Köszönöm. Aranyos vagy. – Érezte, hogy elpirul. – Te is jól nézel ki.

Ezek a klisés válaszok, amikor kezed, lábad, hangod remeg.

– Remélem, jól érzed magad.

– Igen. Kissé feszélyezetten, de jól.

– Akkor gyere, táncoljunk, és máris jobb lesz. – Kézen fogta, és már vitte is a parkettre. Latin zene szólt. Annyira átjárta a zene őket, hogy teljesen egybeolvadt a testük. Együtt mozogtak. Lily szeretettel nézte őket, de rájött, hogy nem tehet így. Még nem. Úgyhogy dúlt-fúlt kicsit, és elvonult. „Ez milyen rossz, hogy meg kell játszanom magam, de már nem sokáig. Hála az égnek. Ma mindenki megtudja végre. Ez mind színjáték" – sóhajtott, és ivott egy puncsot. Vége lett a zenének. Carlos kezet csókolt Isának és levezette a parkettről.

– Most mennem kell. Ne menj messzire – mosolygott rá, s már el is tűnt. Isabella állt, hirtelen nem tudta, hol van. Barbara rántotta vissza a valóságba.

– Drágám, olyan jól táncoltál! Eszméletlenül jó volt.

– Ne túloz már! – pirult el. – De jó volt, igen – sütötte le a szemét.

– Milyen kár, hogy másé, nem pedig a tiéd – súgta a fülébe Barb.

– Barbara! Elég! Ne legyél már ilyen! – vetett felé dühös pillantást.

– De most miért? Nincs igazam? – értetlenkedett.

„De még mennyire!" Ezt azonban nem mondhatta ki, hisz'
Lilyt is nagyon megkedvelte.

– Nem, nincs igazad, és légyszíves fejezed ezt be! – mérgelődött.

– Ó, nehogy azt mondd, hogy nem szeretnéd! Látom, amit
látok. Forr köztetek a levegő.

– Az lehet. – Odahajolt hozzá. – De nem csodálkozom ezen.
Azt hiszem, te is ott voltál, amikor volt köztünk valami. Per-
sze, hogy forr a levegő. És most hagyd abba. Köztem és közted
is forr, mégsem vagyunk együtt.

– Jó, ne bomolj már, csak mondtam. – Elfordult, majd visz-
sza, és ráöltötte a nyelvét. Ekkor megszólalt egy pohárcsengés.

– Üdvözlök mindenkit! Örülünk – és Lilyre nézett –, hogy ilyen
sokan itt tudtok velünk lenni, és ünnepelni. Ígértünk nektek egy
„nagy" bejelentést. De mielőtt ezt megtennénk, szeretnénk, ha
a barátaink idejönnének hozzánk. Megkérném Isabellát, Rober-
tet, Barbarát, Petert és Pault, hogy legyenek szívesek idejönni.

Isa alig állt a lábán. Remegett, hányingere lett. Megragad-
ta Barbara karját.

– Én nem tudok odamenni. – Fájdalom jelent meg az arcán
és a szemében.

– Ne butáskodj! – Megfogta a kezét, és húzta maga után.

Mindenféle színben játszott az arca. Most fog összeesni. Oda-
értek, és látta, hogy milyen szeretettel néztek rájuk. „Na, szedd
össze magad. Majd otthon sírhatsz."

Visszamosolygott ő is.

– Most, hogy itt vannak és támogatnak minket, nem is húz-
nánk tovább a szót. Átadom az irányítást az én drágámnak. –
Odanyújtotta a mikrofont Lilynek.

– Köszönöm. Akkor folytatom én. Nagyon sokat köszönhe-
tek a mellettem álló személynek, vagyis Carlosnak. Akkor került
az életembe, mikor mindenki más hátat fordított és a földbe ti-
port. – Megfogták egymás kezét. – Nagyon hálás vagyok neki. És
most érkeztünk el ahhoz a ponthoz, ami magyarázatra ad okot.

Carlos visszavette a mikrofont.

– Ezt szeretném én megmagyarázni. Aki itt van, mindenki
tudja, hogyan jutottam el idáig. Próbálkoztam nőkkel, de rá kel-

lett jönnöm, hogy senki nem önmagamért akart, hanem ami a háttérben van. Jó, kimondom: a pénzemért. Ezért amikor Lily feltűnt, nagy elhatározásra jutottunk. Neki is, nekem is kellett támasz. Így hosszú éveken keresztül eljátszottunk egy szerepet.

Zúgolódás hangzott. Mindenki értetlenül állt és kérdőn nézte őket. Lily vette át a szót.

– Igen, ez mind így volt, ahogyan Carlos mondja. És végre leleplezzük magunkat. – Egymásra néztek.

– Mi nem vagyunk egy pár.

– Mi? – ez hangzott mindenhonnan.

– Ezt nem értjük.

– Akkor megmagyarázom. Carlos nem bírta már, hogy a nők, akiket szeret, mind csak ki akarják használni. Nem ő, mint ember kellett nekik, hanem mint egy pénztárca, amely tele van pénzzel. Én meg nem szerettem volna megint egy olyan helyzettbe kerülni, ahol megaláznak és eldobnak. Így a második találkozásunk után, ahol már intimebb helyzettbe kerültünk – ennél a kijelentésnél ránézett és hála jelent meg a szemében –, megbeszéltük, úgy fogunk tenni, mint egy normális pár, így egyikünk sem fog csalódni. Többet nem feküdtünk le egymással, de a legeslegjobb barátok lettünk. És most ezt a színjátékot szerettük volna a mai nappal befejezni. Mindkettőnk életébe bekerült egy olyan személy, akit e miatt a játszadozás miatt nem szeretnénk elveszíteni.

Leengedte a mikrofont. Akkor nézett körbe, hogy mindenki mennyire meg van lepődve azon, amit hallottak.

– De azért az első megdöbbenés után mindenki nagyon jól fogja magát érezni. Köszönjük – mondta Carlos a mikrofonba, majd odalépett Isabellához. Isa állt, kapkodta a levegőt.

– Meg tudsz nekem bocsájtani? – nyújtotta felé a kezét.

– Nem vagyok mérges. Sőt... Nem tudom, mi vagyok – nézett maga elé. – Nincs mit megbocsájtani, csak nem értem, miért nem mondtad el eddig. – Kérdő volt a pillantása.

– Hidd el, sokszor akartam, de úgy éreztem, hogy soha nem volt megfelelő a pillanat. Azért gondoltuk, hogy akkor mindenki előtt felfedjük. Így senki nem tud bántani senkit sem – nézték egymást. Isa körbepillantott. Látta, hogy Lily már Robert mellett áll, és ölelik egymást. Szerelmesen álltak és várták, kiválasztott párjuk meg tudd-e bocsájtani nekik ezért a hazugságért. Zavartan állt, lenézett az ott levő emberekre. Volt, aki elképedt a bejelentésen, és fel volt háborodva, de olyan is volt – a többség –, aki ujjongott és örült nekik. Carlos megfogta a kezét.

– Már az Eric-incidens előtt felfigyeltem rád. Az első pillanattól te kellesz. Lily volt a lelki szemesládám és társam abban, hogy kitaláljuk, hogyan tudom a szerelmed elnyerni. Tudtam, téged a pénz, az ajándékok nem érdekelnek. Neked az kell, hogy az egész lényedet szeressék. És ezt nehéz úgy megvalósítani, hogy van egy párod, mivel te kijelentetted, hogy nős férfival vagy olyannal, akinek van barátnője, nem kezdesz. Hála az égnek, elfogadtál barátnak. Abba is beleegyeztem volna, ha csak mint barát leszek melletted, csak te boldog legyél. De Olaszországban megtört a jég – itt elmosolyodott –, az enyém lettél. A világ legboldogabb emberév tettél. A mikor haza kellett jönnünk, meg akartam állítani az időt, hogy ott legyél mellettem. Amikor Eric bántott, majdnem megőrültem attól, hogy elveszíthetlek.

– Carlos, mondd már ki végre, mire vársz? – kiáltott rá Lily, aki még mindig Robertet ölelte. Carlos mérges pillantást vetett felé.

– Jó. Isabella Adams, amióta megláttalak, szeretlek – lépett oda hozzá.

Isával forgott a világ. Becsapták, de mégsem úgy, hogy ez fájjon, és most vallott neki szerelmet az az ember, akit első perctől szeret. „Mire vársz, kisanyám? Tiéd a főszereplő a romantikus filmben."

Sápadt volt, azt érezte, összeesik, de összeszedte magát.

– Letaglózott, amit hallottam, de ez jó hír is számomra – mosolygott. – Valahol megértem, hogy így tettetek. Nem igazán tudom, most mi van – húzta meg a vállát.

Barbara lépett oda hozzá.

– Tudod, drágám, mit szoktam mondani. Most ide nagyon illik – ölelte meg. – Kislány, élj! Mi bajod lehet? – puszilta arcon. Isa nézte a barátnőjét és a többieket. Várakozó és kíváncsi szempárokat látott. „Igazuk lehet. Azt hiszem."

– Megadom magam. – Végig Carlos szemébe nézett. – Alig vártam, hogy ez a pillanat megtörténjen. Itt állok, és most hiszem is meg nem is. De úgy gondolom, ha kihagynám, életem végéig bánkódnék miatta. Carlos Turner, én is szeretlek. – A pillantásuk szinte izzott, ahogy egymást nézték.

Barbara és Lily ugrált örömében, a fiúk tapsoltak. Carlos és Isabella forró, szenvedélyes csókot váltottak. Aztán a férfi felkapta az ölébe és úgy forogtak.

– Az enyém vagy végre! – csókolta, puszilta, ahol csak érte.

– Igen, a tiéd, te pedig az enyém. – Így csókolták meg egymást.

– Most, hogy minden jó, bulizzunk, drágáim – vette át a szót Lily. – Aki úgy gondolja, hogy szeretne velünk bulizni, az maradhat. Viszont megkérném a rosszallókat, legyenek szívesek az ajtó felé venni az irányt Nekünk a boldogság többet ér, mint a pénz. Igaz, azt szokták mondani, hogy jó, ha van. Mármint pénz, és akkor boldog vagy. Igen, az is kell hozzá, de csak minimális, ha a megfelelő személy van melletted. Ezt hívják szerelemnek.

Sokan vették a kijárat felé az irányt, de ugyanolyan sokan maradtak.

– Akkor kezdjük a bulit. Legyetek szívesek játszani – szólt a zenészeknek. Elkezdtek latin zenét játszani. Mindenki a parkettre rohant, és ropta. Isa, Lily és Barb hárman táncoltak. Lily volt középen, mintha egy szendvicset láttak volna. Együtt mozogtak, simogatták egymást, és nevetgéltek. Forrt a levegő körülöttük. A fiúk nézték őket. Paul odafordult hozzájuk.

– Menjünk, érdeklődjünk, ki hogy áll a csoportoshoz – kacsintott. – Aki nem, az mehet, de csak finoman. Aztán indítsuk be a bulit. Na, mit szóltok? – állt előttük széles vigyorral.

– Hát, nem is tudom – vonakodott Carlos.

– Ó, úgy csinálsz, mint aki nem szeretné – csapta vállon Paul.

– Ja, azt nem mondtam, de még csak most kaptam meg őt – és szerelemmel nézte Isabellát.

– Nem fogod elveszíteni. Ebben biztos vagyok.

– Jó, menjünk – adta be a derekát.

Isa pont akkor nézett oda, amikor elindultak.

– Lányok, ezek készülnek valamire.

– Te milyen paranoiás vagy, drágám – fordult oda Isabellához, és megsimogatta az oldalát közben.

– Oké, befejeztem.

Élvezte tovább a zenét és a barátnőit. Tíz számot táncoltak végig, vagy többet, és már nem kaptak levegőt, annyira ki voltak fulladva.

– Na – lihegte Lily –, keressük meg azt... azt a puncsot – indultak az asztalok felé. Kiszedte a lányoknak is, és most először beszélt a történtekről.

– Ne haragudj, drágám, de ez biztonságot nyújtott nekünk. Nem akartunk bántani. – Lesütötte a szemét.

Isa odalépett hozzá, és felemelte az állánál a fejét. Lily szemében ott volt a fájdalom.

– Elfelejtettem. És ha nem tűnt volna fel, veled is intim kapcsolatot ápolok – mosolygott és kacsintott. Ittak ennek örömére. Hirtelen más zene hangzott fel.

– Annyira ismerős. Mi a fene lehet ez a szám? – hallgatóztak. Egyszer csak Barbara felkiáltott:

– Ez a „Kilenc és fél hét" című film zenéje! De erre vetkőzni szoktak, vagy csak nekem rémlik úgy a film?

Már nem tudtak válaszolni, mert megjelentek a fiúk. Táncoltak a parketten. Szék előttük, és mint a profi Chippendale fiúk, férfiak, olyan táncot lejtettek. A nők sikítoztak, ujjongtak. Isabelláék tátott szájjal nézték a műsort. Egyszer csak megjelentek mellettük, és odavezették őket a székekhez. Annyit sem tudtak mondani, hogy „mukk", már ott ültek előttük. A fiúk öltáncot jártak. Simogatták őket. Egyre kevesebb ruha volt már a srácokon. Csak boxerben nyomták tovább. A meglepődött lányok kezdtek felengedni és simogatták volna a fiúkat, de ők nem engedték. Felállították őket, a székeket félretették, úÚgy táncoltak tovább. Egyszer csak lekapták magukról a felesleges ruhadarabot. Ujjongást váltott ki mindenkiből az akció.

A lányok visszamentek a puncsos tálhoz, kapkodták a levegőt, de nem azért, mert elfáradtak, hanem azért, mert fel voltak izgulva a látványtól.

– Ez aztán nagyon izgató volt, csajok – lihegett Lily.

– Nem térek magamhoz, de nagyon jó volt. Gondolom, te is
így gondolod, drágám – fordult Isabellához Barbara.

– Nem jutok szóhoz, és igen, én is így érzetem, lányok – kapkodta a levegőt. Ezután néztek széjjel. Mindenki táncolt, de közben mintha piszkos táncot jártak volna.

– Mi van itt? – érdeklődött Lily.

– Én nem tudom – ekkor meglátta a fiúkat, akik köntösben
jelentek meg.

– Hölgyeim, uraim, barátaim! Tegyük át a székhelyünket a
medence köré.

– Medence? – kérdezte Isabella Lilyt.

– Igen, az alsó szinten van. Fogjátok szeretni – vigyorgott
nagyokat.

– Hát, ha van, akkor menjünk – indult el Barb.

– De nincs fürdőruhánk, sőt melltartóm sincs.

– Ki mondta, hogy fürödnöd kell? Amúgy meg bugyiban is
lehet úszni – fordult vissza Barbara.

– Na persze! Szép lesz, mondhatom – duzzogott, de indult
utánuk. Mire leértek, addigra már volt, aki a medencében volt.
Carlos itallal várta őket. Átnyújtotta, és odament Isabellához.
Csókot váltottak.

– Szia, szerelmem. Hogy érzed magad? – húzta magához.

– Kissé zavarban – nézett rá szégyenlősen. – Nemrég tudtam meg, hogy a szerettem az enyém lehet. Most meg nem tudom, mi van.

– Élvezd az életet! Gyere, menjünk fürödni.

Isa elképedt. Odasúgta neki:

– Nincs rajtam melltartó.

– Megsúgom, kedves, nincs rajtam alsónadrág – húzta maga
után kaján mosollyal az arcán. Lily is és Barb is a medencében
lubickoltak már. – Sokan vannak, Carlos.

– Nincsenek, csak mi ketten. Fordulj, kedves, hadd vegyem
le rólad a ruhákat – fordította meg. Lehúzta a cipzárt. Libabőrös lett az érintésétől. Ahogy lehullott róla a ruha, a mellei elé
kapta a kezét.

– Ne szégyelld, a legszebbek – vonta magához. Forrón, szenvedélyesen csókolóztak és a medencében találták magukat. Odabent már ment a hacacáré. Volt, aki kint ült a medence szélén, a párja pedig a vízben és úgy nyalta a csiklóját. Akik körülöttük voltak, pedig játszottak a mellekkel, simogatták egymást. Barbara már lovagolta Petert a lépcsőn. Lily a medence szélén a szájával kényeztette Robertet, ő pedig egy másik nő melleit szopta, dörzsölte. A látvány izgató volt számára, Carlos pedig kihasználta a pillanatot. Víz alá merült, és megnyalta a csiklóját. Isa felkiáltott a meglepetéstől és az izgalomtól. A férfi feljött a víz alól, simogatni kezdte a melleit, dörzsölte a bimbóit.

– Menjünk ki, mert itt nem érzem az ízed.

Kimentek, és lefeküdtek egy szivacsra. Carlos finoman áttörölgette a testét. Elővette a testápolót, érzékien bekente a hátát és így siklott le a feneke és a lába felé. Ugyanezt tette visszafelé. Isabella a keze alatt nagyokat nyögött. Megfordította a hátára. Rácsorgatta a krémet, és elkezdte belemasszírozni a testébe finoman. Isa már a fellegekben járt. Leért a combhajlathoz. Sokáig időzött a simogatásával. A lány vonaglott és nyögött, annyira élvezte. A csiklójára tette az ujját. Nagyon nedves volt.

– Ezt úgy imádom, hogy ilyen nedves vagy – súgta a fülébe. Le-fel mozgatta az ujját a csiklóján. A másik kezét a réséhez tette, körkörös mozdulatokkal játszott vele. Mikor már látta, mennyire szeretné, hogy benne legyen, finoman belé hatolt és izgatni kezdte az ujjával.

– Carlos! – hallotta a nevét a lánytól. Lehajolt, és a csiklóját a nyelvével izgatta tovább, miközben gyorsabb mozdulatokkal izgatta ujjával. Isabella kereste a férfiasságát, közben nagyokat sikított, és remegés közepette elélvezett. Carlos a lába közé furakodott, finoman behatolt.

– Úristen – hangzott a szájából. Lassan kezdett el mozogni. Eggyé váltak. Már annyira vágytak egymásra, hogy hamar a csúcson érezték magukat. Együtt élveztek el. Carlos Isa mellé feküdt. Isa a mellkasára.

– Kicsit rövidre sikeredett, ne haragudj.

– Rövid? Ezt komolyan mondod? Teljesen jó volt. Alig vártam ezt a percet – nézett fel a férfira.

– Az enyém vagy – mosolygott –, és lesz még alkalmunk hoszszabb szeretkezésre. Előttünk az élet. – Szerelmesen nézte őt. – Soha nem engedem, hogy ez változzon, és ez ígéret. Már az esküvőt is elképzeltem.

Isabella felült. A mellei meredeztek rá.

– Adonis, drágám, ennyire ne haladj előre. Élvezzük, ami a miénk. Aztán jöhet, aminek jönnie kell.

Szétnézett. Mindenhol meztelen emberek feküdtek egymáson.

– És most én jövök. – Lehajolt, izgatni kezdte a férfiasságát.

– Látom, kicsit éhes vagy – simogatta meg az arcát.

– Nem kicsit.

Megjelent mellettük Barbara.

– Na, ne légy ennyire mohó, gyere és játszd el a házigazda szerepét – húzta magával Barb.

– De most miért? Segíts! – de Carlos már fel is állt a matracról.

– Este pótoljuk, kedves, ígérem – mondta kissé mérgesen.

– Ez a vendéglátók dolga.

– Kedves Barbara, ezt még visszakapod – kiabált utánuk.

Eltűntek a lányok. Ő is visszavette a köntösét, és elindult a medence másik oldala felé.

Isabellán egy fehér, átlátszó pongyola volt, amit Lily adott neki. A férfi ránézett, és nem tudta levenni róla a szemét. Öszszetalálkozott a tekintettük. Elindultak egymás felé. Találkoztak. Carlos felkapta az ölébe.

– Szeretlek – és eltűntek a világ szeme elől...

Értékelje
ezt a könyvet
honlapunkon!

www.novumpublishing.hu

A szerző

Erika Wins egy büszke anya, nagyi és szerető társ.
Néha sárkány, de a legtöbb esetben szerethető.
Kedvenc időtöltesei az olvasás, a rajzolás és más
kreatív tevékenység. Ami nagyon megragadta, az
az írás. Ahogy ő fogalmaz, az írás zökkentette ki a
mindennapi gondok sokaságából. Ebből született
első regénye.

novum KIADÓ A SZERZŐKÉRT

A kiadó

Aki feladja,
hogy jobbá váljon,
feladta,
hogy jobb legyen!

E mottó alapján a novum publishing kiadó célja az új kéziratok felkutatása, megjelentetése, és szerzőik hosszútávú segítése. Az 1997-ben alapított, többszörösen kitüntetett kiadó az egyik legjelentősebb, újdonsült szerzőkre specializálódott kiadónak számít többek között Ausztriában, Németországban és Svájcban.

Valamennyi új kézirat rövid időn belül egy ingyenes, kötelezettségek nélküli kiadói véleményezésen esik át.

További információkat a kiadóról és a könyvekről az alábbi oldalon talál:

www.novumpublishing.hu